MATAR AL HEREDERO

Un caso del cabo Holmes

MATAR AL HEREDERO

Un caso del cabo Holmes

Carlos Laredo Verdejo

sin errata

Publicado por

Sinerrata Editores

www.sinerrata.com
edicion@sinerrata.com

Diseño de la cubierta: Manolo Acedo Lavado
Maquetación: Mariana Eguaras

ISBN: 978-84-15521-33-4

Edición para impresión bajo demanda
Impreso por CreateSpace

Nota del autor

Esta novela, como todas las de la serie del cabo Holmes, es pura ficción. Si bien los lugares en los que trascurre la acción, los hoteles, los restaurantes, los pueblos, las calles, los paisajes y las playas que se describen existen, solo los utilizo como decorado y nada tienen que ver con la acción de la novela.

Los personajes son inventados. La casa cuartel de Corcubión, esa bonita localidad de la Costa de la Muerte gallega, se describe solo para dar un toque realista a la narración y, por supuesto, no tiene ninguna relación con la novela, como no la tienen los jueces, los forenses, los guardias civiles y los demás personajes, empresas y organismos públicos o privados que se citan.

Capítulo I

1

La llamada del cabo primero de la Guardia Civil de Corcubión, José Souto, a quien sus colegas llamaban cariñosamente *Holmes*, sorprendió a su amigo Julio César Santos, madrileño rico y vividor, que tenía como entretenimiento una agencia de detectives generalmente inactiva. Eran las once de la mañana y Santos estaba desayunando en su elegante piso de la calle de Serrano.

Hacía más de un año que no se veían.

—¡No me lo puedo creer, Pepe! —exclamó César Santos mirando su reloj—. Has tenido la delicadeza tan poco cuartelera de esperar a una hora decente para llamarme. ¿No habrás dejado la Benemérita?

—No, César, yo no soy millonario como tú: tengo que currar. Supongo que no estarás en la cama.

—No, no. Me acabo de levantar y estoy desayunando —le respondió Santos—. Ya ves, a veces me da por madrugar. ¿A qué debo el placer de tu llamada?

—Se te va a enfriar el desayuno si te lo cuento todo, tío. Han ocurrido muchas cosas desde la última vez que nos vimos.

El cabo José Souto era un hombre serio, a pesar de su relativa juventud, y no muy hablador. Sin embargo, como

César Santos solía provocarlo y bromear acerca de su supuesto complejo de aldeano, el guardia, cuando hablaba con él, intentaba mostrarse más desinhibido e informal que de costumbre. Tildaba a su amigo de "pijo madrileño", no por estar convencido de que lo fuera, sino como autodefensa por su inevitable provincianismo. A pesar de ello, como el azar había hecho que sus caminos profesionales se cruzaran en varias ocasiones y que en alguna de ellas el cabo le salvase la vida, existía un fuerte lazo afectivo entre ambos.

—No te preocupes por mi desayuno, Pepe, y cuéntame.

—Verás, son varias cosas. La primera es que me caso.

—¡Coño, Holmes, eso es algo extremadamente grave! ¿Te encuentras bien?

—¿Te importaría escucharme y dejar de soltar una chorrada cada vez que te digo algo?

—Sí, sí, perdona. Es que lo que me acabas de decir es demasiado importante como para no hacer ningún comentario, incluso serio. Se me ha caído la tostada encima del pantalón, tío. Por cierto, supongo que te casarás con tu Lolita de siempre.

—Pues sí. Pensaba hacerlo con el sargento Vilariño, pero resulta que ya está casado y, además, se acaba de jubilar. Esto último no sería un impedimento, claro, pero te lo digo porque, de momento y provisionalmente, soy el nuevo jefe del puesto de Corcubión.

—¡Enhorabuena!

—¡Gracias! ¿Puedo seguir?

—Claro, Pepe.

—Bien, pues lo que quería decirte, en realidad son varias cosas. La primera ya te la he dicho: me caso. La segunda es que, desgraciadamente, Lolita quiere que seas el padrino de nuestra boda, por lo que no me queda más remedio que pedírtelo en su nombre. Como sé que es el tipo de cosas que te encantan, espero una contestación afirmativa y emocionada. No es necesario que digas nada, gracias. Si Lolita tuviera padre, te privaría de ese placer, pero la pobre es huérfana, como sabes, de modo que la llevarás del brazo al altar.

—Será un placer. ¿La tercera?

—Murió mi tía Carmen y nos vamos a ir a vivir a la casa de la aldea. —Santos guardó un respetuoso silencio—. Lolita ha tenido la idea de convertirla en una casa de turismo rural, ya sabes, un hotelito rústico. Dado que tanto la casa como la finca son muy bonitas, creo que su idea puede funcionar. Llevamos diez meses de obras y, para tu tranquilidad, te comunico que hemos previsto un apartamento de lujo, a modo de *suite* cardenalicia enmoquetada, para cuando te dignes venir por aquí. Lo que no hemos podido construirte es un campo de golf, porque la propiedad tiene poco más de una hectárea.

—No sabes cuánto os agradezco que hayáis pensado en mí. Es un detalle. No importa lo del golf: practicaré en la moqueta de la *suite*. ¿Para cuándo es la boda?

—Para el verano. Pero no te preocupes; los de la aldea tenemos la costumbre de enviar una invitación por correo. Espero que las obras se hayan terminado mucho antes, porque nos gustaría celebrarla con la casa rural ya inaugurada. Tendremos ocasión de hablar de todo eso hasta entonces. Solo quería que lo supieras con tiempo.

—Muchas gracias, Pepe, me doy por enterado y, por supuesto, cuenta conmigo, no solo como padrino, sino para cualquier cosa que necesites y en lo que yo pueda serte útil.

—Lo único que necesito es que no tengas asuntos profesionales en Galicia y que, cuando vengas, sea solo para comer bien y pasarlo mejor.

—Bueno, ya sabes que nunca intento tener asuntos profesionales, ni en Galicia ni en ninguna otra parte; lo que pasa es que, de vez en cuando, aparece algún plasta empeñado en hacerme trabajar.

—Ya. Te lo digo porque preferiría ocuparme tranquilamente de mis asuntos, sin tener que dedicarme a salvarte la vida. No es que me importe, compréndelo, es que voy a estar muy ocupado durante los próximos meses.

—¡Holmes, eres un ingrato! Te he dado varias veces la oportunidad de lucirte y ni siquiera me lo agradeces. ¿Sabes? Creo que un buen investigador no tiene por qué resolver siempre y de modo brillante todos los casos. Hay que tener un poco de consideración con los demás policías, guardias civiles o detectives que no somos unos superdotados como tú. Fallar de vez en cuando te hace más humano, ¿no crees?

—No sigas con tus chorradas, César. Y tampoco creas que siempre resuelvo los casos de los que me ocupo. Precisamente tengo desde hace meses un asunto jodido, aquí en Corcubión, que no consigo... Bueno, dejémoslo. No te interesa.

—¡Claro que me interesa! ¿Tú, con un caso que no consigues resolver? Es lo más interesante que he oído en mi vida. Ya me estás contando de qué se trata.

—Ni lo sueñes, César. Olvídate. No te he dicho nada. Además, no te iba a interesar porque no hay tías buenas de por medio... ¡Perdona!, quise decir esa clase de señoritas elegantes con las que sueles relacionarte.

—No cambies de tema. ¿Te das cuenta de lo que me estabas diciendo? Eso es algo para contárselo a mis nietos.

—¿A qué nietos?, si no tienes hijos.

—¡No importa! A los nietos de mi hermana. El famoso cabo José Souto, alias *Holmes*, incapaz de resolver un caso en Corcubión. ¿De qué se trata, de un asesinato, un atraco, un secuestro? No me puedes dejar así, Pepe, sería una crueldad indigna de ti.

—Vale, tío. Deja de decir gilipolleces. No voy a entrar al trapo. Solamente, si me prometes bajo juramento y por lo más sagrado que no vas a intentar meter tus narices en el asunto, te contaré algo cuando vengas a mi boda.

—¿Eso quiere decir que no admites mi colaboración?

—Exactamente.

—¿Puedo saber por qué?

—Porque no quiero que vuelvas a cagarla.

—Eso es una grosería, Pepe.

—Ya ves. En Madrid sois pijos y en la aldea brutos.

Los amigos se despidieron tras sus habituales bromas, que al cabo Souto le costaba a menudo seguir, por su carácter reflexivo y reservado. Sin embargo, le gustaba hablar con César Santos de vez en cuando en aquel tono trivial y desenfadado, porque lo consideraba un ejercicio dialéctico eventualmente útil, aunque no supiera para qué, como su pequeña carrera matinal por el bosque cercano a la casa cuartel lo era para estar en forma. El detective millonario de Madrid y el guardia de Corcubión eran dos personas completamente distintas, incluso opuestas, y probablemente por eso o por alguna cualidad común en la que no pensaba ninguno de los dos se apreciaban sinceramente. Quizá fuera porque ambos eran buenos profesionales, rigurosos y competentes en su trabajo. Aunque los métodos del detective no siempre fueran tan ortodoxos como los del guardia civil.

2

La boda del cabo primero José Souto y Lolita Doeste se celebró en la modesta iglesia de San Adrián de Toba, de origen románico, con su torrecita de estilo barroco gallego, muy cerca de Cee y de la casa de turismo rural Doña Carmen, nombre que decidieron ponerle en recuerdo de la tía de Souto y donde se celebró el banquete.

El padrino, Julio César Santos, que jamás había asistido a ninguna fiesta en una aldea gallega, miraba con incredulidad la serie de platos que, uno tras otro, iban llegando al comedor en lo que le pareció una orgía gastronómica medieval. Después de los entrantes de empanada, que hubieran bastado para una comida corriente, trajeron una cantidad de fuentes de marisco que no habría podido terminar ni el doble de comensales. A continuación, llegó el cocido gallego, que consistía en un cerdo entero cocido y despiezado, adornado con chorizos, morcillas, muslos y pechugas de ave, jarrete de ternera, huevos duros, patatas, berzas y alubias, en cantidad igualmente pantagruélica. Los postres, cafés y licores estuvieron a la altura del resto.

—¿Esperabais más invitados? —preguntó Santos a la novia, por decir algo, a pesar de que no había sitios vacíos en la mesa.

Lolita se rio y le explicó que, en una boda como es debido, si no sobraba la mitad de la comida, por lo menos, los invitados se irían pensando que el banquete había estado escaso.

—¿Y qué vais a hacer con todo lo que sobra?

—Lo comeremos mañana entre la familia y los amigos.

Los novios se despidieron a media tarde entre aplausos, cánticos y los habituales vivas de unos invitados que acusaban ya el efecto de la bebida. Antes de irse, César Santos pudo charlar un momento tranquilamente con su amigo Pepe Souto. El detective madrileño aceptó la invitación del cabo y su mujer para pasar unos días de agosto en la casa de turismo rural, ¡en su *suite* cardenalicia!, y poder disfrutar de la paz y la belleza del lugar en un ambiente más relajado que el que habían vivido aquellos días previos a la boda.

—Pero tienes que contarme algo —le dijo Santos al cabo al despedirse—. No creas que me he olvidado.

Una sonrisa complaciente se dibujó en el rostro del recién casado.

3

El apartamento de lujo, que ocupaba la esquina de la casa rural, en un saliente sobre lo que en su día fueron las cuadras, daba al bosque por el lado norte y al Atlántico por poniente. Del mar solo se veía la línea del horizonte, porque las copas de los árboles que coronan las colinas circundantes, cubiertas de frondosos pinares, ocultaban la ría. Una línea que al atardecer parecía incendiarse frente al cabo Finisterre y que el océano se afanaba en apagar, más allá de donde termina la Tierra.

En el amplio balcón corrido que, como una terraza cubierta, recorría la pared de piedra de aquella parte de la casa, César Santos, que acababa de llegar de Madrid, y su amigo y anfitrión José Souto contemplaban el espectáculo charlando sentados en dos sillones de mimbre, aquella tibia tarde de agosto.

—Y ahora —dijo Santos después de beber un sorbo de su ginebra con tónica— me vas a contar algo de ese misterioso caso que aún no habías conseguido resolver el mes pasado.

—¡Qué pesado eres, César! Pensé que te habrías olvidado.

—¡Cómo voy a olvidarme de algo así! No he hecho más que pensar en eso durante estas semanas.

—No, si serás capaz de decirme que solo has venido para que te lo cuente.

—Pepe, yo soy una persona educada y, aunque fuera cierto, jamás te diría una grosería semejante. He aceptado vuestra invitación encantado, porque me apetecía pasar unos días con vosotros. Espero que no lo pongas en duda.

—La verdad es que me tienes alucinado. Si quieres que te diga la verdad, no creí que fueras a aceptar la invitación. Al fin y al cabo, esto no es más que una pequeña aldea gallega y, aun encima, no hay campo de golf.

—Eres un viejo zorro, Holmes. Me dices eso para que te diga que vine porque te aprecio, porque este sitio es precioso, porque se come divinamente en Galicia y porque estaba deseando verte. Pues no te contestaré. Y todos tus intentos por desviar la conversación del caso que no has resuelto son inútiles. O sea que déjate de coñas y cuenta. ¿De qué se trata?

Al cabo José Souto no le gustaba hablar de su trabajo y ni siquiera a su mujer le comentaba normalmente los casos en los que trabajaba, salvo que ella insistiera en preguntarle, cuando se trataba de sucesos de los que todo el mundo hablaba en el pueblo. Con César Santos era distinto. Como habían trabajado juntos en varios casos y se habían ayudado mutuamente con sus reflexiones y experiencia, no tuvo más remedio que ser condescendiente.

—Está bien, te lo contaré. Verás: en Corcubión hay todos los veranos un mercado medieval durante el último fin de semana de julio. Se monta en el casco antiguo, entre la iglesia y el puerto. Supongo que sabes de qué te estoy hablando.

—Sí, ya sé. Un mercado de chorradas con la gente disfrazada en plan cutre, como en una película mala de Robín de los Bosques.

—Algo así. Aunque también hay actividades artísticas, culturales, conciertos, etcétera. Bueno, pues resulta que el año pasado, durante el mercado medieval, asesinaron a un joven de diecinueve años, hijo de un médico muy conocido en la comarca: don Alejandro Sueiro, un señor absolutamente respetable, propietario de un pazo muy bonito y de varias fincas y pinares en Vilar de San Pedro, una aldea que está a dos kilómetros de aquí. Ni el padre ni, mucho menos, el hijo estaban metidos en política, ni en negocios raros. Se trata de una familia aristocrática conocida y respetada por todo el mundo: los Sueiro de Andrade.

—¿Cómo lo mataron?

—No te lo vas a creer, pero le dieron una cuchillada por la espalda, justo en el corazón, delante de todo el mundo durante una exhibición de cetrería en el mercado medieval, a la una del mediodía. Hay un puesto que exhibe halcones, águilas y búhos delante de la iglesia. Hemos pasado tú y yo por allí alguna vez yendo a comer al hotel de la playa. Es esa iglesia que tiene una torre con pináculos, no hay otra.

—Sí, ya sé.

—Pues allí fue. A pesar de que lloviznaba, había mucha gente, porque es un espectáculo bastante curioso. El chico, Álex Sueiro, estaba entre la gente, mirando, y de pronto se desplomó y quedó tumbado boca arriba. Las personas que estaban a su alrededor creyeron que se había desmayado o que le había dado un ataque, hasta que la sangre empezó a fluir por debajo de su camisa. Al incorporarlo, apareció el desgarro de la herida. Alex ya estaba muerto. Hay muchos testigos, pero pocas declaraciones de interés. La del sacristán, la de un chaval de Corcubión, las de un par de jubilados y la de una señora conocida de Cee, que salía de misa, son quizá las únicas que podrían aclarar algo. Con el revuelo de paraguas nadie vio nada raro, ni a nadie que se marchara de forma precipitada o sospechosa entre los que estaban cerca. Parece ser que, según la señora, al lado o detrás de él, había un joven con un chubasquero azul, pero no he conseguido saber quién podría ser. Ya sabes que hay gente que, cuando presencia un accidente, no quiere buscarse complicaciones y desaparece. En cualquier caso, el asesino tuvo que tener la frialdad de permanecer en el lugar mientras atendían al pobre muchacho en los primeros momentos. Luego, cuando llegaron los municipales y la Guardia Civil, que solo tardó un minuto o dos, porque había una pareja patrullando en el mercado, el tipo debió de largarse tranquilamente.

—¿Estaba solo? —preguntó Santos—, me refiero al joven.

—Sí. Bajaba a Corcubión desde su pazo todos los sábados a mediodía. Iba a la farmacia que hay allí cerca, charlaba un rato con la farmacéutica, que es amiga de la familia y le preparaba los medicamentos que tomaba su padre. Aquel día, parece ser que decidió darse una vuelta por el mercado medieval antes de volver a su coche, que solía aparcar donde encontraba sitio, por el puerto o en la avenida.

—O sea que iba solo.

—Supongo que sí. Durante algún tiempo estuvo yendo con su padre, pero desde que obtuvo el carné de conducir empezó a ir solo. Su madre murió hace años y ellos vivían solos en el pazo con un matrimonio de empleados y su hija. Un criado que hace de todo y su mujer, que es la cocinera. Don Alejandro tiene sesenta años y, según me dijo confidencialmente el forense, que es primo suyo, padece una grave enfermedad.

—¿Qué hay de herencias y cosas por el estilo? —preguntó Santos.

—Al morir su único hijo, solo le queda un hermano mayor, Pedro, con el que no se trataba desde hacía muchos años. Es un famoso abogado que tiene un bufete en La Coruña. Creo que ahora se han reconciliado, porque Pedro Sueiro vino a darle el pésame a su hermano y me han dicho que los vieron juntos en el entierro.

—¿Sabes por qué no se trataban?

—Sí. El hermano mayor riñó con su padre, un general a la antigua usanza, porque se negaba a seguir la carrera militar según la tradición familiar. Cuando el viejo general murió, solo le dejó a Pedro lo que marca la ley, es decir: la mitad del tercio de legítima, y todo lo demás, incluido el pazo, fue a parar al hermano menor. Pedro pensó que su hermanito se avendría a repartir la herencia a partes iguales, a pesar del testamento. Pero don Alejandro no quiso obrar en contra de la última voluntad del padre. Su hermano lo tomó a mal y no volvió a dirigirle la palabra, hasta la muerte del chico.

—O sea que el pazo y todo lo que debería heredar el hijo podría acabar pasando al hermano, cuando muera don Alejandro.

—Podría. Dependerá del testamento, si lo hay. Pero supongo que no pensarás que Pedro Sueiro mató a su sobrino, para heredar de un hermano que es más joven que él y con el que estaba reñido.

—¿Por qué no habría de pensarlo? Como sabes muy bien, no se asesina a alguien sin un motivo; de modo que es lógico preguntarse: ¿quién tenía motivos para hacerlo?, ¿a quién beneficiaba su muerte? Por lo que me has dicho antes, solo su hermano podría estar interesado.

—Vamos a ver, César: en primer lugar, Pedro Sueiro no se trataba con su hermano y, por lo tanto, no tenía por qué saber que estaba enfermo. Por otra parte, siendo como es tres años mayor, no hay razón para pensar que planificara el asesinato de su hijo con vistas a heredar, a menos que también planeara asesinarlo a él. Aparte de eso, Pedro Sueiro es un hombre rico.

—¿Estás seguro de que no sabía que su hermano estaba gravemente enfermo?

—Ya te digo que no tenía por qué saberlo, puesto que no se trataban.

—¿Tampoco se trata con ese forense que es primo suyo? Si te lo dijo a ti...

—No lo sé, César. Pero el forense de Corcubión y yo trabajamos juntos, como puedes imaginar, y tenemos una relación profesional que incluye la confidencialidad de las informaciones. Cuando me comunicó el resultado de la autopsia del joven Sueiro, me hizo un comentario sobre la desgracia del médico, que venía a añadirse a su enfermedad. Fue algo muy confidencial y no creo que lo vaya divulgando por ahí. Aparte de eso, no me dijo que fuera una enfermedad mortal a corto plazo.

—De acuerdo, pero si se lamentó contigo en ese momento, también pudo hacerlo hablando algún día con su primo de La Coruña, ¿o tampoco se trata con él?

—Tampoco lo sé. Pero te veo venir, César, y te diré algo: Pedro Sueiro también estuvo en mi punto de mira como sospechoso al principio. Independientemente de que, para el día del asesinato, tenga una coartada perfecta y por supuesto verificada, no te puedes imaginar las indagaciones que hemos hecho, las comprobaciones de sus gastos, de posibles pagos a terceros, de sus desplazamientos, los controles de llamadas, la verificación de correos electrónicos, etcétera. En fin, para qué te voy a contar. ¡Pues nada! No hemos podido encontrar absolutamente nada que fuera mínimamente sospechoso. Si realmente fue él quien lo mató o encargó su muerte, lo hizo técnicamente muy bien. Por eso está bloqueada la investigación: no tengo pistas y los sospechosos tienen coartadas.

—Es curioso. El asesino tenía que conocer a la víctima y saber dónde iba a estar aquel día y a aquella hora, para poder asesinarlo allí, a plena luz del día y delante de la gente. Tenía que conocer Corcubión, cómo funciona el mercado medieval y a qué hora y en qué lugar hay más gente, las fechas, etcétera. Algo difícil para un sicario o un profesional contratado de fuera. Pero, a su vez, tenía que ser alguien que la gente de Corcubión no conociera ni de vista. Porque supongo que a Pedro Sueiro lo conocerá mucha gente en Corcubión...

—Quizá no mucha gente. Pero, desde luego, si hubiera estado por allí un sábado alguien lo habría reconocido, no es un desconocido para la gente mayor. Ya lo he pensado y también me he hecho muchas veces esas mismas preguntas y reflexiones.

—Claro que una peluca, un bigote o una barba y unas gafas desfiguran a cualquiera que no llame la atención por la altura o algo así.

—Ya te digo que presentó una coartada intachable.

—¿Cuál?

—El día del asesinato comió en La Coruña con unos amigos en un restaurante conocido. Lo verificamos.

—¿A qué hora?

—Pues a la hora de comer, no recuerdo. A las dos o dos y media.

—Se puede ir de Corcubión a La Coruña en una hora u hora y media. Hay tiempo de sobra.

—Bueno, no tan de sobra y menos en verano. Pero, además, hay peajes, donde dejas rastro.

—¿Con un coche de alquiler a nombre de otra persona? —César no soltaba presa—. ¿Tiene coartada entre la una y las dos?

—Según su secretaria, estuvo en su despacho hasta las dos. —El cabo Souto hizo un gesto de cansancio—. Déjalo, César, no he estado todo el año perdiendo el tiempo, como supondrás. Además, ¿por qué iba a matarlo?, ¿para qué?

—¡Ah, un pazo en Galicia o una casa en la Toscana! La ilusión de mi vida —comentó César Santos poniendo cara de ensoñación—. Imagínate lo que será para ese Pedro Sueiro: el pazo donde nació y se crio, y que debería haber heredado en buena ley, lo hereda el hermano pequeño. Como, además, están reñidos, ni siquiera puede ir de vez en cuando a pasar unos días. ¿No es algo que incita a cometer un crimen?

—Macho —se rio ligeramente José Souto—, tienes mente de criminal.

César Santos no tuvo tiempo a contestar, porque los llamó Lolita diciéndoles que bajaran a cenar. Ya era completamente de noche.

4

Al día siguiente, César Santos, que nunca se levantaba antes de las diez o las once, se presentó a mediodía en el puesto de la Guardia Civil, que está en un alto, dominando el pueblo de Corcubión y la ría. El guardia de la entrada, que lo conocía, lo dejó pasar con su Porsche negro hasta la misma puerta y avisó a su jefe.

—Dice el cabo que pase usted —le indicó el guardia al detective—, ya conoce el camino.

José Souto, jefe provisional, ya no ocupaba su minúsculo despacho anterior, motivo frecuente de bromas de quienes lo visitaban, y se había trasladado al del sargento Vilariño, anterior comandante del puesto, jubilado a primeros de año. Era un despacho mucho más amplio, mejor amueblado y hasta tenía una pequeña mesa redonda de reuniones, sobre la que Lolita había colocado un tiesto con hortensias, a pesar de las inútiles protestas de quien entonces aún era su novio.

—Oye, gran jefe —lo saludó César Santos—, cuando termines de trabajar, antes de comer, ¿podríamos echar un vistazo juntos al sitio donde asesinaron a ese joven?

José Souto miró el reloj, dudó un segundo antes de levantarse y le dijo:

—Venga, vamos ahora. La mañana está tranquila.

Souto dejó todo como estaba, avisó a Orjales, su ayudante, de que se iba un momento al pueblo y salió con su amigo. Bajaron en coche, porque Santos quería ver varias cosas, hacía calor y no tenía ganas de tener que subir andando después hasta allí.

Descendieron a la avenida y torcieron a la derecha en dirección a Fisterra, hasta el casco viejo de Corcubión. Al pasar delante de la farmacia que está frente a los juzgados, el cabo Souto le dijo a Santos:

—Mira, esa es la farmacia de la que te hablé.

Santos vio un sitio delante, junto a un muro de piedra, y aparcó. Se bajaron y se metieron por un callejón que, tras un quiebro en ángulo recto, llega hasta el lateral de la iglesia: un edificio irregular, que ha sufrido diversas modificaciones no siempre acertadas y cuyo exterior de granito carece de interés, pero enmarca el lugar con un toque intemporal de reminiscencias góticas. Una plazuela con algo parecido a un trozo de jardín, un sauce llorón, algún que otro arbolillo y un crucero que parece en equilibrio sobre una base insegura constituían el escenario del crimen ocurrido un año antes, a finales de julio.

—En esta placita —le explicó Souto a su amigo—, delante de la puerta de la iglesia, montan su tinglado los de las aves rapaces. Alrededor, cuando hacen alguna exhibición, se amontona la gente. El asesino debió de haber seguido a su víctima y situarse detrás de ella. Fue aquí, al borde del jardincillo, junto a ese sauce, donde cayó Álex Sueiro. Como ves, si el asesino tuvo la sangre fría de quedarse un momento en el sitio, mientras la gente empezaba a alarmarse e ir y venir, no debió de serle difícil después escabullirse discretamente, pasar tras el árbol y marcharse por donde hemos venido.

—Eso quiere decir que debía de tener su coche aparcado por donde lo dejamos nosotros, a la altura de la farmacia.

—Es posible, si es que había llegado en coche, lo que no deja de ser una suposición.

—Los juzgados que están enfrente, ¿tienen cámaras de vídeo vigilancia en el exterior?

—Sí. Y tengo copia de las cintas grabadas aquel día entre las diez y las dos de la tarde —le dijo Souto—, puedes verlas si quieres. Yo las he visto cien veces. Se ven llegar y salir más de veinte coches.

—Ya. Más de veinte coches ante la farmacia en cuatro horas, es normal. ¿Pero cuántos salen entre la una y la una y cuarto, por ejemplo? —preguntó Santos poniendo cara de sabueso, como si hubiera hecho una pregunta esencial.

—Vamos al cuartel y lo compruebas tú mismo: tengo una copia de la cinta en un lápiz USB —le contestó el cabo—. Ya no recuerdo. Quizá tres o cuatro, sin contar alguien que lo dejara un momento en doble fila para ir a la farmacia. Pero piensa que, bajando por ahí —señaló Souto una calle que va a la carretera por el lateral de la iglesia—, también se puede ir hacia el puerto y, además, el asesino pudo irse a pie atravesando el mercado.

—Claro —replicó el detective—, pero el callejón por el que vinimos es ideal para llegar y marcharse discretamente. No parece que pase mucha gente por ahí. Y si el asesino hubiera aparcado donde aparcamos nosotros, vería la farmacia, vería cuándo entraba y salía el joven Sueiro, podría haberlo seguido y controlar sus movimientos. Es el sitio ideal, ¿no crees?

El cabo José Souto, escéptico, no respondió y miró a su amigo como el padre que observa a su hijo cuando este acaba de descubrir cualquier bobada que le llama la atención y con lo que se pone a jugar muy interesado.

—De acuerdo —dijo finalmente el cabo—. Vamos a buscar la cinta y la miras todas las veces que quieras. ¡Qué más quisiera yo que descubrieras algo que a mí se me haya escapado!

—Nunca se sabe.

Volvieron al cuartel y Souto sacó de un cajón de su mesa de despacho un lápiz USB; se lo dio a Santos y le dijo:

—En vez de verlo aquí, llévatelo a casa y lo miras en tu portátil tranquilamente, si te parece. Yo iré a comer a las dos y media.

Capítulo II

1

Después de comer, Julio César Santos se encerró en su apartamento de la casa rural, introdujo el lápiz USB en su portátil y se dedicó a pasar una y otra vez las imágenes de la cámara de seguridad del juzgado de Corcubión, que eran de buena calidad. Como la hora estaba sobreimpresa, pudo centrarse en observar lo ocurrido entre las doce y la una y media. Apuntó en una hoja los coches que ya estaban aparcados delante de la farmacia a las doce, la marca, el modelo y la matrícula. Después, los que llegaron y se fueron durante la hora y media siguiente, el tiempo que había permanecido cada uno y los movimientos de las personas que se bajaron y subieron. Pasó las imágenes muchas veces, para estar seguro de que no se le escapaba ningún detalle. En ellas no se veía la puerta de la farmacia, que quedaba un poco a la izquierda, fuera de encuadre, por lo que no era posible ver quién entraba y salía de ella. Tampoco se veía el callejón que iba hacia la iglesia. Solo se veía la carretera, continuación de la avenida de Fisterra, y la zona de estacionamiento que hay delante de un muro bajo de piedra, construido para salvar el desnivel entre la calzada y las casas.

Lo único que le llamó la atención fue un Opel Insignia claro (las imágenes estaban en blanco y negro), que había aparcado a las doce y cuarenta y siete. No se bajó nadie durante un buen rato y, a las doce cincuenta y tres, lo hizo un hombre al que no se le veía la cara, con una gorra de béisbol y pelo largo. Llevaba una cazadora de color oscuro y unos pantalones que parecían vaqueros. Salió del coche, subió los escalones del muro y, antes de desaparecer de la imagen, daba la impresión de que se dirigía hacia la derecha, o sea, hacia la iglesia.

A la una y ocho minutos apareció de nuevo el mismo hombre, que se metió deprisa en el coche. Justo antes y durante un par de segundos se le veía la cara. Conservaba su gorra y el pelo largo sobresalía por los lados. Llevaba gafas ahumadas y barba cerrada, no demasiado larga, pero lo suficiente como para que fuera muy difícil identificarlo. El coche maniobró marcha atrás muy despacio y salió en dirección a Cee.

A Santos le pareció que aquel individuo tenía la clásica pinta de alguien que va a atracar un banco y se pone una gorra, una peluca, una barba postiza y unas gafas ahumadas. Quizá se debiera más al deseo de que fuese así que a su apariencia real.

—Mira, César —le dijo el cabo Souto cuando su amigo se lo comentó—, he visto esas imágenes muchas veces. Efectivamente, si el crimen se hubiera cometido como hablamos esta mañana, el hombre encajaría en el guion. Pero no te dejes impresionar por su aspecto. Sal a la calle y verás un montón de gente corriente, turistas, aldeanos y feriantes que llevan el pelo largo, barba y gafas ahumadas. No hay que mirar las cosas intentando ver lo que nos gustaría encontrar.

—Ya, ya lo sé, Holmes. Pero esa forma de vestir y esa pinta no encajan con el propietario de un coche de más de veinte mil euros, ¿no crees?

—Ya te dije que investigué a fondo todo lo que se ve en la cinta, César. Identificamos todos los coches que esa mañana aparcaron delante del juzgado. Ese Opel —tardó un rato el cabo en decidirse a continuar— es un caso especial.

—¿Qué le pasa?

—Es un coche que circulaba con matrícula falsa.

—¿Qué? —Levantó las manos teatralmente Santos, como si hubiera hecho un gran descubrimiento—. ¡Ah, amigo mío! Eso no me lo habías dicho. ¡Matrícula falsa!

—Pues sí. Es algo que ocurre de vez en cuando. Hay gente que, por diversas razones, circula con una matrícula falsa. Contrabandistas, traficantes de drogas, te puedes imaginar.

—¿Y no te parece curioso que, precisamente unos minutos antes de cometerse un crimen a cincuenta metros de allí, aparcara un coche con matrícula falsa delante de la farmacia de la que saldría la víctima?

—¿Y tú crees que no hemos investigado ese coche y todos los de esa marca que pasaron por los peajes de las autopistas de Corcubión a La Coruña? También pudo ser un coche alquilado y lo comprobamos: se alquilaron dos de esa marca y modelo en Santiago y sabemos a quién. Pero como las matrículas no coinciden, es imposible llegar más lejos. Además, las personas que los alquilaron no están relacionadas en absoluto con el caso. Se trata de un matrimonio alemán y de un señor de Sevilla. Uno de los coches fue alquilado por un mes y el otro por seis días.

—Bueno, si alguien se propone hacer las cosas bien, las hace bien. El asesino no iba a alquilar el coche justo para la mañana del crimen. El tío de la víctima, suponiendo que fuera él el asesino, pudo alquilar el coche a través de un intermediario, que se habría limitado a enseñar su carné de conducir, retirar el coche y entregarle las llaves. También pudo presentar un DNI falso. Luego lo guardó en algún garaje y lo sacó para ir a Corcubión el sábado a cometer el crimen y volver a todo trapo a La Coruña, a comer con sus amigos a las dos. Unos días después lo devolvió donde fuera; para eso no hay que identificarse.

—César, ese coche no pasó por los peajes de la autopista de Santiago a Coruña, ni por el de Coruña a Carballo el día del crimen —le contestó el cabo—. Lo he comprobado. Y por la carretera normal, Sueiro no habría llegado a tiempo para comer. Aparte de eso, su secretaria declaró que había estado en su despacho hasta las dos. Y, además, te repito: ¿qué beneficio iba a sacar de la muerte de su sobrino?

—Vayamos por partes, Pepe. Lo del beneficio, ya lo veremos más tarde. La secretaria pudo mentir, también lo veremos luego. Antes hay que descartar la posibilidad de que las cosas ocurrieran como te acabo de decir o de forma similar. Y eso, que es lo esencial, aún no está descartado.

—¿Cómo que no está descartado? ¿No te digo que ese coche no pasó por los peajes de las autopistas ese día?

—A eso, te contestaré mañana. Tengo una idea, pero necesito hacer algo antes, para demostrarte que te puedes equivocar. ¿Qué me dices del tipo de Sevilla que figura en el contrato de alquiler del coche? ¿Tienes pruebas de que estuvo una semana por ahí de vacaciones con el coche o algo así?

—Oye, tío —contestó algo enfadado Souto ante la insistencia del detective—, el simple hecho de que un individuo aparcara su coche delante de la farmacia de Corcubión aquella mañana, igual que un montón de gente, no me da derecho a exigirle que explique lo que hizo durante la última semana de julio el año pasado, por qué alquiló un coche, a dónde fue con él, etcétera, etcétera. Ningún juez autorizaría esa intromisión en la vida privada de un individuo. El señor de Sevilla alquiló un Opel esos días en Santiago, pero no con esa matrícula, que corresponde, sea dicho de paso, a un autobús de Zaragoza. ¿Cómo coño quieres que le pregunte nada? Me enviará a paseo y con razón. ¿Quieres que interrogue a todos los dueños de los coches que estuvieron aparcados allí aquel sábado? Y, por qué no, también los que aparcaron en el puerto y en la avenida Mariña. ¡Venga hombre!

—Vale, Holmes, no te enfades. Solo quiero que comprendas dos cosas. Una: lo que te comento es por charlar contigo, estudiar el caso y ayudarte, aunque solo sea en tus reflexiones. Otra: no tengo nada que hacer y esto me entretiene.

2

Al día siguiente, César Santos se dio una vuelta por Cee y compró cinta de carrocero de color blanco y un rotulador negro. Después se volvió a la casa de turismo rural y se entretuvo en calcar los números de la matrícula de su coche. Subió a su apartamento y dibujó con el rotulador en la cinta carrocera uno de los números que había calcado, teniendo mucho cuidado de que quedara del mismo tamaño que el de la matrícula. Cortó un rectángulo de la cinta con el número y bajó de nuevo al jardín donde estaba aparcado el Porsche. Pegó el trozo de cinta sobre uno de los números de la matrícula delantera, se separó unos metros, se quedó mirando el coche y sonrió.

A las dos y cuarto llegó el cabo Souto. Santos lo estaba esperando al lado del coche. El cabo se acercó a saludarlo.

—¿Me haces un favor? —le preguntó Santos.

—Sí, claro. ¿Qué quieres?

—Hazme una foto junto a mi coche desde donde estás —le dijo Santos dándole su móvil—. Tienes que apretar aquí.

Souto se quedó mirando con cara de sorpresa a su amigo, que se acercó a la parte delantera de su coche en plan de posar.

—¿Es para presumir de coche o de casa? —le preguntó en tono de burla.

—Las dos cosas —contestó Santos—. Tú haz la foto, por favor. No te preocupes de la casa y procura que se vea bien el coche. Luego te explico.

El cabo observó el móvil, enfocó y, cuando se disponía a disparar la cámara, Santos se apartó un poco para que saliera la matrícula.

—Ya está —dijo Souto—, toma.

—¡Espera un momento! —le contestó Santos abriendo el maletero, como si fuera a coger algo, momento que aprovechó para arrancar de un tirón la cinta carrocera, antes de volverlo a cerrar. Hazme otra, por favor.

Souto puso cara de resignación y le hizo otra foto.

—¡Gracias! —exclamó César Santos con cara de satisfacción—. Ahora mira las dos fotos y dime si ves alguna diferencia.

—¿Es una adivinanza?

—Venga, tío, mira las dos fotos y dime si ves algo raro.

El cabo pasó adelante y atrás las fotos varias veces y, de pronto, le dijo a Santos.

—Apártate del coche un momento.

Santos se dio cuenta de que su amigo había notado el cambio en la matrícula, a pesar de que solo era por un número.

—¡Muy hábil, César! ¿Cómo lo has hecho, con un adhesivo?

—¡Coño Holmes! ¡Qué observador eres! No pensé que te fueras a dar cuenta tan deprisa.

—La matrícula es lo primero que miramos los guardias en un coche, César. Es una cuestión de entrenamiento.

César Santos abrió una mano y le mostró el trozo de cinta carrocera.

—Un adhesivo no se despega con tanta facilidad, Pepe. Es mejor la cinta de carrocero. ¿Comprendes ahora por qué no quiere decir nada que la matrícula de un coche no haya sido detectada en los peajes? Pedro Sueiro pudo haber viajado en su propio coche, simplemente haciendo ese pequeño truco.

—La verdad es que no pensé en ese truco. Es algo muy peligroso, de todos modos. Si te trincan los colegas de Tráfico con una matrícula trucada te cae un paquete, y no es normal que un asesino tan meticuloso se arriesgara a echarlo todo a perder.

—El tipo no necesitaba una matrícula falsa durante todo el viaje. Solo tenía que pegar el número en un área de descanso y despegarlo en la siguiente. El caso es que no quedara constancia en el peaje cuando volvía a toda prisa, para comer en La Coruña. Incluso si lo parasen los de Tráfico, podría bajarse, poner el pie en el parachoques, como si tuviera que atarse un cordón del zapato, y quitar el trozo de cinta sin que se dieran cuenta. Es muy fácil. ¿Qué te parece?

—Me parece que eres un chorizo, César. ¿Has hecho ese truco muchas veces?

—Solo cuando he tenido que asesinar a alguien. Sin coñas, Pepe, ¿puede o no puede ser?

—Por poder..., no te digo que no, pero me parece muy rebuscado. De todas formas, es imposible comprobarlo. No sabemos si, en el caso de que hubiera hecho algo así, cambió números o letras, si uno o varios ni en qué autopista. Además, un año después ya no conservan los datos. De todas formas, en los vídeos no se ve el coche de Pedro Sueiro, que es un Audi 6 blanco.

—Ya. Lo que quería demostrarte es que el argumento de los peajes no me vale. O sea que esa posibilidad sigue siendo válida. En cuanto a la secretaria, ¿has indagado si lleva muchos años con él? ¿Si está liado con ella? A una secretaria leal y bien pagada se le pueden pedir muchas cosas. Pedro Sueiro pudo haberle pedido, con cualquier pretexto, que le hiciera el favor de declarar que había estado en el despacho hasta las dos y también pudo haberse ido del despacho sin que ella lo viera, aprovechando un momento en el que la mujer hubiera salido a hacer alguna gestión. ¿Has comprobado que la secretaria no se movió de su sitio en toda la mañana? ¿Está sentada delante de la puerta de su jefe?

—No. No he podido comprobar esos detalles. Solo tengo su declaración.

—Pues eso no basta, Holmes. Habría que saber más, en mi opinión.

—No creo que una empleada se arriesgue a ser condenada por perjurio y complicidad tan fácilmente —comentó Souto—. La muerte del sobrino de su jefe fue una noticia importante en La Coruña. ¿Crees que iba a aceptar mentir sobre lo que hizo el abogado la mañana del día del crimen?

—Quizá sí, depende. También pudo no darse cuenta de que había salido. Supón que le dijera que tenía que hacer un informe o algo importante y no quería que lo interrumpieran bajo ningún concepto, ni llamadas ni nada de nada.

—¿Durante más de dos horas y media? No lo veo fácil. Aun así, César, nos queda el móvil.

—Sí, el móvil, claro. Eso es lo más extraño. Oye, ¿sabes si el sobrino se trataba con su tío?

—No, ni idea. ¿Por qué?

—A esa edad, un chaval es fácil de manipular, Holmes. El abogado puede que tuviera un plan para hacerse con el pazo y hubiera indagado cosas sobre él o sobre su padre.

—César —lo interrumpió el cabo sonriendo—, eres un tío peligroso. Hay que tener mente de asesino para imaginar ciertas cosas. Pero no me des ideas, por favor; si quieres que te tome en serio, dame elementos de prueba. Ya sé que, como te aburres, te dedicas a hacer malabarismos mentales para demostrarme que eres más listo que yo y para intentar resolver un caso que se me resiste. Si te divierte, sigue inventando tu novela; yo tengo otras cosas en que pensar.

—¡Ah, amigo mío! Estas jodido, ¿eh? Tienes miedo de que encuentre aquí, sentado en el jardín, como Mrs. Marple, la solución que tú no eres capaz de encontrar.

—Oye, César —se echó a reír el cabo Souto—, ¿sois de verdad todos así de pijos en Madrid?

3

Julio César Santos fue a La Coruña por la mañana y visitó a Santiago Bugallal en su oficina de la calle de San Andrés. Bugallal era un detective al que Santos había encargado tiempo atrás una investigación. Un tipo curioso, con aspecto de estar algo pirado y que presumía de ser capaz de enterarse de cualquier cosa que un cliente quisiera saber. Santos fue directamente al grano.

—¿Conoces a un abogado, aquí en la Coruña, que se llama Pedro Sueiro?

—Sí, sé quién es: lo conozco de vista, de hola y adiós, pero no lo trato. ¿Qué quieres saber?

—Me gustaría saber quién es su secretaria, cuánto tiempo lleva con él y si hay alguna relación digamos extraprofesional entre ella y su jefe. Y cualquier otra cosa sobre él que se salga de lo normal.

—Bien —dijo el detective a su colega Santos—, no creo que eso sea difícil de averiguar. ¿Nada más?

—No, eso es todo lo que quería pedirte.

—Muy bien; ya sabes cuál es mi tarifa. ¿Qué hago —añadió—, te llamo cuando tenga algo?

—Sí, por favor. No es que tenga mucha prisa, pero me gustaría que me informaras cuanto antes, porque no voy a quedarme todo el verano en Cee.

—Haré lo que pueda.

Santos sacó su chequera y le extendió un talón, antes de despedirse y volver a Corcubión por la costa, que era el camino más corto, aunque no siempre el más rápido, porque la autopista solo llegaba hasta Carballo y había que hacer luego algo más de sesenta kilómetros por una carretera que atravesaba varios pueblos. Condujo deprisa sin grandes excesos, pero intentando mantener un ritmo rápido fuera de las zonas urbanas. Tardó setenta y cinco minutos desde el centro de La Coruña hasta el puerto de Corcubión, donde dio la vuelta y fue a la casa de turismo rural, porque era la hora de comer.

Les comentó a sus amigos que había ido a dar un paseo a La Coruña, pero no les dijo nada de sus gestiones con el detective Bugallal. Quería sorprender a Souto si se enteraba de algo interesante.

Aquel mismo día, por la tarde, Bugallal llamó a Santos, para decirle que ya tenía cierta información que podría interesarle. Asombrado de la rapidez del detective, Santos le dijo que iría a verlo al día siguiente y quedaron para comer. Estaba encantado, no solo porque se aburría un poco en la aldea, sino porque empezaba a interesarse por aquel asunto y, a pesar de que temía que el cabo Souto se enfadara cuando descubriese que andaba indagando por su cuenta, le divertía hacerlo.

Al día siguiente, Julio César Santos les dijo a sus amigos que iba a dar una vuelta a Santiago de Compostela. No era totalmente falso, ya que pasaría por Santiago, aunque su intención era ir a ver al detective coruñés, para comprobar lo que se tardaba en hacer el recorrido más largo, pero con más autopista. Tardó cuarenta minutos desde Cee hasta Santiago yendo deprisa por una carretera buena que circunvala casi todos los pueblos, y algo menos de media hora desde Santiago a la Coruña. Así comprobó que era perfectamente posible cometer un crimen en Corcubión a la una del mediodía y estar comiendo en la Coruña entre las dos y las dos y media.

Como llegó a La Coruña una hora antes de la convenida con Bugallal para ir a comer, recorrió en su coche, muy despacio, todo el paseo marítimo que rodea la península desde la dársena hasta más allá de la playa de Riazor bordeando la amplia bahía defendida por el histórico Castillo de San Antón. Se detuvo en varias ocasiones por la zona norte para admirar la belleza y la majestuosa violencia del mar, que, bajo la mirada imperturbable de la Torre de Hércules, el faro romano más antiguo del mundo aún en funcionamiento, se estrella incansable contra las rocas, testigos de innumerables naufragios y recientes catástrofes.

Santos encontró al detective Bugallal esperándolo en la puerta de su oficina.

—Tengo hambre —le dijo el coruñés—, ¿qué te parece si nos vamos al restaurante directamente y hablamos durante la comida?

—Estás en tu territorio, Santiago —contestó César Santos—, tú mandas.

Bugallal llevó a su colega al Árbore da Vida, un restaurante de moda que estaba en la misma calle de San Andrés, muy cerca de su oficina, y que, por su discreta fachada, no parecía gran cosa. El interior, moderno y con muy pocas mesas, sorprendió a Santos y más le sorprendió aún que solo sirvieran un par de menús de degustación.

—No es fácil conseguir sitio, pero ya verás qué bien se come.

Mientras esperaban a que los sirvieran, Bugallal entró en materia sin rodeos.

—Amigo Santos —empezó—, la verdad es que no me ha sido especialmente difícil obtener el tipo de información que me pediste. A mí —recalcó—, no me ha sido difícil; te lo digo porque a alguien que no esté tan incrustado como yo en esta ciudad, no le habría sido probablemente nada fácil. Y, además, he tenido algo de suerte, porque casualmente conozco a una persona que...

—Vamos, colega, ahórrate la metodología y vete al grano. No te voy a pedir una rebaja porque haya sido más o menos fácil. Somos del oficio, o sea que no me vendas el artículo como a un particular. Dime qué averiguaste.

—Está bien; pues, en primer lugar, resulta que la secretaria de Pedro Sueiro, el abogado, se murió hace cuatro meses de cáncer. Se llamaba Julita Núñez, tenía sesenta y tres años y llevaba más de treinta con él. Me lo ha dicho el procurador de Sueiro, que es amigo mío. Yo no sabía que se hubiera muerto, solo la conocía de vista. De joven era una chica muy guapa y aún tenía cierto encanto a su edad. Mi amigo descarta que hubiera algo entre ella y el abogado; aunque parece ser que Julita Núñez siempre estuvo colada por su jefe. Un amor platónico. Estaba soltera y vivía con su madre.

—¿Te dijo tu amigo por qué descarta que estuvieran liados?

—Sí. Porque Pedro Sueiro tiene desde hace años una querida. No es de dominio público, porque el abogado es muy discreto, pero sus amigos lo saben.

—¡Ah! ¿Y está casado ese señor?

—Sí, claro. Si no, te habría dicho que tenía una novia o un ligue. Una querida es una querida, ¿comprendes? Es algo que debe ser ilícito para que tenga su intríngulis.

—¡Claro! —se rio Santos sorprendido por la aguda precisión del detective—, no había caído.

—Precisamente —continuó el detective— para que no se entere su mujer, Sueiro no se deja ver nunca en público con su amiguita, pero me han dicho que, de vez en cuando, se va en viaje de negocios con ella. ¡Je, je, en viaje de negocios! Ya me dirás.

César Santos sonrió ante la aparente felicidad de su colega, que parecía estar imaginando cosas muy divertidas y se mostraba complacido al exponerle las habladurías locales sobre la vida y milagros del abogado Sueiro.

Santos le hizo un comentario sobre las excelencias del menú que les sirvieron, original y muy a la última, y le formuló algunas preguntas sobre su trabajo y las dificultades que debería tener un detective en una ciudad en la que, como le había dicho en varias ocasiones, todo el mundo se conoce.

—¡Hombre!, es un decir. La Coruña tiene cerca de trescientos mil habitantes de hecho; no creerás que se conocen todos. Yo me refiero al núcleo tradicional, a la burguesía de la Ciudad o Ciudad Vieja, que es como llamamos aquí al casco antiguo, y del centro. Los profesionales, médicos, abogados, ingenieros, militares, comerciantes importantes y toda esa gente que se encuentra en los buenos restaurantes, las sociedades y los clubes locales. Las familias coruñesas de toda la vida. Si necesitas información sobre alguien a quien no tratas directamente, preguntas entre tus amigos y siempre encuentras a alguno que lo conoce. Así funcionan las cosas. Supongo que en Madrid todo es diferente. ¡Una ciudad con más habitantes que Galicia entera!

—Y con más gallegos de los que hay en La Coruña —concluyó Santos, dando por terminada la reunión, puesto que ya había averiguado lo que quería saber.

4

A las seis de la tarde estaba tomándose un té en el jardín de la casa rural, leyendo *La Voz de Galicia* que había comprado en una gasolinera y esperando a que llegara su amigo. Santos no pensaba decirle que había ido a La Coruña y disfrutaba imaginando cómo le iría soltando poco a poco y en el momento oportuno la información que había obtenido. El cabo apareció a las siete y media.

—¿Qué tal por Santiago? —le preguntó a Santos al saludarlo.

—Bien. Es una pena que no estuviera lloviendo —respondió Santos pensando en el eslogan "Santiago, donde la lluvia es arte".

—Ocurre a veces. Tengo una buena noticia para ti, César.

—¿Ah, sí?

—Ha vuelto de sus vacaciones tu amiga Marimar. Supongo que te alegrará saberlo, dado que me parece que te estás aburriendo un poco.

—Aburrirse un poco es uno de los lujos del veraneo, Pepe. Pero no olvides que he venido a pasar unos días con vosotros, no con ella.

—¡Pero qué chorradas dices! Te ha cambiado la cara solo con oírme hablar de ella. ¿Ya no te acuerdas de lo primero que me preguntaste cuando viniste a nuestra boda?

—Pues no.

—Me preguntaste si no habíamos invitado a Marimar.

—¡Ah, ya! Eso fue porque es la única persona que conozco en Cee, aparte de Lolita y tú. No veo qué tiene de raro.

—¡Venga ya, César! Ya sé que eres un *playboy* y vas por la vida destrozando corazones, pero aún recuerdo la cara de besugo que pusiste cuando te la presentamos.

—Más bien dirás la cara de susto que puse cuando le oí hablar. Reconozco que es una belleza, pero habla como una verdulera.

—Aquí no hay marquesas, tío. Estamos en la aldea.

Marimar Pérez, procuradora de los tribunales, era una compañera de colegio de Lolita Doeste, la mujer de Souto, a la que Santos conoció en circunstancias particulares hacía algún tiempo, con motivo de una investigación que lo había llevado a Galicia[1]. Era una mujer joven, cuyo lenguaje barriobajero contrastaba con su belleza, que llamaba realmente la atención. Tenía una gestoría en Cee a medias con otro abogado, y César Santos había utilizado sus servicios profesionales en aquella investigación. Su relación desbordó ocasionalmente los límites de lo estrictamente profesional, por iniciativa de la joven, a quien Santos había deslumbrado con sus modales distinguidos y su buen aspecto. Como es de suponer y a pesar de la discreción de Santos, la breve aventura entre Marimar y el detective no había pasado inadvertida al cabo José Souto, que conocía muy bien la debilidad de su amigo madrileño por las mujeres.

Julio César Santos disimuló su interés por Marimar pero a la mañana siguiente fue a dar un paseo hasta su

[1] Ver *La línea divisoria.*

gestoría, que estaba en la avenida de Fisterra, en Cee, a unos veinte minutos andando desde la casa rural. No quiso llamarla antes, para darle una sorpresa.

Tuvo suerte, porque Marimar Pérez estaba en su despacho. Al verlo entrar, dio un grito y soltó una de sus exclamaciones menos refinadas, que pondrían colorado a un carretero. Se levantó, rodeó el cuello de Santos con sus brazos y le dio un sonoro beso en los labios. Santos no supo si alargar el beso o dejar los brazos en alto, temiendo que anduvieran por allí el socio de Marimar o la empleada administrativa, aunque al entrar no había visto a nadie. Finalmente pudo más el instinto que la prudencia y, tomándola por la cintura, la levantó en vilo y la apretó contra sí, para experimentar el placer de sentir su cuerpo ligero y cálido contra el suyo. El recuerdo de momentos pasados se le vino encima y si no llega a sonar un teléfono, que interrumpió bruscamente la efusión del reencuentro, seguramente les hubiera sido difícil a ambos separarse.

Mientras Marimar hablaba por teléfono en lo que parecía una llamada de trabajo, Santos la contemplaba recuperando en su recuerdo no solo los detalles de aquel rostro tan bello y atractivo, que el paso de los meses había difuminado en el recuerdo, sino la imagen viva de los momentos felices que compartieran en el Pazo de Lestrove y que su memoria se empeñaba en escamotearle. Allí estaba de nuevo ante él con toda la fuerza de lo real la mujer que, a pesar de su falta de pudor y su lenguaje de verdulera, había conseguido una vez emocionarlo con su belleza y su espontaneidad.

César Santos, siempre seguro de sí mismo y acostumbrado a tratar con mujeres refinadas y hermosas, había sentido una atracción por Marimar que solo por la gran diferencia de cultura y de educación pudo en su día controlar. Ella, acostumbrada a tratar con la gente del pueblo, fue encandilada por el físico, la elegancia y la galantería del detective madrileño y él, consciente de que no había posibilidad de futuro en aquella relación, tuvo que hacer un considerable esfuerzo por no abusar de su superioridad y dejar que la joven se hiciera ilusiones. Le pareció que aprovecharse de su candor para alargar el placer y satisfacer su ego habría sido desleal y optó por una amistosa retirada. Santos comprendió que no solo se trataba de atracción sexual: había surgido un lazo afectivo entre ellos. Y él, hombre experimentado en esas lides, sabía muy bien que la combinación de afecto y sexo formaban una mezcla de consecuencias posiblemente nefastas para su soltería y, por eso, trataba por todos los medios de no beber nunca ni una gota de semejante cóctel. Pero aquella mañana de verano la tentación estaba sentada allí delante, hablando por teléfono, y era demasiado fuerte para no dejarse llevar. Después de casi un año sin haberse visto, pensó Santos, el peligro ya había pasado.

Cuando apareció la empleada, que había salido a hacer unas gestiones, Santos se fue a dar una vuelta para hacer tiempo hasta las dos, ya que Marimar aceptó su invitación a comer. Llamó a Lolita para decirle que no iría a mediodía, porque se había encontrado casualmente con Marimar Pérez y había quedado con ella. La mujer del cabo Souto sonrió y le dijo que no se preocupara.

—Suponía que la encontrarías, César —añadió con retranca—, porque Cee es muy pequeño.

Santos captó la ironía del comentario de su anfitriona y no le cupo ninguna duda de que, por la noche, el cabo Souto intentaría divertirse a su costa. No le importó. A las dos menos cuarto volvió a buscar a Marimar y ambos desaparecieron en el paisaje boscoso de la región, donde abundan lugares propicios para celebrar discretamente un reencuentro placentero.

Capítulo III

1

El domingo a mediodía, el cabo José Souto y César Santos tomaban un aperitivo en el jardín de la casa rural, cómodamente sentados en los mullidos cojines de los bancos corridos de piedra a ambos lados de la mesa, también de piedra. El detective madrileño había estado pensando el modo de presentarle a su amigo guardia civil una hipótesis sobre cómo Pedro Sueiro habría podido buscarse una coartada para cometer su crimen impunemente.

—Pepe, voy a exponerte una hipotética historia —empezó su explicación Santos—, para que me digas si te parece creíble. Imaginemos por un momento que una persona A, que vive en La Coruña, quiere matar a otra persona B, un pariente que vive en Corcubión.

—¿Ya estás otra vez con tus teorías? ¿A qué viene eso de persona A y persona B? ¡Llámalos por sus nombres!

—Vale, Holmes, los llamaré por sus nombres; solo te pido que imagines conmigo una historia. Sigo. Pedro Sueiro sabe dónde va a estar un día preciso a una determinada hora su víctima, el sobrino. Es en un lugar de Corcubión en el que podrá asesinarlo sin riesgo de ser descubierto. Sueiro calcula, en primer lugar, el tiempo que tarda en ir y volver de La Coruña a Corcubión. Después se busca una coartada: una comida con sus amigos en La Coruña a una hora próxima a la del asesinato, para distraer la atención de la policía, y el testimonio de una secretaria leal.

—Pero...—trató de interrumpirlo Souto.

—¡Por favor!, Pepe, déjame terminar mi historia y luego me dices todo lo que quieras. Como es lógico, Sueiro sabe que tiene que tomar ciertas precauciones, por ejemplo, no utilizar su propio vehículo, que es muy llamativo. ¿Qué hace? En primer lugar, decide alquilar un coche varios días antes, para una semana. Como es alguien muy conocido en La Coruña, tampoco quiere que los de la agencia de alquiler de coches recuerden que le alquilaron uno por aquellas fechas, en caso de un interrogatorio policial tras el asesinato de su pariente. Por eso, decide alquilarlo en Santiago, por ejemplo. Como es abogado y conoce a algunos delincuentes, le pide a alguno de ellos que le proporcione unas matrículas falsas y un carnet de conducir igualmente falso. No creo que eso sea difícil. El coche lo guarda en cualquier sitio dos o tres días y, después de hacer lo que tiene que hacer el sábado, lo devuelve al terminar el plazo del contrato. Para eso ni siquiera hay que identificarse, basta con echar las llaves en el buzón de la agencia de alquiler. El sábado por la mañana va a su despacho, pero antes ha tenido la precaución de decirle a su secretaria que la necesita durante unas horas. Trabajan solos hasta las doce y, a esa hora, se van. Sueiro, al despedirse y darle las gracias a su fiel colaboradora, le insiste para que diga a todo el mundo, si le preguntan, que estuvieron trabajando hasta las dos, porque se va a jugar al golf y no quiere que se entere su mujer. Es el tipo de secretos que le encanta guardar a una secretaria de las de antes.

César Santos hizo una pausa, para darle tiempo de reflexionar a su amigo Souto, y continuó:

—¿Qué te parece? A las doce, sale zumbando para Corcubión, hace lo que había planeado y se vuelve a todo trapo a La Coruña. En cuanto a los peajes, ya te demostré que es fácil burlar el control de la matrícula, en caso de que la llevara trucada. Paga en metálico y no queda rastro. A las dos o dos y cuarto se presenta en su club, donde había quedado a comer con sus amigos, como si tal cosa. Cuando aparece la noticia de que su sobrino fue asesinado a mediodía del sábado en Corcubión, a nadie se le ocurre sospechar que Pedro Sueiro hubiera podido tener nada que ver. Había estado en su despacho de la Coruña toda la mañana con su secretaria y luego se había reunido con sus amigos sobre las dos para comer.

—Tu historia hace agua por todas partes, César.

—A ver, ¿por dónde?

—Primero, es mucho suponer que Pedro Sueiro supiera lo que iba a hacer su sobrino en Corcubión aquel día y, segundo, que ese señor conozca a chorizos que le proporcionen matrículas y documentos falsos.

César Santos sonrió y no le dijo nada, porque suponía las pegas que el cabo le iba a poner y prefería sorprenderlo al final con lo que sabía.

—Después —siguió Souto—, hay que tener mucha confianza con una secretaria para pedirle que mienta en un interrogatorio policial. Quizá si le preguntara la mujer de su jefe, podría decirle que habían estado trabajando hasta las dos, incluso pudo mentirme a mí cuando declaró aquello, pero cuando tenga que declarar en juicio, esa mujer no se atreverá a mentir delante del juez y bajo juramento. De eso estoy seguro. —Santos sonrió de nuevo—. No, César, no se tiene de pie tu hipótesis, son demasiadas suposiciones. Creo que estás siguiendo una pista falsa.

Entonces César Santos se dispuso a iniciar el segundo asalto.

—¿Suposiciones, dices? Mira, Pepe, yo, desde este jardín y con mi teléfono móvil —mintió— he hecho ciertas averiguaciones interesantes. Por ejemplo, me enteré de que la secretaria de Pedro Sueiro, Julita Núñez, estaba enamorada platónicamente de su jefe, con quien llevaba más de treinta años, aunque él no le hizo mucho caso porque, entre otras razones, tiene una querida. Parece ser que esa tal Julita era una mujer muy guapa. Tú la conociste, ¿lo era?

—Sí, conozco a Julita Núñez, ya te he dicho que yo mismo la interrogué. Es verdad, debió de ser guapa de joven, pero ahora tiene más de sesenta años. ¿Por qué hablas de ella en pasado?

—Porque la pobre mujer ya no va a poder declarar en ningún juicio. Murió de cáncer hace unos meses.

—¡No me jodas! —exclamó el cabo—, ¿cómo coño lo sabes?

—¡Soy detective, Holmes! Aunque no pertenezca a la Guardia Civil también puedo enterarme de cosas preguntando. La secretaria, enamorada de su jefe y enferma de cáncer, no debió de tener ningún reparo en echarle una mano cuando él se lo pidió.

—¿Sabía que tenía cáncer?

—Seguramente. Si murió pocos meses después, es lógico que lo supiera.

—Bien —dijo el cabo Souto con gesto serio—, supongamos que lo de la secretaria pudo ocurrir tal como dices. La coartada sería falsa, pero es irrefutable y así lo consideré en su día. O sea que lo que has descubierto ya no serviría.

—¡Claro que serviría! —protestó Santos—. Precisamente porque no se puede confirmar, por eso serviría.

—No seas iluso, César. ¿Qué juez aceptaría esa romántica mentira por amor? Y en cuanto a lo del amor de la secretaria, ¿es fidedigna tu fuente de información? ¿Es ese detective de La Coruña que empleaste el año pasado?

—Sí, ese. Resulta que es amigo de un procurador que trabaja con Pedro Sueiro. Me parece digno de crédito.

—Quizá. De todas formas, tu hipótesis no deja de ser una invención como otra cualquiera sin ningún fundamento. Con esos datos se pueden montar muchas historias diferentes. Y lo de la querida, ¿te lo has inventado?

—¡No! Lo que no sé es el nombre, pero puedo enterarme.

—Pues entérate.

—Me costará otros trescientos euros. ¿Crees que estaría dispuesta la Guardia Civil a pagármelos?

—Ni lo sueñes.

—Pues entonces entérate tú.

En ese momento, Lolita, una vez más, interrumpió la conversación para decirles que ya podían pasar al comedor.

2

Aquella noche, el cabo Souto tardó en dormirse. No pensó que su amigo César tuviera razón en sus suposiciones, pero estuvo dándole vueltas a la posibilidad de no haber investigado algunos aspectos o circunstancias del caso del asesinato del joven Sueiro. Por ejemplo, no haber llegado hasta el fondo en lo relativo a la declaración de la secretaria de su tío, la naturaleza de las relaciones entre ambos y la posibilidad de que el abogado pudiera salir y entrar de su despacho sin que ella lo viera. Algo tan fácil como comprobar si tenía dos puertas.

También pensó que el Opel estacionado delante de la farmacia la mañana del crimen, con matrícula falsa, podría haber sido alquilado en Portugal, por ejemplo, que no está demasiado lejos y dificultaría las comprobaciones. Y que, igualmente, podría tratarse de una mera casualidad y no tuviera nada que ver. Tampoco había verificado si Pedro Sueiro sabía o no que su hermano estaba enfermo de gravedad, algo fundamental para tomar la decisión de deshacerse del joven heredero y esperar su muerte natural. Ni siquiera le había preguntado al doctor Sueiro, el forense, qué enfermedad padecía su primo y el grado de gravedad. ¿Conocía el tío a su sobrino? Porque si los hermanos no se trataban desde la muerte del padre, cuando aún no había nacido Álex, Pedro no tenía por qué conocerlo ni de vista, lo que dificultaría su identificación a la hora de asesinarlo.

El lunes por la mañana, nada más llegar al puesto, Souto llamó a sus ayudantes, Taboada y Orjales, y se encerró con ellos en su despacho.

—Quítame esa planta de ahí encima, Aurelio —le dijo a Taboada indicándole el tiesto con la hortensia que Lolita se había empeñado en colocar sobre la mesa redonda de reuniones, como si fuera un velador—, y sentaos ahí, vamos a trabajar.

—¿Dónde la pongo, cabo?

Souto estuvo tentado de sugerirle a Taboada un sitio poco fino, pero por respeto a su mujer se contuvo y solo le dijo:

—Donde quieras, en el suelo o encima de ese archivador.

Los dos guardias se sentaron un tanto intrigados por aquel arranque matinal imprevisto, cuando lo normal era que se hubieran ido a la cantina a tomar un café. Se quedaron callados observando atentamente a su jefe, que puso delante de cada uno una hoja de papel en blanco.

—Compañeros —empezó el cabo—, tengo la impresión de que no hemos investigado a fondo en el caso del hijo de don Alejandro Sueiro. He estado pensando este fin de semana...

Los ayudantes de Souto se echaron a temblar, porque sabían lo que suponía que su jefe les dijera que había estado pensando. Se miraron el uno al otro con un gesto indefinido entre el temor y la guasa y permanecieron serios simulando el máximo interés, no tanto por el que pudiera tener el asunto a tratar, como por lo que estaban seguros de que se les venía encima. La pausa del cabo Souto no hizo más que empeorar sus temores.

—Sí, he estado pensando —continuó— que nos hemos dejado algunas cosas por averiguar.

—Pues tú dirás —balbució tímidamente Orjales.

—No hemos investigado a fondo, por ejemplo, la vida que hacía el joven Sueiro.

—Sí, cabo. Sabemos que estudiaba Farmacia en Santiago y no nos consta que se drogara o que estuviera metido en asuntos feos. Un chaval corriente.

—Eso no es investigar a fondo, Orjales. Me refiero a su carácter, las relaciones que mantenía con su padre, también con su tío de Coruña, si es que se trataban, y con los criados. No hemos hablado con sus amigos y compañeros de la universidad, ni con sus amigos o amigas de aquí, de Corcubión o de Cee. ¿Veis lo que os quiero decir?

—Sí, claro —le contestó Aurelio Taboada—. Algo hicimos. Recuerda que intentamos saber si tenía deudas de juego o si se había peleado con alguien en aquellos días, esas cosas que se hacen siempre.

Souto no le respondió. En realidad, no sabía muy bien qué era lo que se podía investigar sobre aquel chaval de diecinueve años al que habían asesinado y que no se hubiera hecho en su momento. Lo que acababa de decir

Taboada era lo normal. Pero aquel crimen no lo era, por lo tanto habría que buscar algo fuera de lo normal.

—Creo que nos hemos obsesionado —siguió Souto, como si hablara solo— con la búsqueda de un móvil clásico, la herencia de don Alejandro, y hemos descartado sin pensarlo otras posibilidades.

—¿Se te ha ocurrido alguna nueva? —le preguntó Taboada.

—De momento solo se me ha ocurrido que debemos buscarla.

—¡Eso ya es algo! —dijo sin creérselo Orjales.

El cabo Souto no dio señales de haberlo oído y continuó:

—Vamos a investigar en tres frentes diferentes. Tú, Orjales, te vas a dedicar a los amigos de Álex Sueiro en Santiago. Espera, no digas nada —le dijo Souto viendo su expresión inquieta y dubitativa—. Quiero que te pongas en contacto con sus compañeros de universidad. Vas allí y te enteras de con quién salía, a dónde iba a tomar vinos, si salía con alguna chica, si echaba la partida con alguna pandilla; ya me entiendes. Si se quedaba allí a veces y dónde, en qué hotel o pensión, o si siempre volvía en el día a Cee. Cuando encuentres a alguien que lo conociera bien, algún compañero, entérate de todo lo que puedas.

—Hay un problema.

—¿Cuál?

—Que estamos en agosto y no habrá alumnos en la facultad.

—Tienes razón. —Se detuvo a reflexionar el cabo—. Bueno, pues llama al padre y pídele que te diga dónde se alojaba el chico cuando se quedaba en Santiago, el hotel o la pensión, y pregunta allí. En la universidad puede haber gente que lo conozca; los bedeles, por ejemplo. No hará falta que te diga cómo tienes que trabajar, ¿no?

—No, claro.

—Pues ya lo sabes. Planifica el trabajo y ponte en marcha. Y tú, Aurelio, vas a hacer lo mismo, pero aquí, en Cee y la comarca. Del pazo de Vilar de San Pedro para fuera, porque yo me encargaré de los que viven dentro. Habla con la farmacéutica también. Amigos, amigas y toda clase de relaciones en la aldea y en el pueblo.

—Me encanta ponerme a buscar sin saber qué —dijo Aurelio con una sonrisa resignada.

—¿Cómo que no sabes qué? ¡Vaya una manera de empezar! Buscas cualquier cosa que nos pueda servir de pista para encontrar la razón de su asesinato. ¡Eso es lo que tienes que buscar!

—Ya, Holmes, pero como aún no sé lo que puedo encontrar, por eso te decía que...

—Vale, Aurelio, no te enrolles. Si supiéramos lo que deberíamos saber, no tendríamos que buscarlo. Hay que buscar las cosas donde están, no donde nos gustaría que estuvieran.

—Macho, eres como mi profe de mates del instituto.

—¿Qué le pasaba a tu profe?

—Que debía de ser el único que entendía lo que explicaba.

—¿Quieres que te explique a dónde te puedes ir?

—No hace falta, gracias. Ya he captado la indirecta.

—¿Tomamos un café? —sugirió Orjales para cambiar de tema.

3

El cabo primero José Souto llegó al pazo de Vilar de San Pedro, se detuvo a la entrada y se bajó del coche patrulla. Tocó el timbre, a pesar de que la verja estaba entornada, porque prefirió no arriesgarse a entrar y encontrar un perro con malas pulgas. Enseguida vio acercarse a Edelmiro, el empleado de Alejandro Sueiro. Era un hombre de unos sesenta años, no muy alto, fuerte, con aspecto de aldeano y mirada torcida. Se saludaron y el cabo le preguntó si podía ver a don Alejandro.

—Pase —le dijo Edelmiro—, voy a avisarlo.

—¿Puedo dejar ahí el coche? —preguntó el cabo esperando que le dijera que podía meterlo en la finca.

—Déjelo ahí, no va a salir nadie —contestó secamente después de echarle una mirada despectiva al *jeep*.

—Gracias. Me gustaría hablar con usted después, cuando termine con don Alejandro —le indicó el cabo.

—Como quiera. Si no me ve, llame a mi mujer, que está en la cocina. Ya conoce usted la casa.

No podía decirse que el hombre derrochara simpatía y Souto se limitó a seguirlo, sin decir nada más. Había estado allí varias veces después de la muerte del joven Sueiro. El pazo era un sobrio y elegante edificio de granito gallego del siglo dieciocho, rodeado por un cuidado jardín que se convertía en un pinar por la parte trasera, donde estaban la casa de los sirvientes y las antiguas caballerizas. El salón en el que el criado le pidió a Souto que esperara estaba amueblado con buen gusto, pero sin ostentación: muebles antiguos y sólidos de roble, varios cuadros oscuros, una gran chimenea y algún elemento decorativo a juego con el estilo general. Era muy amplio y se notaba que solo se usaba para recibir visitas, pues no había objetos de uso diario familiar, como libros, periódicos o fotografías enmarcadas, ni butacas cómodas, una mesa camilla o un escritorio. Edelmiro volvió enseguida y condujo al cabo Souto a través de otro salón más pequeño y acogedor a una galería alargada, luminosa y alegre, que daba al jardín. Allí lo recibió Alejandro Sueiro de Andrade, un hombre de aspecto serio y distinguido, que se levantó y tendió la mano al cabo con una sonrisa educada.

El cabo Souto tuvo la sensación de encontrarse en el decorado de una novela policíaca clásica del siglo pasado, donde Sherlock Holmes o Hércules Poirot harían sus increíbles deducciones que, generalmente, nada tenían que ver con la vida real. No obstante, se abstuvo de hacer ningún comentario al respecto, por considerarlo inadecuado, dada la razón de su visita, en la que debía tratar la muerte del hijo del médico. Estrechó su mano y correspondió a su breve sonrisa observando el rostro de Alejandro Sueiro e intentando detectar en él algún signo de enfermedad. Le pareció ver ciertas muestras de cansancio o quizá de dolor contenido en su mirada, aunque pensó que podría deberse a su imaginación, condicionada por la información que había recibido del forense.

—Usted dirá, cabo Souto —le dijo el médico.

—Verá, don Alejandro, aunque sé que le causará pena y le ruego que me disculpe, quisiera hablarle de la muerte de su hijo.

—Ah, ya. —El médico no disimuló un gesto de fastidio.

—No crea que nos hemos olvidado de él. Ha pasado más de un año, es cierto, pero yo sigo tratando de encontrar al culpable, aunque me resulte muy difícil, porque no doy con un motivo por el que alguien tuviera interés en hacer lo que hizo. En este momento tengo a dos agentes investigando aquí y en Santiago, en el entorno de las amistades de su hijo, y yo mismo estoy haciendo ciertas averiguaciones. Quizá usted pudiera ayudarnos de alguna manera, no sé...

El cabo Souto se quedó callado mirando el parque a través de la galería y el médico se revolvió en su sillón y no contestó.

Souto se volvió hacia él y lo miró fijamente, haciendo un gesto preciso, como si fuera a decir algo importante.

—Estoy seguro de que usted —se decidió al fin a utilizar una vía indirecta—, durante todo este tiempo, habrá tenido que preguntarse muchas veces lo que yo no he dejado de preguntarme: ¿quién y por qué? Si fuéramos capaces de saber por qué mataron a su hijo, sería sin duda muy fácil saber quién. Por eso he venido, don Alejandro. Para saber si usted me puede ayudar a encontrar una razón, un porqué.

—Tiene razón, cabo Souto. Me he hecho esa pregunta muchas veces.

—¿Y...?

—No he encontrado la respuesta.

—Mire usted, necesito hacerle una pregunta delicada. Usted verá si me quiere contestar.

—Adelante, hágala.

—¿Ha hecho usted testamento?

—Sí. He hecho testamento y lo tiene el notario de Cee.

—¿Es anterior a la muerte de su hijo?

—Había hecho testamento mucho antes de la muerte de Álex, pero lo modifiqué recientemente.

El médico miró a los ojos del cabo y se dio cuenta de que estaba pasando un mal rato por tener que hacer preguntas que lo conducían a un terreno delicado. Suponiendo lo que intentaba saber el guardia civil, quiso facilitarle las cosas; sonrió y le dijo:

—Antes de morir Álex, en mi testamento lo nombraba heredero universal. Era lo natural, dada su condición de hijo único. Como le acabo de decir, ese testamento lo modifiqué posteriormente. En el nuevo, dejo a Pedro, mi hermano mayor, lo que heredé de mi padre, o sea, el pazo y las tierras. Creo que es lo justo. Con mi pequeña fortuna personal, es decir, con los bienes que no heredé, sino que he ido reuniendo hasta ahora, acabo de crear una fundación destinada a sufragar los gastos de la carrera de farmacia a un joven que tenga la edad de mi hijo. Así, un joven desconocido, que ha de reunir ciertas condiciones, podrá disfrutar de lo que mi hijo habría tenido. Todo pagado, estancia en la universidad, matrículas, libros, manutención, viajes de estudios, etcétera. Lo que sobre, se lo dejo a mi hermano y a mis sobrinos. Bueno, también hay un pequeño legado para los criados.

El cabo Souto cambió de postura en su butaca y Alejandro Sueiro continuó, antes de que pudiera decir nada.

—Le explico todo esto, cabo, para evitarle ciertas elucubraciones. Me refiero a mi hermano, como supondrá. No van por ahí los tiros. Pedro no figuraba en mi testamento antes de la muerte de Álex. Su muerte no lo beneficiaba.

—Discúlpeme, don Alejandro, pero si moría su hijo, no habría otro heredero más próximo que su hermano de usted, ¿no?

Alejandro Sueiro sonrió con amargura.

—Vamos, cabo Souto, no estará pensando que mi hermano iba a matar a mi hijo para heredarme, siendo mayor que yo y sin ni siquiera saber si había un testamento a favor de otra persona o de alguna institución.

Dado que el médico no había mencionado su enfermedad, el cabo Souto no se atrevió a insinuar que quizá Pedro Sueiro estuviera informado al respecto.

—Mire —continuó el médico—, le voy a decir algo que no sé si sabrá usted. Mi hermano Pedro y yo no nos hablábamos desde la muerte de nuestro padre, hace veinte años.

—Sí, lo sabía —comentó en voz baja el cabo.

—¿Y sabe por qué? —Souto, aunque estaba al tanto, no contestó ni hizo ningún gesto que diera a entender si lo sabía o no—. Pues porque nuestro padre, por razones que no hacen al caso, no quiso dejarle más que lo que exige la ley, o sea su parte del tercio de la legítima. El resto, es decir las cinco sextas partes restantes, me lo dejó a mí. Yo respeté la decisión de mi padre, porque era su última voluntad, y mi hermano no me lo perdonó.

—Comprendo —musitó Souto.

—Cuando murió Álex, mi hermano Pedro vino a darme el pésame y me acompañó al entierro. Fue un gesto que le agradecí, pues comprendí que debió de costarle hacerlo, después de tantos años reñidos. En mi desgracia no había sitio para el resentimiento y nos reconciliamos. Y también fue un gran alivio para mí, incluso una alegría. Por eso, hace poco, cambié mi testamento y nombré heredero a Pedro, en el caso de que yo falleciera antes que él y, en su defecto, a sus hijos. Respeté la voluntad de mi padre cuando murió, pero eso no me impide disponer de mis bienes, así que rectifiqué. Considero deseable que el pazo familiar, herencia de nuestros antepasados, permanezca en la familia Sueiro de Andrade después de mi muerte. —El médico guardó un momento de silencio antes de añadir—: Aún no se lo he dicho a mi hermano; ni a él ni a nadie. Solo lo sabemos el notario y yo. Y ahora, usted.

—Por mí no tiene que preocuparse —murmuró Souto.

—No es ningún secreto. No lo he comentado porque no me lo han preguntado.

El cabo Souto pensó que no iba a obtener más información del padre de Álex Sueiro. El médico, serio y correcto, no mostraba ningún interés por el estado de la investigación de la Guardia Civil. Contestaba a sus preguntas, pero no formulaba ninguna. Daba la impresión de estar cansado, no por la visita del cabo en especial, sino cansado en general.

—¿Le importa que hable un poco con su criado? —preguntó el cabo antes de despedirse.

—¿Con Edelmiro? Por supuesto que no. Si cree que puede serle útil...

Alejandro Sueiro dejó la frase en el aire como si hubiera perdido todo interés por lo que sucediese a su alrededor. Souto tuvo la impresión de estar estorbando y se despidió. Salió de la galería por el salón pequeño y de allí, atravesando el grande, pasó al recibidor de la entrada. Miró a un lado y a otro y abrió la puerta principal. Vio a Edelmiro haciendo algo en el jardín y se dirigió hacia él.

El cabo Souto le preguntó al criado del doctor cuántos años llevaba trabajando para la familia Sueiro.

—Llevo cerca de cuarenta años —respondió—. Me contrató el general Sueiro cuando terminé el servicio militar. Yo era muy amigo de su hijo, de aquí de la aldea. Fuimos a la escuela juntos.

—¿Era amigo del doctor Sueiro?

—No, no. Yo era amigo de su hermano don Pedro, el abogado. Él habló con su padre y me contrataron para trabajar en el pazo. Nos habíamos corrido algunas juergas juntos, don Pedro y yo.

—¿Siguen siendo amigos?

—Él vive en Coruña.

—Ya, ¿pero no viene por aquí ahora que se reconcilió con su hermano?

—Mire, yo trabajo en la finca y ellos son los señores. Lo que hagan o dejen de hacer ahora no es asunto mío.

—¿Tenía usted mucha relación con Álex, el hijo de don Alejandro?

A Edelmiro no pareció hacerle gracia la pregunta, se apoyó en el rastrillo que sujetaba con ambas manos y miró hacia el monte.

—Era un chaval; aún no había cumplido los veinte años. ¿Qué relación iba a tener? Era el señorito.

—Me refería a si se llevaba bien con él —insistió Souto.

—Lo normal. Los jóvenes van a lo suyo, ya sabe.

El cabo Souto, a pesar de haber hecho sus preguntas en tono amable, percibió el fastidio de Edelmiro y le dio la impresión de que estaba perdiendo el tiempo. No pudo saber si al hombre le afectaba la desgracia que había golpeado la casa en la que trabajaba desde hacía tantos años. Su carácter adusto y su desconfianza natural se levantaban como una barrera infranqueable que cortaba el paso a lo que quizá ocultara aquella actitud hostil. Aun así, el cabo hizo un último intento:

—¿Tiene usted alguna idea de por qué alguien podría querer matar al hijo de don Alejandro?

El hombre se volvió hacia Souto con un gesto duro y le contestó:

—¿Cómo quiere que lo sepa? Si el joven hizo algo por lo que alguien quisiera matarlo, no lo iba a ir contando por ahí.

El cabo Souto se despidió del empleado y se fue hacia el coche. No había quedado nada satisfecho de la charla con Edelmiro, pero no encontró ninguna razón para llevar a cabo un interrogatorio exhaustivo, sobre todo porque ya lo había interrogado el día del crimen y no había descubierto nada nuevo desde entonces que justificara volver a empezar.

La sospecha inicial sobre la participación del hermano del doctor Sueiro en el crimen permanecía en el aire, pero Souto se sentía incapaz de concretarla y la única posibilidad, que era profundizar en la veracidad de su coartada, se había esfumado con la muerte de la secretaria. Por eso se sentía profundamente incómodo y la idea de reconocer ante su amigo Julio César que no lograba avanzar en el caso rebajaba su moral.

Capítulo IV

1

Julio César Santos ya estaba pensando en volver a Madrid, tras aquellos días tranquilos y aburridos del verano en la casa de la aldea, pero algo hizo que se le pasaran las prisas. Lo llamó Marimar Pérez para decirle que se sentía molesta por el nulo caso que le hacía. Aquel abandono era voluntario por parte del detective millonario, porque no quería dar la impresión a sus anfitriones de que una relación que podía considerarse cuando menos poco seria primara sobre su amistad y desvirtuase la razón por la que había aceptado la invitación a pasar unos días juntos.

Santos, a pesar de su justificada reputación de *playboy*, tenía los principios propios de alguien con buena educación y no deseaba por nada del mundo ofender a su amigo Pepe, dedicando demasiada atención a la atractiva amiga de ambos. Y no es que no le apeteciera. Pero él sabía muy bien que, aunque tanto Souto como Lolita, su mujer, aparentaran indiferencia sobre sus relaciones con Marimar e incluso a veces las alentaran, considerarían incorrecto que se lanzara de nuevo a una aventura sin futuro con la única y clara intención de aprovecharse de la joven. La aparente insistencia de sus amigos para que saliera con ella podría ser una forma discreta de comprobar si se comportaría como un caballero o como un sinvergüenza, lo que tendría importancia si algo ocurría mientras estuviese invitado en su casa. Aun así, le resultaba difícil resistirse a la belleza de Marimar y a su falta de pudor. Santos aceptó salir con ella pensando que tenía que haber un término medio entre aprovecharse descaradamente de una mujer tan atractiva y desperdiciar la ocasión de compartir algunos momentos agradables con ella, que a fin de cuentas no era ninguna niña.

Salieron una tarde y pasearon por algunos de los lugares que tiempo atrás habían visitado en circunstancias muy distintas. La comarca ofrecía muchas posibilidades de recorrer lugares solitarios y hermosos. Playas desiertas, como las de Rostro o Arnela, donde cientos de gaviotas adormiladas permanecían inmóviles sobre la arena, pistas forestales por las que algún lobo se aventuraba en invierno y campos de tojos y brezos barridos por la brisa oceánica al borde de los acantilados. Durante el paseo, Julio César Santos le comentó a su amiga el divertido tira y afloja que mantenía con su amigo Pepe Souto sobre un caso que presentaba dificultades aparentemente insalvables. Marimar le pidió algunos detalles y, cuando Santos le habló del doctor Sueiro y de su hijo asesinado, la joven se detuvo, se quedó un momento pensativa y le dijo:

—¿Sabes una cosa? En el pueblo se dice que Álex Sueiro dejó preñada a Beni, la hija de los guardas del pazo. Beni, que es soltera y tiene unos cuantos años menos que yo, tuvo un niño después de morir el hijo del médico. No tenía novio y, en Cee, todos sabemos cómo era Álex: un hijo de papá mal criado. O sea, que lo que dicen seguramente es verdad. ¿Conoces a Beni?

—No.

—Pues es una chica de esas que les gustan a los hombres. Creo que estudiaba para enfermera o auxiliar sanitaria en Santiago. Está muy buena, no sé si me entiendes. —Santos sonrió por la vulgaridad de la expresión, tan natural en su amiga—. Seguro que no le hizo ascos al hijo del señor. Vete a saber qué le habría prometido. Fuera lo que fuese, se quedó sin ello, la pobre.

Santos y Marimar habían llegado al lado sur de la playa de Arnela, hundida en el fondo de un barranco, donde las grandes peñas forman múltiples oquedades en las que es posible ocultarse a la vista de quien circule por la carretera, que pasa por lo alto del monte. El lugar era propicio para caer en cualquier tipo de tentación y la pareja se dejó llevar por el murmullo de las olas, la dorada soledad de la playa desierta y la atracción mutua, que les resultó inevitable e irresistible. Dejaron de hablar del joven asesinado y de la moza embarazada, de los problemas de la investigación y de cualquier otra cosa que los obligara a mantener sus bocas separadas. La dureza de la roca, la humedad de la arena, alguna avispa pertinaz y lo rudimentario del paisaje, al que su belleza no dotaba de comodidades, hicieron que sus besos y abrazos no llegaran hasta donde, sin duda, habrían llegado de estar en la habitación de un hotel o en otro lugar menos agreste. Al caer la tarde regresaron a la casa de la aldea, donde habían quedado para cenar con Lolita y Pepe Souto.

Después de la cena, cuando César Santos regresó tras haber acompañado a Marimar, Lolita dejó solos a los dos amigos en el jardín tomando unas copas en la noche tibia cubierta de estrellas y arrullada por el canto de miles de grillos. Santos le preguntó al cabo Souto:

—¿Sabías que el joven asesinado había dejado preñada a la hija del guarda del pazo?

—¿De qué pazo? —preguntó Souto instintivamente, como para tener tiempo de reponerse de la sorpresa que le había producido la información contenida en la pregunta.

—¡Coño, Pepe, de qué pazo va a ser!, del suyo.

—¿Quién te lo ha dicho?

—¿Lo sabías o no?

—Pues no. ¿Pero, quién te lo ha dicho?

—Tu amiga Marimar. Parece ser que es algo que se dice en el pueblo. —Santos sonreía maliciosamente, como si le pareciera gracioso que la Guardia Civil no supiera algo tan elemental.

—¡Ah!

Fue lo único que respondió el cabo, que empezó a sentir cómo recorría su cabeza una procesión de ideas confusas, que el vino de la cena y la copa que estaba tomando con Santos no ayudaban a clarificar. Su amigo se dio cuenta de su preocupación al ver que fruncía el ceño y guardó silencio esperando a que diera alguna señal de tranquilidad. Al cabo de un rato, cuando le pareció más relajado, le dijo en tono desinhibido:

—A ver si vas a tener razón, hemos estado siguiendo una pista falsa y el hermano del médico no tiene nada que ver. —Souto miró al detective con cara de sorpresa—. ¡Bueno, tampoco pasa nada! —continuó Santos—, el mejor de los perros sigue a veces un rastro equivocado. Pero me sorprende que no supieras lo de la criada del pazo.

—¡Coño, César! —protestó Souto—, la Guardia Civil tiene cosas más importantes que hacer que hurgar en la vida privada de la gente de las aldeas. Si lo de la criada lo sabía Marimar, quizá lo sepa también Lolita, pero no suelo hablar de mi trabajo con ella. Se lo preguntaré; quizá sea importante.

—Ahí no puedo ayudarte, tío. No me veo haciendo indagaciones entre tus paisanos por esas aldeas perdidas en medio del monte y hablando gallego. Se me vería demasiado el plumero, ¿no crees? Soy un animal de ciudad.

—¡Qué dices! ¿Quieres hacer el trabajo de la Guardia Civil? Escucha, te invité a pasar unos días de verano con nosotros, no te contraté como ayudante. Y te he contado lo del asesinato porque te pusiste pesado pero no te voy a dejar meter las narices en este asunto. De verdad, César, si te aburres en la aldea, y lo comprendo perfectamente, puedes volverte a Madrid cuando quieras. Nunca pensé que fueras a pasar aquí todo el verano: ya sé que tienes un chalé cojonudo en la sierra, con piscina climatizada, y que te gusta jugar al golf, o sea que no me parece mal que te vayas.

—Vale, Pepe, no te lo tomes a la tremenda. Claro que no quiero hacer el trabajo de la Guardia Civil, pero reconoce que te he dado algunas informaciones útiles y no es la primera vez. O sea que, si intento ayudarte, al menos no seas desagradecido.

—No empieces con tus chorradas sentimentales, César.

El cabo Souto bebió un sorbo de su copa mirando hacia la noche oscura. Sabía que César Santos le había dado informaciones válidas y sabía que podría serle útil si lo dejara meterse de lleno en la investigación, pero no podía hacerlo. Sus superiores nunca aceptarían que permitiese a un detective privado inmiscuirse en sus asuntos. Aunque fuera su amigo y le apeteciera trabajar con él, debía atenerse a las normas. Santos era un paisano, un civil, alguien ajeno al Cuerpo, y debía mantenerlo alejado del caso. Claro que a Julio César Santos le importaba un bledo lo que pensaran los superiores del cabo y no estaba obligado a atenerse a ninguna norma.

2

Por la mañana, a primera hora, el cabo José Souto llamó a sus colaboradores Orjales y Taboada. Souto había estado dándole vueltas a la información que su amigo Santos le dio sobre el embarazo de la hija del guarda del pazo de Sueiro. Lolita le confirmó que había oído algo, pero no le había dado importancia. De hecho, ni siquiera sabía si había dado a luz.

—Sí —afirmó Taboada cuando el cabo lo comentó—, la chica tuvo un niño en Navidad. Me lo dijo el cura de Bermún.

—¿Y ese cura por qué lo sabe?

—El cura de Bermún es primo de mi madre y fui a hablar con él, porque es el que atiende la parroquia de Vilar de San Pedro, donde está el pazo de los Sueiro. Él fue el que bautizó al niño.

—¿Le preguntaste quién era el padre?

—Claro, pero me dijo que no lo sabía. Aunque estoy seguro de que sí lo sabe y no me lo quiso decir, se le notaba en la cara. Le pregunté por el padrino y me dijo que fue un tío suyo. Eso es todo lo que he podido averiguar. Pero no me extraña que Álex Sueiro fuera el padre de la criatura. La chica está muy bien y ese chaval, el señorito, un hijo de papá acostumbrado a hacer lo que le daba la gana y con pasta, no se iba a privar de algo que tenía delante de las narices todos los días. Vamos, digo yo.

El cabo Souto miró a Taboada con cierta dureza por el comentario tan poco delicado que acababa de hacer, pero no se lo reprochó, porque él pensaba lo mismo. La idea que lo obsesionaba desde la noche anterior era si el hecho de que el joven Sueiro hubiera dejado embarazada a la hija del guarda justificaría que este decidiese asesinarlo. Se lo comentó a sus ayudantes y Orjales fue el primero en exponer sus dudas.

—Cabo, no creo que Edelmiro se atreviera a hacer algo así —dijo muy convencido—. Ese tipo de cosas ocurren; me refiero a que el señor o el señorito dejen preñada a una sirvienta. Lo normal es que le den dinero o que se ocupen de la educación del crío. ¿No te parece raro que Edelmiro siga trabajando en la casa del doctor como si tal cosa, si se hubiera cargado al hijo? No es la reacción propia de un aldeano. Estoy seguro de que, si lo hubiera hecho, se habría entregado o quizá se habría colgado. Me parece mucho más lógico que la chica o sus padres le expusieran al doctor el problema, esperando que se hiciera cargo del niño o que le dejara algo en herencia. Al fin y al cabo, es su nieto.

El cabo Souto, tras quedarse pensando un rato, dijo:

—No me encaja. Sí, es muy sensato lo que dices, Orjales, pero no me cuadra, porque el doctor Sueiro me dijo que había modificado su testamento hacía poco, dejando como único heredero a su hermano Pedro. Aunque este aún no lo sabe, según él. Álex fue asesinado a finales de julio del año pasado y el niño, acaba de decir Taboada, nació en Navidad. Por lo tanto, "hace poco", el niño de Beni tenía ya seis o siete meses y el doctor Sueiro ya debería saber que era su nieto.

—¿Y si no aceptó esa posibilidad? —preguntó Orjales.

—Buena pregunta —contestó el cabo—. Por eso, vas a enterarte de qué médico la atendió a ella, si fue en la Seguridad Social o en una clínica privada, y dónde nació el niño. Si fueron por lo privado, quiero saber cuánto costó y quién pagó. Quizá por ahí encontremos alguna pista. En cuanto a si el doctor Sueiro aceptaría o no la paternidad de su hijo, qué queréis que os diga. Me cuesta creer que un hombre mayor y enfermo, cuyo único hijo acaba de morir, se niegue a aceptar la existencia de un nieto, siendo como es tan fácil hoy día tener la certeza de una paternidad. Necesitamos interrogar a esa chica, Beni, pero antes habrá que atar algunos cabos.

Cuando el cabo se quedó solo, empezó a hacerse preguntas. Dado que el embarazo de Beni y el nacimiento del niño no habían pasado inadvertidos en el pazo, ¿sabría el doctor Sueiro que su hijo Álex era el padre de la criatura? ¿Habrían intentado los criados obtener de su amo alguna compensación? Y la pregunta clave: ¿estaría relacionado el asesinato con aquel niño? No encontró respuestas válidas y pensó que debería volver a empezar la investigación desde el principio descartando las hipótesis de su amigo César Santos sobre idas y venidas de Cee a La Coruña con matrículas falsas, tiempos ajustados y coartadas dudosas, para centrarse en la búsqueda del móvil del crimen. ¿Por qué? Esa era la pregunta correcta que necesariamente lo conduciría a quién.

Como solía hacer cuando lo asaltaban las dudas, sacó su libreta y empezó a escribir palabras sueltas, para ir relacionándolas hasta conseguir un esquema de trabajo. Escribió: "herencia" (la tachó), "pazo" (la subrayó), "criada preñada". Luego dibujó un cuadrado. En el centro escribió: "Álex" y puso al lado una cruz: el muerto. En una esquina del cuadrado puso: "criados"; en otra escribió: "Pedro Sueiro"; en la tercera, después de dudar un buen rato, escribió: "asesino" y luego añadió: "¿contratado?"; y en la cuarta esquina, no puso nada. Se levantó y dijo casi en voz alta: tengo que hablar con Pedro Sueiro y con Beni. Elemental, querido Watson. Se sintió ridículo al compararse con Sherlock Holmes y se corrigió en el acto: ¡elemental, leches!, porque no tengo ni puñetera idea de quién lo hizo, ni por qué. Esto no tiene nada que ver con una novela, pensó, y se puso de muy mal humor.

3

Julio César Santos, en cambio, estaba de bastante buen humor mientras desayunaba en la terraza de su bonito apartamento, en la casa rural, contemplando el paisaje bucólico que tenía delante. Las preguntas que se hacía eran muy distintas de las que se hacía el cabo en su despacho del cuartel. ¿Llamo a Marimar para ir a bañarnos a las calas de Lires? ¿La invito a comer? Las posibilidades que ofrecía la zona no eran muchas ni variadas, pero podían ser interesantes y quizá a su bella amiga se le ocurriera algo más atractivo. El sonido de su móvil interrumpió sus proyectos para aquel día soleado de finales de agosto. Miró el número. Era de La Coruña, pero no lo reconoció.

—Diga.

—¿César Santos? —dijo una voz que le sonó a conocida.

—Sí, soy yo, ¿quién es?

—¡Hola, César! Soy Santiago Bugallal, tu colega.

—¡Ah, Santiago! ¿Qué me cuentas?

—Me gustaría charlar contigo personalmente. ¿Todavía estás en Galicia?

—Sí, estoy en Cee. ¿De qué se trata?

—Verás, es algo delicado para hablarlo por teléfono. Si pudieras darte una vuelta por La Coruña, sería mucho mejor. Es referente al asunto que tratamos recientemente.

Santos hizo un cálculo mental rápido para poder encontrarse con el detective sin echar a perder su proyecto de cita con Marimar. Miró el reloj: eran las diez y veinte. Tenía tiempo de sobra de ir a La Coruña y volver para comer. No quiso aplazar la cita, porque si Bugallal lo llamaba, debía de tratarse de algo importante.

—De acuerdo. Salgo para ahí dentro de un cuarto de hora. ¿Quedamos en tu oficina entre las once y media y las doce?

—Preferiría que no fuera en mi oficina, César. Ya te explicaré por qué. Te propongo un sitio tranquilo para charlar sin que nos vean juntos...

—¡Coño, Bugallal! ¡Cuánto misterio! ¿Tengo que ir armado? —bromeó Santos.

—En serio, César, no quiero que se sepa que he estado contigo.

—Bueno, pues tú dirás —se resignó Santos—. Pero no conozco tanto La Coruña como para encontrar lugares escondidos.

—La primera vez que nos vimos, te alojabas en el Hotel Finisterre. Hasta allí sabes llegar, supongo.

—Sí, claro.

—Bueno, pues si sales del hotel hacia el Castillo de San Antón, pasas bajo la muralla del Jardín de San Carlos. La sigues y llegas a la puerta de entrada. Es un jardín muy tranquilo y suele estar vacío. Te espero allí sobre las doce. El aparcamiento del hotel está enfrente.

César Santos recordaba perfectamente la muralla, con su pequeño mirador sobre la bahía, por encima de una antigua batería de cañones que apunta simbólicamente hacia los petroleros.

Santos llamó a Marimar y le propuso quedar para comer sobre las dos o dos y media. Ella aceptó sin dudarlo y quedaron en la gestoría, a pesar de que ella estaba aún de vacaciones, porque Santos no recordaba dónde vivía. Unos minutos después, el Porsche negro del detective madrileño emitía un suave rugido y salía de la casa rural Doña Carmen en dirección a La Coruña, haciendo saltar algunas chinas del camino de grava hasta llegar al asfalto de la carretera.

A las doce menos diez, Santos aparcó bajo los soportales del Hotel Finisterre y fue dando un paseo hasta el portalón de entrada al jardín, que se abre en la muralla tras la curva que forma el viejo baluarte y en cuyo interior se asienta. Le sorprendió aquel recóndito lugar de la Ciudad Vieja, un romántico rincón que parece dormido y olvidado a la sombra de los olmos centenarios que lo cubren como un manto protector. Unos sencillos macizos de boj forman caminos en torno a la tumba del general inglés Sir John Moore, que se alza irreal entre las puntas de lanza que la protegen.

Allí estaba esperándolo Santiago Bugallal. Los dos detectives se saludaron y se acercaron al balcón mirador, que desde lo alto de la muralla ofrece una vista panorámica de la bahía coruñesa.

—César, ha surgido una complicación —dijo muy serio Bugallal—. Podría desentenderme del asunto, pero me ha parecido más correcto prevenirte, aunque solo sea por compañerismo.

—Pues aprecio el detalle y te lo agradecería si supiera el qué.

—No te lo tomes a broma...

—Vamos, Santiago, suéltalo ya —lo cortó César.

Santiago Bugallal, visiblemente incómodo, se volvió hacia su colega.

—¿Recuerdas que te dije que había obtenido la información que me pediste gracias a un amigo procurador que trabaja para Pedro Sueiro? —Santos emitió un sonido que podría interpretarse como un sí—. Pues resulta que mi amigo le contó al abogado la conversación que había tenido conmigo y las preguntas que le hice. Debo reconocer que cuando le pregunté lo de la secretaria y esas cosas no se me ocurrió pedirle que no le dijera nada al abogado. No pensé que fuera a contárselo.

—Bueno, ¿y dónde está el problema?

—El problema es que Pedro Sueiro me llamó ayer hecho una furia. Quería saber quién me había encargado que hiciera aquellas averiguaciones y por qué. Yo le dije que él, como abogado, debería saber lo que es el secreto profesional. ¿Sabes qué me contestó? —Santos negó con la cabeza—. Me mandó a tomar por el culo y me dijo que disponía de veinticuatro horas para decírselo, si no quería tener serios problemas. Pedro Sueiro, no sé si lo sabes, es uno de los mejores abogados de La Coruña, es un hombre rico e influyente y, además, todo el mundo sabe que entre sus clientes están algunos de los mafiosos más conocidos de Galicia. No es persona con la que alguien como yo, que dependo en gran medida de los abogados, se pueda permitir el lujo de enemistarse. Si Sueiro se lo propone, me quedo sin trabajo de la noche a la mañana. Eso si no me ocurre algo peor. Estoy jodido, César. ¿Comprendes ahora por qué no quería que te vieran conmigo en mi despacho?

—No veo dónde está el problema —Santos sacó la cartera, buscó una tarjeta de visita de las que ponía solo "Julio César Santos – Abogado", se la entregó al detective, que parecía a punto de echarse llorar, y le dijo—: dale mi tarjeta a Sueiro. No tengo ningún inconveniente en que sepa que fui yo quien te pidió la información. Naturalmente, no le vas a decir por qué te la pedí, entre otras razones porque no lo sabes y, por supuesto, no te lo pienso decir. Yo no dependo de los abogados. Solo me trato con uno, que es mi tío, y si dejara de enviarme clientes, cosa que hace de Pascuas a Ramos, me haría un favor.

—Me parece que no te lo tomas muy en serio —lo miró angustiado Bugallal.

—Por supuesto que no. Comprenderás que vuestros asuntos provincianos no me conciernan —contestó Santos con voluntaria chulería madrileña.

—O sea que no me vas a dar ni tan solo una vaga indicación de quién te pidió la información.

—Mira, Bugallal, aunque eso que acabas de decir es una parida como la copa de un pino y no sé cómo se te ha ocurrido, te diré la verdad. Nadie me pidió esa información; no hay ningún cliente detrás; se me ocurrió a mí tratar de obtener ciertas informaciones después de haberme enterado, charlando casualmente con la gente, de que habían asesinado el año pasado en Corcubión al hijo del dueño de un pazo. Como estoy pasando unos días allí cerca y me aburro, me puse a hacer averiguaciones por mi cuenta. Pero estoy empezando a cansarme y me voy a marchar un día de estos. —Santos guardó unos segundos de silencio contemplando la magnífica vista de la bahía coruñesa. Luego, con aire de fastidio, continuó—: Se come muy bien en vuestra tierra, pero estoy en una aldea perdida y me aburro soberanamente. El campo de golf más cercano está a sesenta kilómetros, ¿comprendes?

Bugallal miraba a Santos asombrado, con los ojos como platos, y su preocupación no le permitía captar la sorna con la que este, perfectamente consciente del problema de su colega, pretendía minimizarlo. En realidad, César Santos pensaba en otra cosa: quizá hubiera algo detrás del enfado del abogado al enterarse de que un detective hacía preguntas sobre él y su antigua secretaria. Si aquella mujer había sido para Sueiro una coartada perfecta, era normal que no permitiera que nadie hiciese averiguaciones sobre ella, incluso después de muerta. Sobre todo, si la coartada era falsa y tenía algo que ocultar. Por eso, a Santos, el problema de Bugallal no solo no le preocupaba, sino que le hacía pensar que la investigación en torno a Pedro Sueiro podría estar más justificada de lo que pensaba su amigo, el cabo José Souto.

Santos se despidió del detective coruñés y volvió a Cee, para comer con su amiga Marimar.

Capítulo V

1

Mientras Julio César Santos se iba a comer con Marimar, el cabo José Souto iniciaba su ronda de entrevistas. La primera la tuvo con el forense, Francisco Sueiro, primo de don Alejandro y hombre difícil de tratar por lo que el cabo Souto se tomó ciertas precauciones antes de hacerle la pregunta que consideraba clave para, según la respuesta, establecer las bases de una de las hipótesis a la que había estado dando vueltas aquella mañana. Por suerte, el forense acababa de llegar de vacaciones y no estaba de mal humor. Atendió al cabo con más amabilidad de la acostumbrada.

Souto no se anduvo con rodeos. Le explicó sencillamente, antes de entrar en materia, que estaba retomando la investigación sobre el asesinato del joven Álex basándose en algunas informaciones nuevas.

—Doctor —le dijo a continuación—, usted me comentó el año pasado que su primo, don Alejandro, padecía una grave enfermedad. Aunque no me dijo que fuera un secreto, no lo he comentado con nadie, porque supongo que sus palabras en aquel momento, al lamentar la desgracia de don Alejandro, tenían un carácter reservado. Digamos que fue un comentario entre profesionales cuya discreción se supone.

—Ciertamente —sentenció con una ligera sonrisa el médico.

—Bueno, pues quisiera hacerle unas preguntas que son muy importantes para mí. La primera es si mantiene usted algún tipo de relación con su primo, el abogado Pedro Sueiro, de La Coruña.

El forense, que escuchaba con atención al cabo, estuvo tentado de preguntar a su vez por qué quería saberlo, una reacción natural entre gallegos, pero no le pareció adecuado tratándose de una pregunta formulada por un investigador.

—Sí, nos hemos visto de vez en cuando. En los acontecimientos familiares, las comuniones de los chicos, la boda de mi hija y en alguna que otra ocasión. ¿Qué es lo que quiere saber exactamente, cabo? Porque esa pregunta trae alguna otra detrás, ¿verdad?

—En efecto. La otra es: ¿sabe don Pedro Sueiro que su hermano está gravemente enfermo?

—Sí, lo sabe —respondió sin dudarlo el forense—. Lo sabía antes de que se reconciliaran. Esas cosas se comentan en la familia, aunque él y Alejandro no se trataban desde la muerte de su padre, como usted seguramente ya sabe.

—Sí, sí, lo sé. Además, don Alejandro me explicó la razón. Lo que no sé es si el chico, Álex, tampoco se hablaba con su tío. No me atreví a preguntárselo, la verdad.

—No. Que yo sepa, no tenían ninguna relación y, desde luego, yo nunca lo vi en ninguna de las reuniones familiares de las que le hablaba antes. El chico estudió el bachillerato en Santiago, en casa de unos tíos por parte de su madre, y había terminado primero de Farmacia. Los del pazo no se trataban en absoluto con mi primo de La Coruña —Sueiro se quedó un momento pensativo y después añadió en un tono displicente—: bueno, me refiero a la familia.

—¿Qué quiere decir? —preguntó Souto, que creyó entrever algún pensamiento oculto en la actitud del forense.

—Hay un criado en el pazo, Edelmiro, supongo que lo habrá visto alguna vez, que es amigo de mi primo Pedro desde niño y, a pesar de la enemistad de los hermanos, sé que va a verlo a veces a La Coruña. Seguramente será para pedirle algún favor para sus parientes o algo así.

—¿Y usted, doctor, se lleva bien con don Alejandro? —preguntó Souto, a quien aquella información le había interesado más de lo que suponía el forense y prefería que no se diera cuenta

—Sí. Nos llevamos muy bien. No lo atiendo como paciente, porque a él lo trata un oncólogo de Santiago, pero voy a verlo varias veces al mes.

—¿Es muy grave lo que tiene, doctor? Si perdona mi curiosidad —se disculpó Souto al atreverse a preguntar algo tan delicado.

—Sí, es grave —contestó el médico en tono serio—. Su esperanza de vida es muy corta. Y el dolor por la muerte de su hijo no le está ayudando en absoluto a alargarla.

Se hizo un silencio triste, que el médico rompió preguntándole a Souto:

—¿Cree usted que podrá descubrir quién lo hizo? Se lo pregunto porque tiene usted cierta reputación de sabueso en el pueblo, cabo.

—Sí, doctor, creo que lo descubriré. Pero antes necesito saber muchas cosas, fijarme en detalles en apariencia irrelevantes, resolver pequeñas cuestiones que parecen carecer de importancia. Es una cuestión de paciencia, de reunir información de todo tipo e ir separando el grano del salvado. Usted ya sabe... Por eso me he permitido molestarlo con preguntas que quizá le parezcan inútiles.

—No, no, cabo. No me ha molestado y lo comprendo perfectamente. No dude en preguntarme todo lo que quiera. Si puedo ayudarlo, lo haré encantado.

—No sabe cuánto se lo agradezco. En mi trabajo, si uno se desanima ante la actitud negativa de los demás, está perdido. Estoy seguro de que mucha gente piensa que no estamos haciendo nada. ¡Si usted supiera...!

El médico y el guardia civil se despidieron con un apretón de manos. Souto estaba contento, porque había descubierto bastante más de lo que esperaba, conociendo el humor cambiante del forense. Le había interesado, sobre todo, el hecho de que Pedro Sueiro conociera la enfermedad de su hermano Alejandro y también que el criado del pazo y el abogado siguieran tratándose. Souto no se atrevió a hablarle al forense del hijo de Beni. Era demasiado para una primera entrevista informal.

La visita que hizo a la notaría fue infructuosa porque, como el cabo se temía, el notario le dijo que, sin un mandamiento judicial, no podía decirle absolutamente nada respecto a si Alejandro Sueiro había hecho o no testamento y mucho menos, por descontado, desvelarle el contenido del mismo, en el supuesto de que lo hubiera. Al cabo Souto se le puso cara de tonto cuando el notario, con una sonrisa, le dijo:

—Debería usted saberlo, cabo, porque me ha dicho antes que estaba terminando la carrera de Derecho.

Souto regresó al cuartel con el firme propósito de agotar todas las vías de investigación en torno a los personajes clave: los hermanos Sueiro y los criados. Era consciente de que, hasta entonces, los interrogatorios habían sido incompletos y poco incisivos. Decidió volver a empezar, sin dejar preguntas por hacer ni admitir respuestas sin concretar. Llamó a Orjales y le ordenó que fuera a ver a Edelmiro, para decirle que quería hablar con él, pero que prefería no hacerlo en el pazo, por lo que le rogaba que se presentase en el cuartel cuando pudiera.

—Cuando hables con él —le indicó el cabo a Orjales—, aprovecha para decirle que también quiero hablar con su mujer y con su hija. Que se arreglen para presentarse en la casa cuartel, a poder ser las dos juntas. Supongo que tendrán algún día libre. Si te dice que su hija no puede dejar el niño solo, le dices que lo puede traer. ¡Ah!, y dile también que vengan cuanto antes, a cualquier hora. No tienen más que llamar por teléfono y las estaré esperando.

Cuando Orjales se fue, el cabo llamó a Pedro Sueiro, el abogado, con la idea de concertar una cita para finales de la semana siguiente, después de haber interrogado a los criados. El abogado quiso saber la razón de aquel encuentro y, cuando Souto le explicó que se trataba de la investigación de la muerte de su sobrino, Sueiro se mostró sorprendido de que la Guardia Civil quisiera hablar con él otra vez sobre aquel asunto un año después de los hechos.

—¿Ha descubierto usted algo nuevo? —preguntó Sueiro—. ¿Ya tiene algún presunto asesino?

José Souto captó el ligero toque de ironía que encerraba la segunda pregunta y le contestó:

—Todo se andará, señor Sueiro, quizá con su ayuda.

—¡Ah! Ya me gustaría poder ayudarlo, cabo, ya lo creo que me gustaría. Aún no he podido sacarme de la cabeza ese disgusto y esa preocupación. Le confieso que había llegado a dudar de su interés por el tema. La verdad, pensaba que habían abandonado.

—Yo nunca abandono, abogado —contestó secamente el cabo.

2

Aquel mismo día, a las siete de la tarde, se presentó Edelmiro en la casa cuartel. El cabo José Souto lo recibió en su nuevo despacho de jefe provisional del puesto. Lo saludó y le pidió que se sentara.

—Le agradezco que se haya molestado en venir, Edelmiro. —Este hizo un gesto de resignación y levantó los hombros, como dando a entender que tendría más molestias si no se hubiera presentado—. Supongo que se preguntará para qué quiero hablar con usted otra vez.

—Algo tendrá que decirme.

—Yo diría —le contestó Souto— que es usted quien tiene que decirme algo.

—¿Yo?

—Pues sí. Verá: el otro día, cuando fui a ver a don Alejandro y estuve un momento con usted, me pareció que no tenía muchas ganas de hablar. —Edelmiro no contestó—. Si le he pedido que viniera a verme es porque, ahora, vamos a hablar, aunque no tenga ganas.

Edelmiro no se inmutó ante el agrio comentario del guardia. Cruzó las manos sobre la barriga con los dedos entrelazados y puso cara de póquer. El cabo se quedó mirándolo fijamente mientras él movía los ojos muy despacio de un lado a otro como lo hacen las vacas mientras rumian. Souto volvió a la carga:

—Me dijo usted que era amigo desde joven de don Pedro Sueiro, ¿no es así? —Edelmiro asintió con la cabeza—. ¿Puede decirme cómo se conocieron, por qué eran amigos y en qué consistía su amistad?

—Éramos amigos del pueblo, de las fiestas y esas cosas. Después..., bueno, de vez en cuando íbamos de caza los dos, sobre todo en época de veda. Él me dejaba una escopeta.

—¿Furtivos?

—A veces, pero en sus tierras. Usted aún no había nacido, cabo —se rio Edelmiro—. Y a veces también íbamos de putas a Santiago o a Coruña. ¡Menudo era don Pedro de joven!, y siempre pagaba él, claro. Cuando volví de la mili, habló con su padre para que me contratara en la finca. Él se fue a estudiar y nos veíamos menos. Entré a trabajar y, unos años después, me casé con Delfina, que era hija de la cocinera del pazo. Cuando acabó los estudios, don Pedro se instaló en Coruña y al morir el general, los hermanos riñeron; desde entonces ya no volvió por aquí.

—Hasta el año pasado, ¿no?

—Hasta la muerte del hijo de don Alejandro.

—Pero usted iba a verlo a La Coruña de vez en cuando.

—Pocas veces.

—¿Cuándo fue a verlo por última vez?

—Ahora ya viene él por aquí. Los hermanos se arreglaron a la muerte del chico.

—Ya lo sé, pero conteste, ¿cuándo fue usted a verlo por última vez, antes de la muerte del chico? —preguntó Souto recalcando lo de "antes".

—No me acuerdo.

—¿No se acuerda? ¿No recuerda si fue un año antes, seis meses antes, el mes anterior? Es importante que lo recuerde. Si no lo hace, lo averiguaré yo, puede estar seguro.

—Pues iría a verlo, no sé, puede que unos meses antes.

—¿Unos meses? ¿Cuántos? ¿Pocos, muchos?

—Pocos.

—Supongo que recordará para qué fue a verlo, porque no iría solamente a saludarlo.

—Fui a verlo por un asunto privado.

—Un asunto privado... —repitió Souto meneando la cabeza, antes de soltarle sin previo aviso—: ¿No sería para hablarle del embarazo de su hija, Beni?

Edelmiro, que no esperaba la pregunta, se sobresaltó y, abandonando su actitud impertinente de forzada indiferencia, adoptó una postura tensa, más a la defensiva.

—¿Qué dice? —preguntó para ganar tiempo antes de preparar una respuesta.

—Lo que ha oído.

—No tengo por qué contestar a eso. Es un asunto familiar.

—Muy bien. Está en su derecho —contestó el cabo Souto en un tono formal—. Le haré otra pregunta y también está en su derecho de no contestarla ahora, porque esto no es un interrogatorio oficial. ¿Dónde estuvo usted durante toda la mañana y al mediodía del último sábado de julio del año pasado, el día que mataron a Álex Sueiro? De eso sí se acordará, supongo.

—No salí de la finca en todo el día. Por la mañana estuve trabajando en la huerta y en el parque. Don Alejandro me vio desde la galería. Pregúntele. Yo cogí el teléfono cuando llamaron para dar la noticia.

El cabo Souto no dijo nada. Se quedó callado un largo rato pensando. Recordó que, en efecto, el criado había cogido el teléfono cuando él llamó al doctor Sueiro para darle la noticia desde urgencias, a las dos de la tarde. También recordó que, cuando él mismo se presentó en el pazo una hora después aquel sábado, no se le había ocurrido preguntarles, ni a Edelmiro ni a su mujer o a su hija, dónde estaban a la una del mediodía. Todos se mostraban conmovidos por la tragedia y no venía a cuento hacer ese tipo de preguntas a los de la casa. Tampoco lo hizo en los interrogatorios de unos días después: le había parecido fuera de lugar. Sin embargo, ahora, cuando le hizo la pregunta a Edelmiro, solo por ver cómo reaccionaba, le sorprendió que contestara inmediatamente, sin dudarlo, que estaba trabajando en la finca y que el doctor lo había visto. La repentina reacción del criado y su apresurada precisión sobre lo que hacía aquel día a aquella hora despertaron la sombra de una sospecha en el instinto policial del cabo Souto. El criado parecía mostrar demasiado interés en que se comprobara su coartada, cuando nadie se lo había pedido.

Al día siguiente, por la mañana temprano, se presentaron la mujer de Edelmiro, Delfina, y su hija, Beni. El cabo Souto las había hecho venir juntas, pero tenía intención de interrogarlas por separado, de modo que no tuvieran tiempo de contarse la una a la otra lo que les había preguntado. Hizo pasar primero a la madre y le pidió a la hija que esperara.

3

Delfina era una mujer bastante más joven que Edelmiro, alta, rubia tirando a pelirroja y fuerte como un hombre. Entró en el despacho del cabo dando muestras de nerviosismo. Era algo a lo que Souto estaba acostumbrado, pues sabía que la gente tiende a sentirse culpable de un montón de cosas cuando es convocada por la Guardia Civil o la policía. El cabo le agradeció que hubiera venido tan pronto y le dijo que no la entretendría demasiado. Ella dijo que, de todas formas, tenía que ir a Cee a hacer la compra, o sea que no le causaba ningún trastorno.

—Dígame una cosa, Delfina —empezó el cabo en un tono amistoso simulando no darle importancia a lo que decía—, cuando su marido va a La Coruña a ver a don Pedro Sueiro, ¿lo acompaña usted?

—No, señor. Yo nunca voy.

Souto sonrió para sus adentros. Esperaba que la mujer dijera que no iba nunca a La Coruña o casi nunca, pero respondió con toda naturalidad, como si se tratara de un hecho frecuente y conocido. Era lo que el cabo pretendía.

—Su marido —Souto se arriesgó a marcarse un farol— me dijo ayer que había ido varias veces justo antes de la muerte del hijo de don Alejandro. Supongo que le diría a usted a qué iba, ¿no?

La mujer dudó. Sin duda desconfió de las intenciones del guardia y se cerró en banda.

—¿Varias veces? ¡Ay, no sé! Si usted lo dice...

—No, no lo digo yo. Me lo dijo su marido. Me dijo que había ido varias veces poco antes de que ocurriera la desgracia, ya me entiende. ¿Sabía usted a qué iba o no lo sabía?

—Pues si él le dijo que iba a ver a don Pedro, no sé por qué me lo pregunta a mí.

—Mire, Delfina, a ver si me entiende: lo que quiero saber es si usted sabía por qué su marido iba tantas veces a ver a don Pedro.

—¡Tantas veces! No serían tantas.

—Las que fueran. ¿Le decía a qué iba?

—Pues iba a ver a don Pedro. Ya lo sabe usted.

El cabo José Souto estaba acostumbrado a hablar con gente de las aldeas y tenía mucha paciencia, pero Delfina estaba empezando a ponerlo de mal humor. De modo que decidió dejarse de rodeos e ir al grano.

—¿No iría a tratar del embarazo de Beni?

Delfina, que ya había sido advertida por su marido de que el cabo le había hablado del tema, no movió ni un músculo de la cara al oír la pregunta. Espero unos segundos y contestó, sin duda aleccionada por Edelmiro:

—Ese es un asunto familiar que no le importa a nadie más que a nosotros.

—Sí, sí, claro —se disculpó el cabo—, lo siento. Por supuesto que no pretendo meterme en sus asuntos familiares. Solo quería saber si, cuando su hija quedó embarazada, ustedes acudieron a don Pedro para pedirle consejo, por ejemplo, o algún tipo de ayuda.

—¿Y por qué quiere saberlo?

—Señora, yo soy guardia civil y estoy encargado por el juzgado de investigar la muerte de Álex Sueiro. Tengo que preguntar a todo el mundo que esté relacionado de un modo u otro con esa muerte, a todos los que conocían al joven o que sepan algo sobre su vida o cualquier cosa que me permita avanzar en la investigación. No la estoy acusando de nada, ni a usted ni a nadie de su familia. Solo intento saber cosas que me puedan dar alguna pista y ustedes son los que más me pueden decir, porque viven en la misma casa. ¿Me comprende?

La mujer se encogió de hombros.

—Escuche, aunque sea un asunto privado tengo que preguntarle algo y no debe preocuparse, porque lo que me diga no va a salir de aquí. Ya le dije a su marido que esto no es un interrogatorio oficial, sino una conversación privada. ¿De acuerdo? —Souto continuó sin esperar respuesta—. Sé que Beni asegura que el padre de su hijo es el difunto Álex Sueiro y estoy convencido de que es cierto. También me consta que han tratado el tema con don Pedro y con don Alejandro. Por eso iba su marido a La Coruña, ¿verdad? —El cabo se quedó mirando a Delfina.

—Mire —dijo ella después de un largo silencio—, hable usted con mi marido. Yo no le voy a decir nada más, ¿me entiende? Si quiere saber lo que hace él, con quién habla, a dónde va y para qué, pregúntele a él. Yo no sé nada.

—Está bien. Entonces le vuelvo a preguntar: ¿ha hablado usted con don Alejandro sobre ese asunto?, ¿le dijo, antes de que mataran a Álex, que fue él quien dejó embarazada a Beni?

—Yo no hablé con el señor. Fue mi marido quien habló con él.

—¿Quién pagó las consultas del ginecólogo, los gastos de la clínica y el parto? Porque sé que Beni dio a luz por lo privado, ¿no es así? —siguió preguntando el cabo sin darle respiro a la mujer—. No me irá a decir que lo pagaron todo ustedes.

—No, señor. Eso lo pagó don Pedro.

—¡Ah! Vaya, creí que tampoco lo sabría.

—Don Pedro es el padrino de Beni.

—¿Y don Alejandro no se ocupó de nada?

—Don Alejandro nos prometió otras cosas.

—Como qué.

—Yo no tengo por qué hablar de eso. Pregúnteselo a él.

El cabo Souto tomó unas notas, le dijo a Delfina que esperara un momento y salió del despacho. Llamó a Orjales y le pidió que acompañara a la mujer hasta la salida y mandase pasar a la joven, que estaba sentada en la sala de espera, pero que tuviera mucho cuidado de que no se cruzaran ni una palabra. Volvió al despacho y le dijo a Delfina que podía irse y que, si quería esperar a su hija, que la esperara fuera.

Beni era una joven de veinte años de complexión fuerte, con el pelo de color estropajo y la piel rosada, ligeramente pecosa. Su cara era atractiva, con ojos claros y una boca grande, jugosa y bien dibujada. Sus formas eran muy llamativas y no parecía especialmente tímida o retraída. Mirándola, el cabo pensó que era natural que el joven Álex, seguramente un crío caprichoso y consentido, no hubiera resistido a sus encantos. Habían crecido juntos en la propiedad; dos niños solos, que sin duda compartieron muchas veces juegos prohibidos en los múltiples rincones del parque y del pazo, por lo que nada tenía de extraño que, a los dieciocho años, hubieran cometido una imprudencia en un momento de mutua excitación.

Souto decidió llevar a cabo el interrogatorio de Beni con un método completamente diferente al utilizado con sus padres. Empleó desde el principio un tono de complicidad, como si él tuviera diez o quince años menos de los que tenía, para estar a su nivel.

—¿Con quién has dejado a tu niño? —le preguntó.

—Lo dejé en casa de mi abuela, aquí, en Cee.

—¡Ah, muy bien! Bueno, antes de nada, voy a decirte una cosa, Beni. Esto no es un interrogatorio oficial, ¿vale? Vamos a charlar un rato y te preguntaré algunas cosas que necesito saber. Si no te apetece contestar, me lo dices y listo. Lo que no quiero es que te andes con chorradas. O me dices la verdad o te callas, ¿vale?

—Vale.

Capítulo VI

1

Julio César Santos había llegado a tiempo a Cee, para ir a comer con Marimar. La recogió en la gestoría y le sugirió ir a Lires, como había previsto. Lires le traía muchos recuerdos buenos y malos[2], por lo que sentía una atracción morbosa hacia su playa y sus calas salvajes. Pero Marimar lo llevó a Nemiña. Desde el extremo norte de la extensa playa desierta de fina arena se veían, al fondo, la playita de Lires y el Bar de la Playa sobre el barranco, las casitas de Lires diseminadas por la colina sobre la minúscula ría, los bosques de pinos y, a la derecha, el perfil difuminado en la distancia de las puntas de As Pardas y Arnela, delante del cabo La Nave. El océano tenía el color del acero, bajo un cielo cubierto de nubes.

—Un sitio precioso —comentó Santos al bajarse del coche, estacionado junto a la arena, delante de un bar solitario de aspecto descuidado.

—¿No te acuerdas? —le preguntó Marimar—. Comimos aquí una vez hace tiempo con Pepe y Lolita.

[2] Ver *La decepción del Cabo Holmes.*

—¡Ah, sí, ya me acuerdo, el famoso arroz con bogavante!

La larga espera valió la pena y el detective madrileño reconoció que era uno de los arroces más ricos que había probado, aunque el restaurante no se ajustara al tipo de establecimientos que él solía frecuentar.

Después de comer dieron un largo paseo por la playa, en la que solo vieron a lo lejos a dos surfistas con sus trajes negros de neopreno. César Santos le pasó a Marimar un brazo por la cintura y encontró un oportuno hueco entre la blusa y los vaqueros, que le permitía acariciarle las costillas y el borde del pecho. Ella sonrió maliciosamente y le dijo con su característico estilo:

—Si sigues metiéndome mano, no vamos a llegar más allá de esas rocas.

—Pasear después de una gran comida no es bueno para la digestión —contestó él muy serio sin retirar la mano.

—Supongo que no pretenderás... —dudó ella un momento sobre qué término emplear y finalmente se moderó— echar una siesta en la arena.

—Jamás se me ocurriría semejante vulgaridad. Además, debe de ser muy incómodo. O sea que, si no hay otro remedio, pasearemos.

Pasaron por delante de las rocas y continuaron por el borde de las dunas sin que Santos dejara de acariciar las costillas y el pecho de su amiga. Hacia la mitad de la playa, aproximadamente a un kilómetro del restaurante, se sentaron.

—¿Hasta cuándo te vas a quedar, César? —le preguntó ella.

—Tenía pensado marcharme ya, un día de estos, pero hay un pequeño problema que me gustaría resolver antes. Es referente al caso que está investigando Pepe. Ya sabes, el asesinato de ese chico en la plaza de Corcubión el año pasado.

—¿Y tú qué coño tienes que ver con eso? ¿Te ha pedido Pepe que lo ayudes?

—¡Qué va! Jamás lo haría, lo que pasa es que, como me aburría un poco, se me ocurrió hacer algunas gestiones aprovechando que me contó ciertos detalles y aspectos del caso. Fui a La Coruña y hablé con un detective que conozco, para tratar de averiguar algo acerca de un tío del chico asesinado, que es por lo visto un conocido abogado.

—¡Qué huevos tienes, César! ¿Cómo se te ocurre meter las narices en un caso que está investigando la Guardia Civil? ¿Y Pepe no se cabreó?

—Bueno, no se lo conté todo —contestó Santos, afectado por el basto lenguaje de su preciosa amiga, al que no lograba acostumbrarse, pero que adornaba con un toque de exotismo vulgar el encanto de la situación y del paisaje—. Ya sabes que la gente tiene la manía de complicar las cosas. Resulta que ese abogado se enteró de que alguien andaba pidiendo información sobre él y le armó un pollo al detective, que está, como dirías tú, acojonado.

—¿Como diría yo? ¿Y cómo lo dirías tú?

—De un modo más fino, supongo.

—¡Ah! De un modo más fino —respondió Marimar poniendo un tono de voz exageradamente cursi—. ¡Manda cojones! ¿Me hablas de finura y llevas media hora metiéndome mano en una teta? ¿Eso es fino?

Santos se echó a reír y la abrazó. El lenguaje de Marimar y su belleza se mezclaban casi armoniosamente, como un helado que se recubre de chocolate caliente, para ofrecer al paladar una combinación antinatural y sin embargo placentera. Después de un largo beso, dijo mirando al mar:

—La finura no está en lo que se hace, sino en cómo se hace.

—Te veo venir, César, y como no me parece bien follar en medio de la playa, por muy finamente que lo quieras hacer, vamos a seguir paseando. Y deja de meterme mano, porque no sé si será bueno para la digestión, pero me pone cachonda.

Él la soltó; se levantaron, se sacudieron la arena y siguieron paseando.

—Entonces, ¿sabes cuándo te vas a ir o no? —volvió a preguntar Marimar.

—Supongo que arreglaré ese asunto en unos días. De todas formas, no puedo quedarme aquí mucho más tiempo, porque no quiero abusar de la hospitalidad de Pepe y Lolita. Además, tengo cosas que hacer en Madrid.

—¿Ah, sí? Creía que te dedicabas a rascarte la barriga, por decirlo de un modo fino.

—Esa es precisamente una de las cosas más importantes que tengo que hacer. Pero me gusta hacerlo en Madrid, porque soy de Madrid y vivo allí.

Llegaron hasta el final de la playa de Nemiña, donde el río Castro y la pequeña ría se unen para desembocar en el mar, y dieron la vuelta. Una hora más tarde, Santos dejaba a Marimar delante de su gestoría y se iba a la casa rural.

2

Al bajarse del coche miró el móvil, que llevaba con el sonido apagado, y vio dos llamadas de un teléfono que empezaba con el prefijo de La Coruña. Marcó el número.

—Diga, soy Pedro Sueiro —sonó la voz algo ronca del abogado.

—Buenas tardes. Soy Julio César Santos y tengo dos llamadas perdidas de este número. ¿Me ha llamado usted?

Santos temía que la conversación se desarrollara en términos agresivos y estaba preparado para mandar a hacer gárgaras al abogado coruñés, pero se llevó una sorpresa. Pedro Sueiro resultó extraordinariamente amable e incluso simpático. Trató a Santos de colega, lo tuteó y lo invitó a un encuentro amistoso en La Coruña a su conveniencia. Después de charlar un largo rato, Sueiro le preguntó:

—¿Vas a quedarte mucho tiempo en Cee?

—La verdad es que ya estaba pensando irme, porque aquí, aunque estoy invitado y me tratan muy bien, me aburro un poco y no puedo practicar una de mis distracciones preferidas.

—¿Puedo saber cuál es? —le preguntó el abogado.

—El golf —respondió Santos.

—¡Pero hombre, si esa es, con la pesca, mi distracción favorita! ¿Por qué no te quedas unos días en La Coruña y aprovechamos para ir a jugar a mi club? ¿Quieres que te reserve habitación en algún hotel?

—No, no, muchas gracias. Suelo alojarme en el Finisterre, pero ya me encargo yo de llamar. Me parece una buena idea. Déjame arreglar mis compromisos aquí y te volveré a llamar en un día o dos.

Cuando Julio César Santos se despidió y cortó la comunicación, se quedó pensando. El abogado Pedro Sueiro le había dado la impresión de ser una persona encantadora y todas sus anteriores sospechas sobre coartadas amañadas y viajes rápidos a Corcubión para cometer un asesinato le parecieron algo que hubiera soñado, sin relación con la realidad. Consideró atractiva la posibilidad de pasar unos días en La Coruña aprovechando el buen tiempo, para jugar al golf, hacer algunas comidas refinadas y, de paso, indagar un poco en la vida y milagros del abogado.

Aquella noche, en el jardín, tomando su habitual ginebra con tónica con José Souto, César Santos le anunció que había decidido pasar dos o tres días en La Coruña, antes de regresar a su casa de la sierra madrileña. También lo informó de su conversación con Pedro Sueiro.

—Ya te comentaré mis impresiones cuando lo conozca personalmente —le dijo a su amigo—. A primera vista me parece un tipo simpático.

—Claro, César. Los Sueiro son de clase alta, gente fina, y saben comportarse. Pero te aconsejo que seas muy prudente. Yo no me fiaría un pelo de él. Me han dicho que, tanto en su casa como en su despacho, tiene la costumbre de grabar las conversaciones con sus invitados.

—Tomo nota, Pepe. Es importante eso que me acabas de decir.

—Sí, lo es. Te darás cuenta si te está grabando, porque te hará confidencias escabrosas con el ánimo de provocar comentarios que luego pueda utilizar contra ti. Es una técnica habitual en ese tipo de gente.

—¿Ese tipo de gente?

—Ya sabes a qué me refiero.

—Pues no, francamente.

—Sí, hombre. Me refiero a gente que trata con delincuentes, con mafiosos y que defiende a tipos metidos en asuntos de corrupción. No te hagas el inocente. No sé cómo es ese Sueiro, pues solo hablé con él una vez, pero te aconsejo que te andes con pies de plomo. Si estaba cabreado con tu amigo el detective, porque lo andabas investigando, y ahora te trata con guante blanco, algo me dice que hay gato encerrado.

—¡Qué desconfiado eres, Pepe! Cómo se nota que eres gallego.

—Hablaremos de esto dentro de unos meses. Bueno, entonces, ¿cuándo piensas irte?

—Paso el fin de semana con vosotros y me voy el lunes. ¿Te parece?

—Tú te vas cuando quieras, César. Esta es tu casa, ya lo sabes. No tienes que andarte con remilgos.

—¡Gracias! La verdad es que he pasado unos días inolvidables.

—No empieces con tus finuras.

—Y tú no pretendas ser más borde de lo que eres.

José Souto no respondió y tampoco le dijo que estaba citado con Sueiro para la semana siguiente. Se lo ocultó, para evitar que a Santos se le ocurriera inmiscuirse en sus contactos con el abogado. Solo le pidió que lo tuviera informado de sus encuentros con él y de cuándo volvía a Madrid.

3

A la mañana siguiente, en el cuartel, el cabo primero José Souto se encerró en su despacho para revisar sus notas sobre los interrogatorios de la víspera. De la conversación con Delfina, la cocinera, solo había sacado en limpio que su marido, Edelmiro, iba con frecuencia a La Coruña a ver a su amigo de juventud, el abogado Sueiro, y que este había pagado los gastos del parto del hijo de Beni en una clínica privada. Era un dato interesante. Pero lo más interesante había sido la charla con la hija de los criados, Beni.

La joven no se había mostrado reacia a responder a las preguntas del cabo. Al contrario, aparentando total tranquilidad, adoptó una actitud abierta y colaboradora, estuvo en todo momento relajada y habladora, incluso cuando Souto abordó ciertos temas delicados, como sus relaciones con el joven asesinado. Beni estaba totalmente convencida de que el amo (como solía llamar al doctor Sueiro) acabaría por reconocer la paternidad de Álex y de que tanto ella como el niño recibirían lo que en justicia se les debía.

Tras la primera pregunta del cabo, Beni le explicó que, en cuanto el embarazo fue notorio, sus padres le habían asegurado a don Alejandro que el autor era el señorito Álex. También le dijo al cabo que *el señorito* (lo pronunció con un tono de burla o de desprecio) lo puso en duda. Según Beni, Álex le dijo a su padre que ella se acostaba con otros chicos en Santiago y que era algo sabido. La chica lo comentó con toda naturalidad, como si fuera normal, aunque Souto captó un gesto de rencor en su rostro.

—O sea que lo hablasteis con don Alejandro —comentó el cabo.

—Claro —insistió ella—, pero Álex le dio a entender a su padre que yo era algo así como una puta y que me acostaba con toda su pandilla. Mintió, porque yo no me acosté con ningún otro, ni antes ni después. Aunque no lo pueda probar, te diré una cosa: él me desvirgó en el pazo hace mucho tiempo y lo sabía muy bien.

Dijo aquello con más orgullo que resignación. Como si hubiera sido un honor. El cabo Souto pensó que aquella joven o era tonta, la pobre, o demasiado lista. Al preguntarle qué habían dicho sus padres cuando se enteraron, Beni contestó:

—Suponían que eso iba a ocurrir. Mi padre me dijo que como el señorito había abusado de mí, teníamos que aprovecharnos. ¿Sabes lo que te digo?, él no abusó de mí. Desde niños jugábamos a esas cosas y a mí me gustaba tanto como a él. Lo que pasa es que nos despistamos. Porque de mí no abusa nadie si yo no quiero. Pero ahora hay un bebé y, como su padre está muerto, tendrá que mantenerlo el abuelo, digo yo; a ver quién, si no.

Souto, al oírla hablar del padre muerto había aprovechado la ocasión para tantear a la chica sobre el tema. La conversación había seguido en estos términos:

—¿Tienes una idea de quién pudo haber matado a Álex?

—¿Cómo quieres que la tenga? Seguro que fue alguien a quien le habría hecho alguna putada.

—¿Por qué dices eso? ¿Tan mala persona crees que era?

—¿Mala persona? No sé. Era un señorito; estaba acostumbrado a hacer lo que le daba la gana y a mandar. Lo que me hizo a mí, a lo mejor se lo hizo a otras.

—Por esa razón podría haberlo matado alguien de tu familia, ¿no crees?

—¡Imposible! Estábamos todos en casa aquel día: el amo nos vio.

—Ya. —Souto dio un giro la charla—. Y tu padre también se lo fue a contar a Pedro Sueiro, a La Coruña. Me refiero a lo de que estabas embarazada.

—Sí.

—¿Y qué dijo el abogado?

—Le dijo a mi padre que él no podía hacer nada, porque no se hablaba con su hermano. Eso fue antes de que mataran a Álex, claro. Después, las cosas cambiaron.

—¿En qué cambiaron?

—Don Pedro empezó a venir por el pazo y ahora habla mucho con su hermano. Entonces, el amo nos dijo que cuando naciera el niño, ya vería lo que hacía.

—Bueno, el niño ya hace meses que nació, ¿os ha vuelto a decir algo?

—Nos dijo que lo iba a pensar. Pero, de momento, me mandó callar y que no se me ocurriera reclamar nada. Ahora me da trescientos euros todos los meses y me prometió que, más adelante, vería de regalarnos algunas tierras o una de las casas de la aldea que son suyas.

—¿Trescientos euros, además de tu sueldo?

—¡Qué sueldo! Yo en el pazo no gano nada. Vivo ahí con mis padres.

—De modo que te has conformado con eso y ya no vais a reclamar nada más.

—¿Qué quieres que hagamos? ¿Ponerle un pleito al amo?

—¿Qué os aconsejó Pedro Sueiro? Supongo que tu padre le habrá preguntado.

—Dice que no debemos conformarnos y que deberíamos seguir reclamando, pero él no quiere intervenir. Al fin y al cabo, don Alejandro es su hermano.

El cabo Souto leyó una y otra vez sus notas y trató de sacar conclusiones. Le sorprendía que también Beni, como su padre, se hubiera apresurado a poner en evidencia la coartada que tenían los criados para la mañana del crimen, antes de que él le preguntara. Aparte de ese detalle, que quizá no fuera más que una coincidencia, todo encajaba con bastante lógica y no le pareció que hubiera indicios suficientes para sospechar de ellos. Hasta que no hablara con el abogado en La Coruña, no podría relacionar todas las conversaciones y sacar alguna conclusión. Por lo tanto, no le quedaba más remedio que esperar hasta el fin de semana siguiente.

4

Julio César Santos telefoneó al día siguiente al abogado Pedro Sueiro para confirmarle que pensaba quedarse en La Coruña tres o cuatro días, que aceptaba su invitación a jugar al golf y que se alojaría en el Hotel Finisterre a partir del lunes por la tarde. Pedro Sueiro le dijo que le enviaría a su chófer a las doce de la mañana del martes a recogerlo, para ir a La Zapateira, donde tendría mucho gusto en invitarlo a comer.

Cuando el abogado le comentó a Amaro, su chófer, que tenía que ir a buscar a don Julio César Santos al Finisterre y llevarlo a su despacho, el hombre se quedó muy sorprendido y le preguntó a su jefe si se trataba de César Santos, un detective de Madrid.

—¿Un detective? —preguntó Sueiro—. No. El señor Santos es abogado.

—Bueno, sí, puede que sea abogado, pero tiene una agencia de detectives, si es el César Santos que conozco yo.

—¿De qué lo conoces?

Amaro Toba había sido guardia civil en Corcubión y fue expulsado del Cuerpo hacía varios años por aceptar sobornos[3]. Era de una familia de pescadores de Sardiñeiro, cerca de Corcubión, y trabajaba para el abogado Pedro Sueiro como chófer, encargado de la seguridad del despacho y hombre de confianza. También acompañaba al abogado cuando este iba a pescar en su motora. Fue precisamente Edelmiro, el criado del pazo de los Sueiro, quien se lo había recomendado al abogado. Amaro le explicó a Sueiro que había conocido a Julio César Santos cuando él aún era guardia civil, porque Santos trabajaba para la familia de un millonario desaparecido durante un naufragio en la Costa de la Muerte y se había relacionado con el cabo José Souto, que llevaba el caso de una modelo cuyo cadáver apareció en Lires y que iba en el yate del millonario. El detective madrileño había estado alguna vez en el cuartel de la Guardia Civil de Corcubión

[3] Ver *El rompecabezas del cabo Holmes.*

y había llamado la atención de los guardias porque tenía un Porsche.

—Ese señor —terminó de explicar Amaro— es muy amigo del jefe del puesto de Corcubión.

—¿Cómo lo sabes?

—Tengo amigos en el Cuerpo, jefe, y voy al pueblo casi todos los fines de semana. Usted, que es de Cee, sabe mejor que yo que allí la gente se entera de todo. El señor Santos ha estado después varias veces en el cuartelillo y con el coche que tiene no pasa inadvertido. Lo vi una vez, cuando estaba en la puerta de guardia, pero estoy seguro de que él no se acuerda de mí.

El abogado Sueiro se quedó pensando. Se preguntó si el hecho de que César Santos hubiera contratado al detective Bugallal para hacer averiguaciones sobre él estaría relacionado con su amistad con el cabo de la Guardia Civil. El cabo con el que, precisamente, había concertado una cita para el viernes siguiente. Aunque no tenía sentido que un detective privado estuviera relacionado con la investigación de la Guardia Civil sobre la muerte de su sobrino, la coincidencia le pareció sospechosa.

—Oye, Amaro —le preguntó al empleado—, ¿tú podrías enterarte de dónde estuvo el señor Santos en Cee estos días pasados? Me refiero a en qué hotel se alojó, qué estuvo haciendo o a qué se dedicó.

—Claro, jefe. Déjeme hacer unas llamadas y ya verá cómo me entero enseguida.

A las doce del mediodía, Amaro recogió a Julio César Santos en la puerta del hotel y lo llevó al despacho del abogado Pedro Sueiro. Cuando Santos vio al chófer, le sonó su cara. Pero la barba que este se había dejado le impidió asociarlo con el guardia civil que había visto un par de veces a la puerta del cuartel de Corcubión varios años antes. El abogado Sueiro llevó a Santos a La Zapateira, donde estuvieron jugando al golf hasta las dos y cuarto, hora en la que fueron a comer a la terraza acristalada del club. El abogado estuvo muy amable con César y en ningún momento dio muestras de desconfianza. Santos se relajó y solo se puso en guardia cuando, ya en los postres, Sueiro le preguntó, sin abandonar su tono amistoso ni su sonrisa, por qué había contratado los servicios del detective Bugallal para indagar sobre su persona.

—¡Ah, Bugallal! —exclamó Santos echándose hacia atrás en su silla—. Qué poco serio es ese personaje. No sé qué te habrá contado, pero te lo explicaré. Como sabes, vine a pasar unos días cerca de Cee, en casa de unos amigos...

En ese momento sonó el móvil del abogado, que se disculpó y lo cogió. Escuchó durante un minuto sin abrir la boca y finalmente dijo:

—Está bien, Amaro. Gracias. Te llamaré cuando decidamos irnos. —Colgó y guardó el móvil—. Perdona, era el chófer. Me decías que estabas pasando unos días en Cee.

Santos al oír el nombre de Amaro, recordó de pronto al guardia civil de Corcubión. ¡Claro!, se dijo, es él. Tengo que decírselo a Holmes. En seguida reaccionó y siguió por donde iba.

—Sí. Pues verás, charlando después de una cena con mis amigos, salió a relucir el asesinato de tu sobrino. Un suceso lamentable. Yo no sabía de qué iba el asunto, pero los que estaban allí se enzarzaron en una discusión. Se habló de ti y, por lo que oí, comprendí que eras un abogado muy conocido en Galicia y una persona importante. Como trabajo a veces con mi tío Félix Bermúdez, el presidente de Bermúdez & Asociados, que supongo te sonará...

—Sí, claro.

—... pues quise saber quién eras y conocer la importancia de tu despacho. No contraté a Bugallal. Lo conocía de un caso anterior y cuando vine la semana pasada a dar una vuelta a La Coruña, fui a verlo y le pregunté si te conocía y qué sabía acerca del bufete. No sé qué historia se habrá montado el hombre ni qué le habrás dicho, pero me llamó poco después muy asustado diciendo que estabas enfadado y le di una tarjeta para que pudieras hablar conmigo, si querías. Eso es todo. La verdad es que encuentro ridícula la actitud de Bugallal, pero me alegro de su indiscreción, porque eso ha permitido que nos conociéramos.

Santos terminó su exposición con la esperanza de que el abogado se tragara aquella sarta de mentiras, pero no pudo saberlo, porque la reacción del abogado fue tan política como indescifrable. Se echó a reír y dijo:

—Estamos rodeados de incompetentes, amigo Santos. La próxima vez que necesites un detective en La Coruña, dímelo y te presentaré al mejor. Ese Bugallal es un pobre diablo que se dedica a divorcios, seguimientos y asuntillos de poca monta. Con decirte que se dirigió a mi procurador para hacer sus averiguaciones. ¡Fíjate si será imbécil! A lo mejor creyó que un hombre que lleva trabajando conmigo treinta años no iba a decirme nada. Tienes razón, todo esto es un poco ridículo.

El abogado Sueiro no quiso utilizar la información que le había facilitado Amaro con su llamada telefónica. El chófer le había dicho que Julio César Santos no solo era muy amigo del jefe provisional del puesto de la Guardia Civil de Corcubión, sino que llevaba un par de semanas como invitado en su casa, que era una casa de turismo rural recién inaugurada, de su propiedad.

De ello dedujo el abogado que la supuesta conversación de "los amigos" de César Santos habría tenido lugar sin duda entre él y su amigo el cabo de la Guardia Civil José Souto. Como consecuencia de esa deducción, tampoco se creyó la cándida versión de su relación superficial con el detective Bugallal y su pretendida curiosidad por el despacho. ¿A qué venía entonces interesarse por su secretaria? ¿Qué tenía que ver Julita Núñez? ¿Le habría dicho el cabo que ella proporcionó su coartada para el día del asesinato de su sobrino? Pero, sobre todo, lo que no acababa de comprender era por qué un detective privado de Madrid metía las narices en un asunto que llevaba la Guardia Civil de Corcubión.

El abogado Pedro Sueiro no era de los que dejan sus asuntos sin resolver y decidió ocuparse personalmente de las andanzas de aquel *playboy* madrileño, que se dedicaba a impresionar a los aldeanos paseando con un Porsche por el pueblo y metiendo las narices donde no le importaba.

Pedro Sueiro recordó que, al día siguiente, había en La Coruña un desfile de modelos organizado por una importante empresa coruñesa, cliente de su bufete, y que tenía lugar precisamente en los salones del hotel Finisterre, donde también se alojaban algunas de las modelos. El abogado se puso en contacto con el jefe de relaciones públicas de la empresa, a quien conocía bien, y le preguntó qué posibilidades había de que alguna de las modelos se enrollara discretamente, después del desfile, con un cliente del hotel.

—Se trata de un tipo joven, distinguido y bien parecido, no habrá problema por ese lado —precisó Sueiro.

—Bueno, todo es posible. Ya sabes que algunas de esas chicas a veces se prestan a trabajos extra, aunque son muy caras. Calcula en torno a mil o dos mil euros por una noche; aparte de eso, no creo que haya ninguna dificultad. Te buscaré una esta misma tarde, porque voy a tener una reunión con ellas. ¿Puedes decirme lo que tiene que hacer exactamente?

—Eso prefiero decírselo yo a la chica. En cuanto al dinero, me haré cargo, aparte de lo que ella le saque al caballerete, que según tengo entendido tiene pasta. ¿Cuándo podría hablar con ella?

—Mañana por la mañana; antes del mediodía te llamo y concertáis una cita. Pero después de comer ya no estará disponible, porque las modelos tienen que prepararse para el desfile. Pruebas, maquillaje y toda la gaita.

—Supongo que traerás una chica discreta.

—No te preocupes. La última vez que hice de celestina fue para un ministro.

Capítulo VII

1

El abogado Pedro Sueiro se reunió, antes de comer, con una preciosa modelo de veintiocho años que se hacía llamar Nines. Le comentó que tenía mucho interés en complacer a un cliente de su despacho y, al mismo tiempo, obtener cierta información. Le explicó que se llamaba Julio César Santos, que era un hombre joven, rico y atractivo, que se alojaba en el Hotel Finisterre y que estaría con él en el desfile de modelos por la tarde. Sueiro le entregó a la modelo un cheque de mil euros y le dio algunas precisiones sobre lo que esperaba de ella.

—Me gustaría que te acercaras al señor Santos como lo harías con alguien que te cayera bien, que te gustase; quiero decir, de forma que en ningún momento pueda sospechar que tratas de ligártelo por interés..., cómo decirlo, bueno, ya me entiendes. Tiene que parecer algo espontáneo. Es un abogado de Madrid, con clase y buena presencia, o sea que seguramente te invitará a cenar y tendrá algún detalle contigo. No me importa que le saques lo que quieras: eso es asunto tuyo. Lo que quiero es que, además de complacerlo, averigües todo lo que puedas sobre él. Dónde vive, si está soltero, casado o divorciado, qué ha venido a hacer a Galicia, qué ha hecho durante las dos últimas semanas que acaba de pasar en Cee con unos amigos, qué relación tiene con ellos. Todo, ¿comprendes?, todo lo que puedas. Enróllate con él si te apetece, llévalo a donde quieras o vete con él a Madrid si te lo pide, me da igual. Lo que quiero es conocer la vida y milagros de ese señor. —Miró el calendario que tenía sobre su mesa de despacho—. Estamos a miércoles. Me dijiste que te ibas el viernes, ¿no?

—Sí, en el avión de la tarde.

—Muy bien, el viernes por la mañana me llamas y me dices cómo te ha ido. Si has conseguido liarte con él, te daré otros mil euros. Después hablaremos, pero ten por seguro que, si me facilitas la información que busco, redondearé tus honorarios generosamente. ¿Estamos de acuerdo?

Nines meneó la cabeza en señal de conformidad guardando el cheque en el bolso, a pesar de estar un poco confundida por la forma en la que el abogado le pedía que se liara con su cliente. No era la primera vez que la contrataban para acostarse con alguien importante, pero nunca le habían pedido que hiciera de Mata Hari. De todos modos, como la propuesta económica le pareció conveniente, no puso ningún reparo.

En cuanto la modelo se fue, Pedro Sueiro llamó al detective Santiago Bugallal y le dijo que fuera a verlo lo antes posible. El detective le contestó que podía ir inmediatamente. Un cuarto de hora después, Bugallal entraba en el despacho del abogado.

—Vamos a ver, Bugallal —empezó el abogado sin rodeos—, quiero que haga memoria y me diga qué fue exactamente lo que le preguntó el señor Santos sobre mi secretaria.

Bugallal, temeroso por una parte de indisponerse con el poderoso abogado y no queriendo, por otra, ser desleal con su colega madrileño, intentó minimizar el interés de

César Santos sobre el asunto y contestó simulando cierta indiferencia:

—Pues mire usted, la verdad es que no me acuerdo de qué fue exactamente lo que me preguntó sobre su secretaria. Recuerdo que me dijo que, según tenía entendido, era una mujer muy guapa —Sueiro escuchaba muy serio— y, desde luego, no sabía que hubiera fallecido, de eso estoy seguro. Me preguntó si había algo entre ella y usted, pero no me pareció que lo dijese como si fuera algo importante, solo como un comentario trivial. Si quiere que le diga la verdad, en ningún momento demostró demasiado interés.

—¿Me está diciendo —lo cortó violentamente el abogado— que ese señor vino a La Coruña a verlo a usted, para preguntarle algo que no le interesaba?

—Bueno, no creo que viniera solo para eso. Está haciendo turismo por la zona. Al menos eso fue lo que me dijo. Ya le expliqué a usted el otro día: había oído hablar de la muerte de su sobrino y quería saber algunos detalles. Sinceramente, no creo que el asunto tenga demasiada importancia.

—¡Me importa un bledo lo que usted crea, Bugallal! —soltó Sueiro levantando la voz—. Escuche, voy a encargarle un trabajo.

—Usted dirá.

—Quiero dos cosas. Una, que se ponga en contacto con algún colega suyo de Madrid y averigüe a qué se dedica exactamente el señor Santos. En su tarjeta pone solo "Abogado" y, aunque trabaje ocasionalmente en el bufete de Bermúdez & Asociados, me consta que tiene una agencia de detectives. Supongo que eso ya lo sabía usted. —Bugallal asintió con la cabeza—. Bien, pues entérese de qué clase de agencia es, a qué se dedica, cuánta gente trabaja en ella y qué tipo de clientes lleva. Lo que más me interesa es saber a qué ha venido realmente a Galicia y si lo ha contratado alguien aquí. ¿Me ha comprendido?

—Perfectamente. Haré lo que pueda; de todas formas, tengo una tarjeta suya en la que dice "Santos detectives" y viene su dirección, teléfono, etcétera, pero preguntaré a algún colega de Madrid, a ver qué más puedo averiguar.

—Y la segunda —continuó el abogado como si no lo hubiera oído—, entérese de si está casado, divorciado o si tiene novia. Y ahora escúcheme bien. Ese señor va a liarse seguramente hoy aquí, en La Coruña, con una modelo en un desfile de modas que tiene lugar en el Hotel Finisterre. Quiero que lo fotografíe con ella tantas veces como pueda esta tarde en el hotel, mañana durante el desayuno y por la calle si salen a pasear. Me interesan fotos que puedan comprometerlo, supongo que sabe a qué me refiero.

—¡Por supuesto!

— Y, naturalmente, no tiene que darse cuenta.

Pedro Sueiro despidió al detective y miró el reloj. Ya era casi la hora de comer. Llamó a César Santos.

—Amigo Santos —le dijo en un tono muy distinto del que acababa de emplear con Bugallal—, hay algo esta tarde en tu hotel que te va a interesar.

—¿Ah, sí? Dime.

—Es un desfile de modelos para la presentación de la moda de otoño en La Coruña. No sé si lo organiza Zara o El Corte Inglés, pero se trata de algo muy selecto. Me acaban de decir que han traído unas modelos de Madrid del más alto nivel. Tengo dos invitaciones y se me ocurrió darme una vuelta por ahí y tomar una copa contigo, si te apetece, porque hay un cóctel después. Como estás solo y alguna de las modelos también se aloja en el Finisterre, pensé que quizá encontrarías un medio de combatir tu aburrimiento. A las modelos les encanta codearse con gente importante. —El abogado soltó una risita discreta—. No sé si te interesa la moda, Santos, pero esas bellezas de revista no me parecen una mala compañía para un tipo como tú, ¿qué te parece?

A Santos, aunque le sorprendió tanta amabilidad por parte del abogado, no le pareció mala idea.

—Gracias, Pedro. Siempre es mejor aburrirse bien acompañado que solo.

—¡Perfecto! Entonces nos vemos esta tarde en el hotel, sobre las siete y media.

2

En el hotel de cinco estrellas Hesperia Finisterre, construido en la antigua playa del Parrote, habían montado una pasarela para el desfile de modelos en la pista de baile de la sala de fiestas, al nivel del mar. En la galería superior estaban los periodistas y los fotógrafos y, abajo, en el decorado que imitaba un paisaje boscoso y otoñal, se situaban las sillas para los invitados, a ambos lados de la pasarela. Además de un grupo reducido de caballeros, unas cuarenta o cincuenta señoras vestidas con pretendida elegancia charlaban y gesticulaban con ostentación, envueltas en una nube de perfume, como si ellas y no las modelos fueran la razón del espectáculo.

Julio César Santos, con un traje de verano gris claro de corte impecable y corbata azul marino, entró por la puerta lateral que daba al hotel, acompañado del abogado Pedro Sueiro, de traje oscuro. Su porte distinguido, su pelo largo y ondulado con reflejos plateados y su metro noventa de estatura hicieron que varias señoras se volvieran a mirarlo con admiración cuando bajó la escalinata y fue a sentarse con el abogado en primera fila.

Se apagaron todas las arañas y se encendieron las estudiadas luces de la pasarela al mismo tiempo que empezaron a sonar los violines del *allegro* de *El Otoño*, de las *Cuatro Estaciones* de Vivaldi, como si un viento frío se hubiera colado en la gran sala, sumida en la oscuridad, y arrastrase las hojas del decorado. Mientras la presentadora explicaba las colecciones, fueron surgiendo del fondo de la tramoya las modelos que, con su andar estrambótico y sus estilizadas anatomías, llegaban hasta donde estaba César Santos y, precisamente allí, justo delante de su asiento, daban la vuelta.

Entre ellas estaba Nines, que era la última de cada tanda de pases. Nines, teñida de rubio dorado, llevaba el pelo medio recogido en un gran moño de apariencia descuidada. Su rostro anguloso ofrecía tras el exagerado maquillaje una belleza insolente y altanera, como si pretendiera mostrar su desdén hacia un público que no dejaba de mirarla de arriba abajo. Sus pechos, libres de sujeción, oscilaban al ritmo sincopado de su caminar zigzagueante.

En uno de los pases, al dar la vuelta, Nines se detuvo unos segundos ante Santos, lo miró fijamente y le sonrió, haciendo que la dureza de su rostro se transformara volviéndose humano, aunque a César Santos le pareció angelical. Las miradas se repitieron en los siguientes pases. Santos pensó al principio que era un tic profesional, pero observando a la modelo comprobó que, en sus idas y venidas, no se detenía a mirar a nadie más que a él y después, al volverse, alzaba el rostro y miraba al frente, impasible, como los guardias del palacio de Buckingham.

El abogado Sueiro le dio un discreto codazo en el costado y le dijo en voz baja:

—Tienes a esa chica en el bote.

—¿No es a ti a quien mira? —contestó Santos con socarronería.

Una hora después, en el salón principal del hotel, César Santos y Pedro Sueiro tomaban una copa y picoteaban los aperitivos del cóctel cuando vieron aparecer saliendo del ascensor a Nines y a otra modelo no menos espectacular, que se acercaban al salón como si buscaran a alguien. Al llegar a donde estaban ellos se detuvieron y César aprovechó la circunstancia para acercarse a ellas y decirles en un tono algo frío, pero amable:

—¡Buenas noches! ¿Nos permiten ofrecerles este sitio vacío, que les estábamos guardando? —Las mujeres se rieron y Santos añadió—: Me llamo César Santos y no sé si conocerán al abogado Pedro Sueiro.

—¡Claro! —respondió con desparpajo y en tono ligeramente jocoso la amiga de Nines—. Todo el mundo conoce en La Coruña al abogado... ¿cómo ha dicho que se llama?

Gracias a la habilidad de Santos y su experiencia en aquel tipo de situaciones, se estableció enseguida una conversación distendida. Él fue poco a poco girándose hacia Nines, dirigiéndose a ella en particular y dejando que Sueiro se dedicara a la otra chica. Poco después, en una maniobra arriesgada que contó con la complicidad del abogado, tomó a Nines de un brazo y la llevó hacia el comedor del hotel, desde cuyos amplios ventanales se disfrutaba de un bello panorama nocturno, animado por las múltiples luces de los barcos y del puerto, que rielaban sobre las aguas negras de la bahía.

Santos, después de haber pasado un par de semanas en la aldea gallega, volvía a sentirse en su ambiente natural. Una hermosa mujer de modales refinados, un hotel de cinco estrellas, un desfile de modelos de alta costura, gente elegante de ciudad y un decorado nocturno, propicio para conversaciones amenas y atrevidas: estaba en su salsa. A las diez y media de la noche, la gente empezó a despedirse y el salón del hotel fue quedándose vacío. Pedro Sueiro desapareció sin despedirse, para no interrumpir el aparente idilio de César Santos y la modelo, que permanecían sentados tomando una copa de champán al fondo del comedor, de espaldas al público. La amiga de Nines se había ido a cenar con otras modelos y alguien de la organización.

Viendo la hora que era, Santos le preguntó a Nines si le apetecía cenar en el hotel o salir a algún restaurante de la ciudad. Como la modelo le dijo que no tenía costumbre de cenar más que algo muy ligero, él se atrevió a proponerle subir a su *suite* y pedir que los sirvieran allí. A ella le pareció bien y pidieron una carta, eligió cada uno lo que le apeteció y subieron a la habitación de Santos: una *suite junior* con el salón separado del dormitorio por una puerta de corredera y vistas a las murallas, el Castillo de San Antón, el dique de abrigo y la espectacular torre de control marítimo. Estuvieron un rato junto a la ventana comentando la vista nocturna, hasta que llamó a la puerta el camarero con el carrito de la cena. Santos eligió un canal de música ambiental y se sentaron a cenar.

Julio César Santos, sentado frente a la bella modelo, que bebía despacio una taza de consomé de tortuga, decidió tomarse las cosas con calma. No iban a salir del hotel, no parecía que Nines tuviera ninguna prisa por ir a ningún sitio y él no tenía que madrugar. Sin lugar a dudas, el panorama era más atractivo que el que habían estado contemplando desde la ventana de la *suite*. No obstante, algo le intrigaba: todo había resultado demasiado fácil. El abogado Sueiro había sido inexplicablemente amable invitándolo sin ningún motivo a aquel desfile de modelos; Nines lo había mirado con insistencia desde la pasarela y, al salir del ascensor, lo buscó en el salón del hotel como si hubiera planeado con anterioridad enrollarse con él. Santos no era un hombre al que le costara trabajo ligar, pero en aquella ocasión ni siquiera tuvo tiempo de intentarlo. Entonces recordó de pronto el consejo de su amigo José Souto acerca de lo poco de fiar que era Pedro Sueiro. ¿Tendría algo que ver el abogado con la actitud complaciente de la modelo? ¿Habría planeado el encuentro entre él y Nines?

Santos prefirió no pensar en tal posibilidad y, cuando terminaron de cenar, le sugirió bailar al compás de una dulce melodía del hilo musical, para hacer la digestión. Nines se levantó sonriente, él pasó un brazo en torno a su fino talle y la apretó contra sí. El primer contacto con el cuerpo de la mujer le produjo un estremecimiento de placer y una contracción en la boca del estómago. Nines parecía inmaterial, ingrávida, y sin embargo rebosante de sensualidad. El brazo de Santos rodeó por completo su cintura, tan fina como el tallo de una flor. Ella se adhirió a él con suavidad y firmeza de forma que los relieves de sus cuerpos se acoplaron, igual que el oro fundido se acopla a la forma del crisol. Las copas se quedaron sobre el velador, la ropa cayó sobre la alfombra y sus cuerpos entrelazados se deslizaron sobre las sábanas del lecho matrimonial en busca del límite del placer.

Un par de horas después, César Santos se despertó con ganas de ir al cuarto de baño. La luz del salón permanecía encendida. Miró a Nines, que dormía plácidamente a su lado arrullada por su propia respiración, se levantó despacio procurando no hacer ruido, fue al salón para cerrar la puerta corredera y apagar la luz y entonces vio el bolso sobre el mueble de la ventana, junto a un jarrón decorativo con flores secas. No pudo vencer su curiosidad profesional de detective y se acercó. Estaba entreabierto y con dos dedos lo abrió un poco más. Extrajo una cartera de piel, que fue lo primero que encontró, y la abrió. Había varias tarjetas de crédito y un carné de identidad. Lo miró: Nines se llamaba Mariángeles Salinas García, había nacido en Santander, tenía veintiocho años y vivía en la calle de Claudio Coello, en Madrid. Al dejar el documento, vio la mitad de un cheque doblado que sobresalía del bolsillo interior de la cartera. Lo sacó y lo desdobló. Estaba extendido al portador por un importe de mil euros, fechado el miércoles y con una firma perfectamente legible, a pesar de que las dos últimas letras se estiraban bajo el punto de la i en un amago de rúbrica descendente: P. Sueiro.

Santos no tenía la mente tan clara como para ponerse a pensar en mitad de la noche. Dejó el cheque tal como lo había encontrado, guardó la cartera en el bolso, cerró la puerta corredera y salió al recibidor después de apagar la luz. Se liberó de buena parte del líquido ingerido durante la velada y volvió al dormitorio por el pasillo del cuarto de baño. Al meterse en la cama, escuchó la respiración de Nines, que dormía profundamente, y se quedó dormido sin tener tiempo de reflexionar sobre su descubrimiento.

La luz de la mañana que se filtraba entre los cortinones del dormitorio por la ventana orientada a naciente lo despertó. Extendió el brazo y no encontró a la modelo. Se incorporó para mirar y, al oír ruido de agua en el cuarto de baño, se dejó caer de nuevo en la cama y permaneció adormilado hasta que Nines apareció en la puerta del dormitorio vestida, con la cara lavada y someramente peinada.

—Buenos días —dijo ella con un tono cantarín arrodillándose sobre las sábanas, para darle un beso.

—¿Te has caído de la cama? —le preguntó Santos con voz ronca, pasándole la mano por un muslo.

—No, querido. No me caí, pero al despertarme, me di cuenta de que esta no es mi habitación. —Como Santos la sujetaba por las piernas, añadió en tono suplicante—: Sé bueno y déjame ir a mi cuarto, por favor, necesito mis cosas.

César Santos aflojó la presión de su mano y produjo un ruido indefinido en el fondo de la garganta, antes de preguntar con los ojos cerrados:

—¿Qué hora es?

—Las nueve y media.

—¡Qué horror! No pretenderás que me levante a estas horas.

—Venga, hombre, no seas vago. Voy a mi cuarto a arreglarme y te espero a las diez y media en el comedor para desayunar. Es mejor que te levantes ahora, no vayas a quedarte dormido. A las diez y media, abajo, ¿de acuerdo?

—Si no queda más remedio.

Nines se fue y Santos se sentó en la cama, porque sabía que, si permanecía acostado, se iba a quedar dormido como mínimo hasta las doce.

Después de ducharse y mientras se afeitaba, pensó en Nines. El recuerdo reciente del rato agradable que había pasado con ella, su olor, que permanecía en el aire como el humo tras un incendio, y la ligera resaca no le impidieron centrar su pensamiento en el bolso, la cartera y el cheque de mil euros firmado por Pedro Sueiro. Si el abogado le había pagado ese dinero, solo podía ser por dos razones, pensó. Una, que se hubiera acostado con ella y, otra, que la hubiera contratado para que se acostase con él. La primera posibilidad le parecía poco probable, porque, de haberlo hecho, no era lógico que lo invitara al desfile de modelos y se la pusiera en bandeja. Como no había ninguna razón para que Sueiro tuviera un detalle tan generoso con alguien que acababa de conocer y a quien no le debía ningún favor, era más lógico deducir que si la había contratado fuera para sonsacarle algo o hacerle chantaje, quizá pensando que estaría casado.

Terminó de afeitarse y empezó a vestirse con la idea, ya que estaba levantado, de bajar un poco antes para leer el periódico. Volvió a pensar en el cheque. No tenía intención de decirle que lo había visto ni tampoco de mostrarse desconfiado acerca de sus posibles relaciones con el abogado. Decidió comportarse como si no sospechara nada, porque la compañía de Nines, aunque temporal y previsiblemente breve, le pareció más interesante que las eventuales maniobras del abogado, incluso si fuera cierto que la hubiese contratado para espiarlo.

Miró la hora. Aún disponía de diez minutos, que aprovechó para llamar al cabo Souto.

—¡Hola, Pepe! —lo saludó y no le dio tiempo a contestar—, y no me preguntes si me he caído de la cama, porque a veces me ocurre que madrugo para trabajar.

—Pero si son las diez y veinte, ¿de qué me hablas?

—Tú ya me entiendes. Escucha, hay alguna novedad. No sé qué mosca le ha picado al abogado Sueiro, pero está amabilísimo conmigo. Me invitó a comer, me llevó a su club a jugar al golf y ayer me invitó a un desfile de modas y luego me puso en bandeja a una de las modelos. Como puedes suponer, no iba a cometer la incorrección de rechazarla. Pero ocurrió algo raro, a ver qué te parece a ti. Esta noche, mientras la chica dormía, husmeé en su bolso y encontré un cheque de Pedro Sueiro de mil euros, con fecha de ayer. Eso me hace pensar que el cabrón del abogado contrató a la modelo para que se enrollara conmigo, pero ¿para qué? ¿Tienes alguna idea?

—César, no tienes remedio, tío. ¿No vas a escarmentar nunca? ¿No te han servido de nada tus experiencias anteriores, para no fiarte de las mujeres maravillosas que casualmente y sin venir a cuento se enamoran de pronto de ti?

—¡Eh, tío! Para el carro. No sé a qué viene eso de "sin venir a cuento". Mi experiencia me ha enseñado a desconfiar de las gallegas, ¡y de los gallegos!, sea dicho de paso, pero esta chavala es de Cantabria y, además, ¿quién te ha dicho que me fíe de ella?

—Vale, César, como quieras. Escucha, mañana estoy citado con Pedro Sueiro y lo tantearé. Ya te comentaré la impresión que saco, pero tú, de momento, si me permites un consejo, lo mejor que puedes hacer es desaparecer. Coges tu bólido y te largas a Madrid antes de meterte o de que te metan en algún lío.

—Sí, Pepe. Es lo que pensaba hacer, pero ahora voy a desayunar con mi amiga, si no te importa, y en cuanto sepa algunas cosas que quiero saber, te haré caso y me volveré a Madrid. Seguramente mañana..., con ella.

—Tú sabrás lo que haces.

—Bueno, te dejo, porque no quiero que me cierren el restaurante. Un abrazo, chaval. Te llamaré.

3

Julio César Santos vio llegar a Nines por los salones de lectura hacia el comedor. Se acercó, la besó cariñosamente y le dijo que estaba radiante, lo que era cierto. La modelo se había vestido y maquillado como para asistir a una recepción. Se sentaron junto a uno de los ventanales que dan sobre las piscinas de La Solana y el puerto. La mañana era luminosa y algunas nubes blancas esparcidas por el cielo azul prometían un día templado y sin lluvia, propio de finales de verano.

—¿Tienes que trabajar hoy? —le preguntó Santos a Nines sin haber planificado qué proponerle en caso de que le dijera que no.

—No. Hoy es mi día de descanso, porque, como te dije ayer, mañana me vuelvo a Madrid. ¿Y tú, tienes algo que hacer?

—Sí. Hoy voy a estar muy ocupado todo el día.

—¡Ah! —exclamó decepcionada Nines—. Había pensado que quizá pudiéramos pasarlo juntos.

—Y yo —le contestó él sin inmutarse, untando una tostada de mantequilla—, por eso te digo que voy a estar muy ocupado.

—¡Tonto! Me habías asustado. O sea que no tienes ningún plan. ¿Cuándo piensas volver a Madrid?

—Pensaba volverme hoy, pero lo dejaré para mañana. ¿Por qué no te vienes conmigo en coche? Llegarás antes.

—Ya tengo el billete y la tarjeta de embarque.

—Eso se puede anular.

—Además, mañana por la mañana tengo que ver al organizador del desfile: aún no me han pagado los gastos del viaje.

—Bien, pues lo vas a ver por la mañana y cuando termines, vienes al hotel, me despiertas y nos vamos.

—¿Eres siempre tan decidido, César? No sé qué decirte.

—Los dos tenemos que volver a Madrid y yo he venido en coche, ¿por qué ir separados?

—Déjame pensarlo. Y para hoy, ¿te apetece hacer algo?

—Pues si te digo la verdad, lo que realmente me apetece es encerrarme contigo en la habitación, meternos los dos en la cama y dormir todo el día. Después del madrugón al que me has sometido, no se me ocurre nada mejor.

Ella se quedó mirándolo con la taza del café en la mano, como si no supiera qué contestar. Finalmente se echó a reír y le dijo:

—Eres un golfo, César. No es que el plan sea malo, pero no he estado una hora arreglándome para volver a meterme en la cama a las once de la mañana. O sea que piensa un lugar bonito adonde llevarme, algún sitio agradable donde invitarme a comer y luego, si te portas bien, quizá te deje dormir la siesta en mi cama.

Santos le dijo que, aunque conocía poco La Coruña, podrían dar un paseo por la Ciudad Vieja y el centro sin perderse, hasta la hora de comer. A ella le pareció bien y bajaron a recepción. Santos preguntó si tenían un plano de la ciudad y pidió que le reservaran una mesa para el mediodía en el restaurante Alborada, del que tenía buenas referencias. Cuando le confirmaron la reserva, anotó la dirección y salieron a dar su paseo.

Nines era una mujer inteligente y sensata. Pensó que la oportunidad de pasar todo el día con César Santos le permitía dosificar sus preguntas, para no dar la impresión de querer saber demasiado sobre su vida sin motivo. De hecho, estaba molesta por el compromiso adquirido con el abogado coruñés, porque César Santos le gustaba y se habría acostado con él de buena gana si se hubieran conocido casualmente y él se lo hubiese pedido. Pero ya era tarde. Su representante y el organizador del desfile le habían dicho que el abogado Sueiro era alguien muy importante en La Coruña y amigo personal de los dueños de Inditex, por lo que no podía dejar de cumplir su compromiso, sobre todo después de haber aceptado el cheque de mil euros.

A medida que transcurría la mañana, mientras paseaban por las calles y avenidas de La Coruña cogidos del brazo como dos novios, Nines llegó a la conclusión de que había cumplido con la parte principal del trato con el abogado: conseguir que César Santos se liara con ella. En cuanto a indagar sobre su vida privada y las razones por las que estaba en Galicia, decidió que no iba a preguntarle nada que no fuera natural preguntar entre personas que se acaban de conocer. Si César le contaba su vida, pues bien, y, si no, peor para el abogado. Al fin y al cabo, los dos se volvían a Madrid y era muy posible, pensó y deseó ella, que siguieran viéndose de vez en cuando, mientras que a Sueiro probablemente no volvería a verlo nunca más.

—¿Sabes? —le dijo de pronto a César—, acabo de decidir irme contigo a Madrid.

—¡Vaya! Si me lo hubieras dicho antes, habría mandado el coche a lavar —dijo Santos intentando ser ingenioso y disimular su satisfacción.

—¡Qué tontería! ¿Por qué? ¿Tan sucio lo tienes?

—¡Qué tiene que ver una cosa con otra! ¿Acaso tú te lavas por las mañanas porque estés sucia? Uno se lava para causar buena impresión.

—Hombre, pero un coche...

—Mi coche es muy presumido. ¡Es de Madrid!

Nines se rio y sintió curiosidad por saber dónde vivía Santos, sin pensar en lo que le había pedido Sueiro.

—Yo vivo en Claudio Coello, casi esquina con Ayala, ¿y tú?

Julio César Santos no solía facilitar nunca la dirección de su domicilio particular, en la calle de Serrano, especialmente a las personas relacionadas con su trabajo, y daba siempre la de su oficina, en la calle de Fuencarral. Con Nines dudó, aunque finalmente se inclinó por la prudencia y le dijo, sin especificar:

—Somos vecinos del mismo barrio. Yo vivo en Serrano.

—¡Estaba segura! —comentó ella con un gesto divertido—, no podías vivir en otra calle. Seguro que, además, eres de Madrid.

—¡Por supuesto! ¿Tú no?

—No.

—No importa, nadie es perfecto. ¿De dónde eres?

—Adivínalo.

—Por la manera de hablar, debes de ser del norte —respondió Santos abusando de la información que poseía.

—¿Por la manera de hablar?, pero si no tenemos ningún acento.

—¿No tenéis, dices? ¡Ah! Entonces eres de Cantabria, seguro.

Nines se quedó asombrada.

—¿Cómo lo has adivinado?

—Porque un gallego, un asturiano o un vasco nunca diría "no tenemos acento". Saben que lo tienen y les gusta reconocerse por eso.

—¡Qué listo eres! —dijo ella en tono burlón.

—Has tardado toda la mañana en darte cuenta. Yo, en cambio, me di cuenta de que eras encantadora en cuanto te vi.

—Gracias, César, pero no sigas. No dormiremos la siesta hasta después de comer, por mucho que te esfuerces.

Santos sonrió recordando a Marimar. Era evidente que entre su amiga de Cee y la modelo había una notable diferencia a la hora de expresarse.

A las dos y cuarto llegaron en un taxi al restaurante, situado en el Paseo Marítimo que rodea La Coruña, frente a la gran bahía que se abre al Atlántico bajo la vigilancia de la Torre de Hércules.

Capítulo VIII

1

El cabo primero José Souto se presentó en el despacho de Pedro Sueiro a las diez de la mañana. Sabía que no iba a ser fácil sacarle algo al abogado, porque su experiencia en entrevistas anteriores con personas influyentes había dado siempre resultados negativos. La última vez que había tenido una reunión con un personaje de cierta importancia en La Coruña, al que pretendía apretarle las tuercas, resultó que era amigo del coronel jefe de la comandancia de la Guardia Civil y tuvo que salir con el rabo entre las piernas.

—Siéntese un momento por favor —le dijo la recepcionista del despacho—. Don Pedro lo esperaba, pero ha recibido una visita imprevista. Supongo que enseguida lo atenderá.

Cinco minutos después, el abogado apareció por el pasillo acompañado por Nines, la modelo. El cabo Souto no disimuló su admiración ante la belleza de aquella mujer, alta, delgada y vestida con suma elegancia. El abogado se despidió de ella y enseguida se dirigió a Souto, que se levantó para darle la mano.

—Discúlpeme si le he hecho esperar, cabo Souto. Supongo que no llevará mucho tiempo.

—No, no. Acabo de llegar —y para dar un toque de simpatía al encuentro y demostrar que estaba relajado, añadió—: comprendo que se haya entretenido, porque con clientes así es fácil perder la noción del tiempo.

—Esa señorita no es ningún cliente —contestó Sueiro sonriendo y, bajando la voz en tono de complicidad, añadió—, es una modelo de alta costura. Venga, por favor.

Souto acompañó al abogado hasta el final del pasillo y entró con él en su lujoso despacho, que era cuatro veces mayor que el del jefe del puesto de Corcubión. Pedro Sueiro le ofreció un café, que el guardia aceptó de buena gana, y ambos se sentaron en sendas butacas junto a una mesa baja, donde enseguida les sirvieron los cafés con unas pastas.

—Bueno, cabo, espero que tendrá algo importante que decirme, si se ha desplazado hasta aquí para verme. ¿Ha hecho algún descubrimiento?

—Pues verá usted, señor Sueiro, más que para decirle algo importante, he venido para ver si me lo dice usted a mí.

—¿Yo? —se echó a reír el abogado.

Souto esperó pacientemente a que Sueiro dejara de reírse.

—Usted, abogado, es un hombre con experiencia y sabe muy bien que, cuando se trata de descubrir al autor de un crimen, hay que tener mucha paciencia y no cansarse uno nunca de preguntar. Por eso he venido, para preguntarle unas cuantas cosas.

—¿Y espera que yo pueda...?

—No sé si podrá o no aclararme ciertos puntos oscuros, pero en este triste asunto hace tiempo que no dejo de dar vueltas en torno a cinco personas. Ya supone usted de quiénes se trata. Los señores y los criados, por decirlo de forma novelesca. No he encontrado a nadie más en ninguna otra parte que pueda tener relación con el asesinato de su sobrino. Eso no quiere decir, por supuesto, que el asesino esté entre ustedes, pero sí creo que podría obtener alguna información que me ayude en la investigación. Ya he hablado con su hermano y no he podido sacarle gran cosa, porque el hombre me pareció hundido, cansado y seriamente afectado por su enfermedad. También he hablado con Edelmiro y con su hija, Beni. De ellos es de quienes me gustaría hablarle, porque a la mujer de Edelmiro no pude sacarle nada en limpio.

Pedro Sueiro se había echado hacia atrás en su butaca y escuchaba con aparente interés o, más bien, curiosidad lo que el cabo Souto decía. Por su parte, el cabo trataba de exponer cuidadosamente las premisas del tema que pretendía abordar, como quien se acerca a una zona de arenas movedizas.

—Verá usted, la actitud de Edelmiro me ha parecido rara desde un principio. No diría sospechosa, pero sí extraña.

—¿A qué se refiere concretamente?

—¿Es cierto que entre Edelmiro y usted hay cierta amistad?

—¿Se lo ha dicho él?

—No exactamente, más bien al contrario. Se lo pregunté, porque don Alejandro me lo había comentado, y él me contestó con evasivas. Cuando le dije que me constaba que había venido a verlo a usted en varias ocasiones a raíz del embarazo de su hija, me fue soltando gota a gota que en su juventud habían compartido algunas correrías. Me gustaría que me dijera usted si es cierto.

—Bueno, es cierto que éramos amigos de chavales, amigos de la escuela de la aldea y durante un par de años del colegio, en Cee. Él dejó muy pronto los estudios elementales —se detuvo un momento, como haciendo memoria y siguió—: sí, es verdad que nos corrimos algunas juergas, jugábamos a las cartas en el café y cazábamos juntos. La gente de la aldea tiene una especial facilidad para moverse por el monte que es muy útil. De ahí a decir que había amistad entre nosotros hay un trecho, como puede suponer. Después, durante todos estos años, Edelmiro siguió acudiendo a mí de vez en cuando con cierta confianza, que yo le permito en recuerdo de nuestros tiempos mozos. Me pidió algunos favores y se los hice, porque me interesaba no perder contacto con él, para mantenerme al tanto de lo que ocurría en el pazo y en la aldea. Supongo que ya sabe que, durante veinte años, mi hermano y yo no nos tratamos.

Souto asintió con la cabeza y el abogado continuó:

—Un día, hace más de un año, se presentó aquí para decirme que mi sobrino Álex había dejado preñada a su hija Beni, disculpe el leguaje aldeano. El hombre estaba irritado. Le dije que yo ni siquiera conocía a mi sobrino. Y es verdad, aunque le parezca raro, no lo había visto nunca. Cuando nació el chico, yo ya vivía aquí, en Coruña, y tenía este despacho. Casi nunca iba a Cee. "¿Qué quieres que haga?", le pregunté a Edelmiro. El hombre me dijo que le aconsejara: quería saber si podía reclamar algo a mi hermano; si podía obligar a Álex a reconocer al hijo que iba a tener Beni; si tenía derecho a exigir una prueba de paternidad; si podía llevarlo a los tribunales. En fin, un montón de cosas.

—¿Qué le aconsejó usted?

—¡Qué quiere que le aconsejara! Le dije que lo primero que tenía que hacer era esperar a que el niño naciera. Y después le advertí de que el hecho de que no me hablara con mi hermano, no quería decir que estuviera dispuesto a ponerme de parte de sus criados y mucho menos a pleitear contra él. Le aconsejé que se lo tomara con calma, que hablase con su amo y le pidiera consejo a él. Por las buenas, le dije, conseguirás mucho más que a la tremenda.

—Ya. Según me contó Edelmiro, después de nacer el niño, volvió a hablar varias veces con el doctor Sueiro y este le dio largas diciéndole que ya vería. Beni, por su parte, me reconoció que había empezado a pasarle cierta cantidad todos los meses para ayuda de gastos. En realidad, y teniendo en cuenta que la chica no cobra nada en el pazo, a pesar de trabajar allí ayudando a sus padres, me pareció algo así como un apaño a modo de sueldo. No sé qué le parecerá a usted.

—Mire usted, cabo, las cosas no son siempre como parecen. He hablado con mi hermano del asunto, como supondrá. La verdad es que la chica ha asumido la realidad y se conforma con que mi hermano le dé un poco de dinero. Incluso creo que Alejandro le ha prometido regalarle algunas tierras más adelante. No hay por qué tener prisa. Pero Edelmiro es un hombre difícil. Tiene mal carácter, es rencoroso y me consta que quiere sacarle a mi hermano mucho más. En realidad, aunque eso no me lo ha dicho, lo que quiere es que reconozca al nieto y que lo nombre su heredero. Como ve, no se anda con chiquitas.

—Eso me parece un poco fuerte.

—Muy fuerte. Se olvida de que no es más que un aldeano y criado del pazo. Que los señores dejen embarazadas a las criadas es algo que ocurre con frecuencia desde tiempos inmemoriales. Si el señor es una buena persona, lo normal es que le eche una mano a la madre y le busque una colocación de mayor al niño, que es lo que hizo, por poner un ejemplo famoso, Carlos Quinto con Bárbara Blomberg y Juan de Austria, aunque la mujer no fuera exactamente una criada, pero, ¿quién no lo era del emperador? —Soltó una carcajada el abogado, orgulloso de su comentario—. Me consta que mi hermano tiene en cuenta la probabilidad de que el hijo de Beni sea su nieto bastardo y supongo que no la dejará sin nada, pero lo que pretende Edelmiro supera todo lo razonable.

—¿Se lo ha dicho usted a él?

—¡Pues claro que se lo he dicho!

—¿Puedo hacerle una pregunta, señor Sueiro?

—¿No ha venido a eso?

—Ya, pero es que lo que quiero preguntarle es muy delicado.

—Pues atrévase, hombre.

—En caso de que su hermano falleciera antes que usted —dijo después de respirar hondo el cabo—, ¿a quién iría a parar el pazo de Vilar de San Pedro?

—Depende de que haya testamento o no —dijo Pedro Sueiro poniéndose serio.

—¿Lo hay?

—Sí. Creo que lo hay, pero ignoro su contenido. Como comprenderá, no he hablado con mi hermano del tema: me parecería muy poco delicado, teniendo en cuenta que está gravemente enfermo. Supongo que dejaría el pazo a sus sobrinos, mis hijos, porque nuestro padre no me lo quiso dejar a mí y él respetó su voluntad, como era de suponer. Yo ya hace muchos años que renuncié a la casa familiar, claro que me gustaría que mis hijos la recuperaran.

—Dígame, si Edelmiro consiguiera probar que Álex es el padre, ¿no sería ese niño el heredero forzoso de su abuelo?

—El asunto es más complejo de lo que parece. En principio, sí, pero no se puede afirmar a bote pronto. Cabría esa posibilidad, desde luego, pero habría que pleitear. En cualquier caso, no creo que Edelmiro se atreviera a emplear esa vía y, de hacerlo, no estoy nada seguro de que llegara a ganar.

El cabo Souto trataba de reflexionar con rapidez y de buscar más preguntas que le permitieran conocer las ideas y las intenciones del abogado Sueiro en aquel asunto. Sobre todo, quería estar seguro de cuál era la postura del abogado respecto a Edelmiro, ya que, si este había ido a visitarlo varias veces, debería de haber algo más entre ellos dos que lo que Sueiro parecía dar a entender.

—¿Debo pensar entonces —se atrevió a preguntar finalmente el cabo Souto— que esa relativa amistad o confianza que hay entre Edelmiro y usted ya no existe?

—No hay que tomarse las cosas a la tremenda, cabo. Yo estoy muy por encima de Edelmiro y eso me obliga a tratarlo con condescendencia y, hasta cierto punto, a tolerar su impertinencia. Pero lo que le aseguro a usted es que no toleraré de ningún modo que presione a mi hermano ahora que está débil y enfermo y, por supuesto, que intente privar a mis hijos de una herencia que les corresponde por derecho de familia —se quedó un momento callado y añadió—: porque estoy seguro de que mi hermano se lo habrá dejado a ellos.

El cabo Souto se levantó y le agradeció al abogado el tiempo que le había concedido. Cuando estaban a punto de salir del despacho, Sueiro se quedó parado, le hizo un gesto a Souto, para que también se detuviera, cerró la puerta y le dijo:

—Mire usted, cabo, no pensaba decirle lo que le voy a decir, porque es algo muy grave y no tengo ninguna prueba. Hace algún tiempo que pienso que Edelmiro pudo tener que ver con la muerte de mi sobrino Álex. —Souto abrió mucho los ojos—. Sí, señor, es una idea que me ronda la cabeza. Ese hombre es mentalmente muy primitivo y su lógica es elemental. Sin duda pensó que si moría el único hijo del amo y se demostraba que el niño de Beni era suyo, heredaría el pazo. Pero como mi hermano le hizo perder toda esperanza y yo, como ya le he dicho, tampoco le permití hacerse ilusiones, pues prefiero no saber qué pudo haber pasado por su mente. ¿Frustración, odio, venganza? Vaya usted a saber. Solo es una suposición infundada, pero reconocerá que el móvil sería más que suficiente.

—Tiene una coartada, señor Sueiro. Lo he comprobado varias veces.

—¿Cuál es su coartada? ¿Que mi hermano, sentado en una butaca de la galería, con los cristales empañados por la lluvia, lo vio pasar varias veces con la carretilla por el parque?, ¿es esa la coartada? ¡No me haga reír! ¿Está usted seguro de que mi hermano le vio la cara? ¿Le preguntó si habló personalmente con su criado aquel día y a aquella hora? Vamos, hombre, cualquiera que se hubiera puesto un impermeable y un sombrero pudo hacerle creer a mi hermano que era el jardinero. Que no me dieran a mí más trabajo en un juicio que desmontar esa coartada. Piense también, cabo, que nadie más que los criados sabía cuándo iba Álex al pueblo, el día, la hora exacta y adónde.

—Quizá. Pero no olvide que fue Edelmiro quien cogió el teléfono cuando llamamos al pazo para avisar de la muerte del joven.

—¿Ah, sí? ¿Y cuánto se tarda en coche desde Corcubión hasta Vilar de San Pedro? Menos de diez minutos, sin darse uno prisa. No creo que llamaran al pazo hasta una hora después, por lo menos.

Souto no contestó. Eran demasiadas cosas las que le pasaban de golpe por la cabeza. Pedro Sueiro advirtió el efecto que le había causado su comentario. Le pasó un brazo sobre el hombro y lo acompañó hacia la salida. Allí le dio la mano y se despidió diciéndole:

—Ya le dije que me encantaría poder ayudarlo, cabo Souto. Llámeme cuando quiera.

En el momento en el que el abogado se dio la vuelta para regresar a su despacho, José Souto vio a Amaro Toba, que estaba de espaldas charlando con la recepcionista. Toba se volvió, vio al cabo, su antiguo jefe en el cuartel de Corcubión, y lo saludó con respeto. Souto tardó unos segundos en reconocerlo, porque se había dejado barba.

—¡Toba! —exclamó sorprendido Souto—. ¿Qué haces tú aquí?

—Trabajo aquí, cabo. Trabajo para el abogado desde hace cuatro años, ¿no lo sabía?

2

En cuanto el cabo José Souto se fue, la recepcionista avisó a la secretaria del abogado Sueiro de que tenía en espera una llamada del detective Santiago Bugallal. La secretaria recogió la llamada y se la pasó a su jefe:

—¿Alguna novedad, Bugallal? —preguntó Sueiro.

—Sí; buenos días, señor Sueiro. Lo llamo porque tengo la información que usted me encargó. ¿Quiere que vaya a verlo?

—No es necesario, estoy muy ocupado ahora. Adelánteme lo que tenga que decirme, si quiero hablar más tarde con usted, lo llamaré.

—Bueno, pues esto es lo que he averiguado. Julio César Santos es sobrino del abogado Félix Bermúdez, de Bermúdez & Asociados, que por lo visto es uno de los despachos de abogados más prestigiosos de Madrid. Santos es el dueño de una agencia de detectives, Santos detectives, pero trabaja muy poco. Parece ser que ese señor es muy rico y tiene la agencia como diversión. Nadie ha sabido decirme dónde vive, me refiero a su domicilio particular, y su nombre no aparece en ninguna guía telefónica. El servicio de información no facilita sus datos. No consta que esté casado, aunque podría estarlo. Mis colegas no han podido averiguarlo. Tengo la dirección y el teléfono de su oficina, que está en la calle de Fuencarral. Otra cosa: hace unos años, Empresas De Val lo contrató para investigar la desaparición en un naufragio de su presidente. Supongo que se acordará usted de aquel asunto del que se habló tanto. Y ahora le diré lo más importante: en aquella investigación conoció al cabo primero de la Guardia Civil de Corcubión José Souto, que llevaba oficialmente el caso, porque fue por allí cerca, en la Costa de la Muerte, donde se encontró el cadáver de la modelo que viajaba con De Val en el yate. El cabo Souto y César Santos se hicieron muy amigos. También me ha dicho alguien que conozco en Cee que Julio César Santos fue el padrino de boda del guardia civil, que se casó hace unos meses, y que estaba hace unos días invitado en la casa rural que el cabo y su mujer tienen cerca de Corcubión. Eso es todo lo que he podido averiguar.

—Está bien, Bugallal —le dijo Sueiro en un tono cortante—. Lo volveré a llamar uno de estos días, si lo necesito. Mándeme su nota de honorarios.

Pedro Sueiro colgó y le dijo a la recepcionista que llamara a Amaro Toba. Toba se presentó unos segundos después en el despacho de su jefe. El abogado le pidió al exguardia civil que le contara todo lo que supiese sobre el cabo José Souto.

—¡Qué quiere que le diga, jefe! El cabo Souto es un tío muy listo y no se le escapa una. Se lleva muy bien con sus jefes en la comandancia y con la jueza de Corcubión, que lo aprecia mucho. En el cuartel lo llaman cabo Holmes: ya se imagina por qué. Hasta este año vivía en la casa cuartel, pero se murió una tía suya, que tenía una casa y unas tierras en la aldea, junto a Cee. La convirtieron en una casa de turismo rural, se casaron a principios de verano y se fueron a vivir allí. Es una buena persona, ¿sabe? Gracias a él me libré de la cárcel cuando me trincaron. Podía haberme costado mucho más caro, pero el cabo consiguió amañar las cosas para que me echaran del Cuerpo sin más y se olvidaran del resto.

—¡Cabo Holmes! —comentó por lo bajo el abogado haciendo una mueca despectiva—. No sois muy originales en la Benemérita. O sea que es un tipo listo, el Holmes ese.

—Sí, jefe. Y es verdad que no se le escapa una, se lo puedo asegurar. Y cuando sospecha que algo no es lo que parece, no para hasta descubrir la verdad, aunque todo el mundo esté en contra. No es fácil engañarlo, se lo digo yo.

—Está bien, Amaro, gracias. Ahora vas a hacer una cosa.

—Usted dirá, jefe.

—Vas a ponerte en contacto con Edelmiro, en casa de mi hermano. Llámalo y dile que quiero verlo, pero no aquí, en Coruña. Mejor en Santiago, por ejemplo, o en Vimianzo. Que te diga él a dónde y cuándo puede ir. Como no sé si a ese cabo se le ocurrirá pincharle el teléfono, llámalo cuanto antes. Y no lo llames desde un teléfono del despacho, usa tu móvil. Dile que, si puede ser mañana sábado, me viene bien, pero que no conviene que nadie lo sepa.

Amaro se fue y Pedro Sueiro se quedó pensando en el efecto que le habría causado al guardia civil el comentario que le hizo sobre Edelmiro. Estaba convencido de que el cabo no se había planteado aquella hipótesis ni había pensado en la fragilidad de la coartada del criado de su hermano. Estaba por ver si el cabo Souto era tan listo como pretendía Amaro Toba. Después pensó en el propio Toba: un tipo curioso. Había sido Edelmiro quien se lo recomendara años atrás, cuando lo echaron de la Guardia

Civil, porque era primo de su mujer y no conseguía encontrar trabajo en Cee, con sus antecedentes. Un hombretón de treinta años, fuerte como un roble y poco escrupuloso, que estaba relacionado con contrabandistas, mafiosos y expresidiarios. Uno de esos tipos cuya lealtad se compra con dinero, algo que la Guardia Civil no podía hacer. Para Sueiro era muy útil, no solo como chófer y encargado de la seguridad del despacho, sino también para tratar con algunos clientes de la sección penal del bufete, pues parecía tener una facilidad innata para entenderse con delincuentes. Amaro era aficionado a los coches y había participado en algún *rally* local y en carreras clandestinas, por lo que resultaba un conductor competente en caso de emergencia.

El abogado Pedro Sueiro se encontró con Edelmiro, el criado de su hermano, en un lugar convenido de Vimianzo. Un bar que ambos conocían. Edelmiro suponía que el hermano de su amo tendría algo importante que contarle y, aunque sabía muy bien que el abogado pertenecía a un mundo muy distinto del suyo, lo saludó con la confianza que da una vieja relación. Pedro Sueiro se dirigió a él en tono amistoso y, como había gente sentada en las mesas vecinas, le habló en voz baja.

—Escúchame bien, Edelmiro: he estado hablando con el cabo Souto de la Guardia Civil y quiero prevenirte, para que te andes con cuidado. Ese guardia es muy listo, según me han dicho, y en nuestra conversación me dio a entender que sospecha de ti; me refiero a lo de la muerte de mi sobrino.

—¿Que sospecha de mí? Pero si sabe que tengo una coartada. Creía que ese asunto estaba perfectamente arreglado. ¿Qué te dijo?

—Me parece que no está muy convencido de tu coartada, no sé por qué. Ya te dije que ese guardia es muy astuto. Debes tener mucho cuidado y mantenerte en tus trece. ¡Ah!, también me dijo que cuando llamó por teléfono al pazo para avisar de la muerte de Álex, había pasado una hora y que de Corcubión al pazo solo se tardan diez minutos, o sea que tampoco le valía como coartada que hubieras cogido tú el teléfono.

—¡Me cago en la madre que lo parió! Pero están las declaraciones de don Alejandro, de mi mujer y de mi hija, ¿tampoco le valen?

—No sé si le valen o no. Yo solo quiero avisarte, para que te andes con cuidado, no te vaya a coger ese guardia en un renuncio. Si todos insistís en lo mismo, no va a poder demostrar nada. Pero hay otra cosa muy importante. El guardia me comentó que la muerte de Álex beneficiaba a tu familia, porque al morir el único hijo de mi hermano, este ya no tendría más heredero directo que su nieto, el hijo de Álex y Beni. En ese caso, todo quedaría para él, puesto que mi hermano y yo no nos tratábamos, ¿comprendes? El cabo cree que tú podías haberlo pensado y que por eso te interesaba que el joven muriera. Es lo que se llama un móvil, o sea, una razón para matar a alguien y que es lo primero que se busca en una investigación.

—¡Hostia, Pedro! Pero tú sabes que...

—¡Alto ahí, Edelmiro! —lo cortó bruscamente Pedro Sueiro mirando a su alrededor por si los de la mesa de al lado escuchaban—. Yo no sé nada de nada. Solo te estoy avisando para que te andes con cuidado. Seguramente el cabo Souto te volverá a interrogar, para ver si te caza en algo que no le cuadre. Tú no tienes que soltar prenda. Te aviso como abogado. Los guardias son listos y tienen sistemas para descubrir si los sospechosos mienten. ¿Entendido?

Edelmiro se quedó callado, enfurruñado, con los puños cerrados y la vista baja. Al cabo de un rato durante el cual ninguno de los dos habló, levantó la vista y le dijo a Sueiro:

—Tú me dijiste que no creías que don Alejandro fuera a reconocer nunca al hijo de Beni como su nieto.

—Sí, eso es lo que siempre he pensado. Te lo he dicho muchas veces.

—Pero también me dijiste que si a Álex le...

De nuevo el abogado lo cortó bruscamente dando un golpe sobre la mesa que hizo volverse a alguno de los clientes del bar.

—¡Quieres callarte de una vez! Joder, no sé en qué coño estás pensando. Ni se te ocurra hablar de eso. Por ahí es por donde te puede trincar la Guardia Civil. Olvídate de si esto o si lo otro. Tú no pensaste nada ni esperabas nada ni se te pasó por la imaginación nada de lo que tu amo pudiera decidir. ¿Está claro? Si quieres que el cabo Souto te deje en paz de una vez por todas, solo tienes que cerrar la boca y hacerte el tonto. Y tu mujer y tu hija, lo mismo. Cuando hay tormenta, uno se mete en casa, cierra bien puertas y ventanas y espera hasta que amaine. Y ándate con ojo, porque es muy posible que la Guardia Civil te pinche el teléfono. De modo que no me llames. Si tienes algún problema, le dices a tu mujer que llame a Amaro y le diga algo que entendamos, como por ejemplo que el niño necesita tal o cual cosa y que quiere saber si os puedo ayudar. Con eso ya sabré que quieres hablar conmigo y me pondré en contacto contigo. ¿De acuerdo?

—¿No te dijo el cabo Souto por qué había vuelto a enredar en el asunto después de tantos meses? —preguntó Edelmiro.

—No. Ni lo sé ni me importa. Lo único que te digo y te repito es que tengas mucho cuidado, no la vayas a cagar por irte de la lengua. Por mucho que te pregunte la Guardia Civil sobre si mi hermano te prometió algo o te dejó de prometer, tú no sabes nada y no tienes nada que decir. Está claro, ¿no? Y de mí, cuanto menos hables, mejor. Los guardias desconfían de los abogados. Diles que no has hablado conmigo desde hace mucho tiempo, que has dejado de verme o que yo no quiero saber nada del asunto, porque de lo contrario sospecharán que ocultas algo y que me consultas, para que te eche una mano. Por eso te he citado aquí: no quiero que nadie nos vea hablar en casa de mi hermano cuando voy a verlo.

3

El cabo José Souto estuvo ocupado con otros asuntos durante aquellos días, pero no abandonó sus pesquisas. Tras la charla con el abogado en La Coruña, se reunió con sus ayudantes Taboada y Orjales y les explicó las posibilidades que contemplaba en el asunto del crimen de Álex Sueiro.

—El abogado me comentó un par de cosas interesantes —les dijo—. Por ejemplo, que es muy dudoso que el doctor Sueiro pudiera haber visto desde la galería a Edelmiro a la hora en la que se cometió el crimen o, mejor dicho, estar seguro de que era él, porque estaba lloviendo y los cristales tenían que estar empañados. Cualquiera habría podido haberse hecho pasar por él, con un mono y su sombrero.

—¡O sea que Edelmiro podía tener un cómplice! —soltó Taboada—. Quizá algún amigo o...

—O su propia hija —terminó la frase el cabo.

—Pero hay una cosa que me intriga —comentó Orjales—. Es verdad que aquel sábado llovía, lo recuerdo muy bien, porque nos empapamos, ¿te acuerdas, Aurelio?

—¡Joder, si me acuerdo! —contestó Taboada.

—¿Pero por qué sabía el abogado de Coruña que llovía en Corcubión o por qué se acuerda, si él no estaba allí? ¿Eh, cabo?

—¡Coño, Orjales, buena pregunta! Es cierto: no tenía por qué saber que llovía aquel sábado.

Se hizo un silencio en el despacho del jefe del puesto. Los tres guardias se miraron unos a otros como preguntándose qué importancia podía tener el hecho de que el abogado supiera que llovía. Ninguno de los tres se atrevió a aventurar una hipótesis sobre algo tan simple en apariencia. El cabo Souto, en un gesto que pretendía hacer patente su autoridad, incluso ante la duda, dio una suave palmada sobre la mesa y dijo:

—Bien, tendremos que reflexionar. —Orjales y Taboada, como de costumbre, se miraron con una disimulada sonrisa. Sabían que *el cabo* tenía que reflexionar. Souto continuó—: Hay otra cosa. Curiosamente, el abogado Sueiro, cuando ya me marchaba, me retuvo para decirme que sospechaba de Edelmiro.

—¿Que sospechaba de Edelmiro?

—Sí. Me sorprendió, porque sé que ambos mantienen una amistad desde que eran jóvenes y se han visto en varias ocasiones últimamente. Además, Pedro Sueiro es el padrino de Beni, lo que confirma esa amistad. ¿No os parece raro?

Ni Orjales ni Taboada contestaron. Era evidente que aquello no les decía nada. A Souto, en cambio, sí parecía decirle algo, pero como no lo tenía claro prefirió callarse. También se calló que se había cruzado en la entrada del despacho de Sueiro con la modelo y que aquello le recordó lo que le había contado su amigo Santos. No lo comentó con sus ayudantes, porque no estaban al corriente de la aventura del detective. El cabo prefirió seguir reflexionando antes de informarlos de la existencia de la modelo.

En cuanto estuvo solo, Souto llamó a Julio César Santos y le preguntó si se acordaba de cómo iba vestida el viernes por la mañana, cuando se fueron juntos a Madrid, la modelo con la que había ligado.

—Sí, me acuerdo. ¿Por qué quieres saberlo?

—¿Iba vestida con algo marrón y un pañuelo rojo alrededor del cuello? —le preguntó Souto sin responder a su pregunta.

—Sí. Llevaba una chaquetilla de ante y una pañoleta de color burdeos. ¿Puedes...?

—Quizá te interese saber que tu amiga —lo cortó el cabo— salía del despacho del abogado Sueiro a las diez de la mañana, cuando entraba yo. Por cierto, ¡menuda chavala! Escucha, ahora estoy liado y no me puedo enrollar, llámame esta noche, así habrás tenido tiempo de pensar y charlamos. Adiós.

Capítulo IX

1

Cuando sonó el teléfono, el cabo Souto estaba tumbado en el sofá leyendo una novela policíaca y esperando a que Lolita lo llamara para cenar.

—Dime, César —Souto reconoció el número de su amigo.

—¡Hola! Holmes, eres tú el que tiene algo que decirme. Explícame eso de que viste a Nines, ya sabes, a la modelo, en el despacho de Sueiro.

—No, César, no sé. No sabía que se llamaba Nines.

—Pues ya lo sabes. Bueno, vamos a dejarnos de chorradas. Me dijiste antes que la viste el viernes a las diez de la mañana saliendo del despacho del abogado, ¿es eso, no?

—Bueno, en realidad supuse que sería ella, porque Sueiro me dijo que era una modelo de alta costura. Por eso te pregunté si te acordabas de cómo iba vestida el viernes. Me habías dicho que te ibas a Madrid con ella por la mañana del viernes, ¿no?

—Cierto.

—¿Tienes una idea de lo que podía estar haciendo la chica con el abogado?

—Negocios, Pepe, negocios. Seguramente el abogado la contrató para que se enterara de cosas sobre mí, lo que explicaría lo del cheque de mil euros que vi en su bolso, y antes de marcharse habrá ido a rematar el asunto. No se me ocurre otra razón. Como comprenderás, después de enrollarse conmigo, no iba a enrollarse con ese tipo.

—¡Hombre, por supuesto! Ni con ese tipo ni con nadie más en el mundo. Pero, si me permites, me gustaría preguntarte una cosa.

—Pregunta, pregunta.

—Ya sabes que soy un pobre aldeano y que no tengo ni idea de cómo funciona ese mundo superior en el que tú te desenvuelves tan bien, por eso te pregunto: ¿te parece normal que un abogado de La Coruña le pague a una tía mil euros para que se acueste contigo y luego se lo cuente? ¿No se te ocurre pensar que podría haber algo más que simple amabilidad y curiosidad por su parte? Qué quieres que te diga, yo en tu lugar desconfiaría.

—Pepe, eres un tío cojonudo y me emociona que te preocupes por mí. Tienes razón, se me ha ocurrido pensar que quizá no se trate de simple curiosidad. La verdad es que no he dejado de hacerme preguntas desde que descubrí el cheque, pero como yo no tengo novia ni estoy casado como tú, comprenderás que el hecho de que me haga preguntas no me impide disfrutar de las oportunidades que me brinda mi trabajo.

—¡Trabajo! ¿De qué coño me estás hablando?

—¿A qué viene esa grosería, Holmes? Estoy trabajando para ti, estoy tratando de descubrir algo que te ayude en tu investigación, ¿o es que no te habías dado cuenta?

—No empieces, César. ¿Podemos hablar en serio? —Santos guardó silencio, porque le pareció que su amigo se iba a enfadar—. Escucha, tío. El abogado Sueiro no es un imbécil. Es una persona influyente y me atrevería a decir que peligrosa. No ha debido de gustarle nada enterarse de que andabas metiendo tu nariz en sus asuntos y si se ha gastado una pasta en pagar a una fulana...

—¡Por favor, Pepe...!

—Perdona, a una señorita distinguida a la que le pagó mil euros para que se acostara contigo y te sacase información, o sea, una fulana soplona, ¿vale? Bien, pues si se ha gastado esa pasta, debe de tener la mosca detrás de la oreja por algo gordo. César, recuerda lo que te pasó no hace mucho por creer que eras más listo que todos los mafiosos gallegos juntos. En serio, el abogado Sueiro debe de estar ocultando algo o protegiendo a alguien y estoy seguro de que puede crearte un problema muy serio si tú intentas creárselo a él. Supongo que me comprendes, ¿verdad?

—Perfectamente.

—Bien, pues ya lo sabes. Y ahora quisiera pedirte un favor. Me gustaría que me dieras el nombre completo, la dirección y el teléfono de esa *señorita*, para tenerlo en mi archivo. No te preocupes, no la voy a llamar ni a citar ni nada de eso. Solo es una elemental precaución y, por supuesto, no sabrá que tú me has facilitado la información.

—Pepe —le respondió Santos, que no sabía muy bien qué decir—, cuando te pones serio y adoptas ese tono profesional, no hay quien te aguante. ¿Tienes algo para escribir? Toma nota...

Después de darle los datos, le comentó que el chófer de Sueiro era un exguardia civil; Souto le contestó que ya lo sabía, le dio las gracias y le dijo que tenía que dejarlo porque Lolita lo estaba llamando para cenar.

Julio César Santos se quedó dubitativo después de colgar el teléfono. En su viaje de regreso a Madrid con Nines no había querido provocar una situación tensa haciéndole preguntas que la hubieran puesto en un aprieto, porque su única intención aquel día era disfrutar de su compañía y añadir una nueva dirección a su archivo de ligues pasajeros. Por eso, después de hablar con el cabo Souto, pensó que podría tantear de nuevo a Nines, para ver si le apetecía volver a verlo y, en tal caso, dejarse querer con la intención de comprobar si seguía interesada en saber cosas acerca de su vida. Souto tenía razón: si el abogado se gastaba el dinero en la modelo, debería de tener buenas razones.

2

El cabo José Souto llevaba unos días dándole vueltas en la cabeza a la idea de que Edelmiro pudiera ser el asesino de Álex Sueiro. Las insinuaciones del abogado despertaron sus sospechas, especialmente en lo relativo a la veracidad de la coartada que había dado por buena desde un principio. El móvil que podría tener Edelmiro, también insinuado por el abogado, era la esperanza de que su nieto heredara si moría el único hijo del médico. Sin embargo, el propio abogado le había asegurado al criado que no debía concebir esperanzas en ese sentido. Al menos eso fue lo que le contó en su reunión del viernes en La Coruña.

Souto consideró fundamental verificar la coartada de Edelmiro. Aunque le fastidiaba soberanamente molestar al pobre doctor Sueiro, a quien había notado enfermo y cansado en su último encuentro, consideró que no tenía más remedio, ya que la comprobación de la coartada del criado era fundamental para saber si debía continuar o no por aquella vía en la investigación.

Llamó al doctor Sueiro a las once de la mañana y fue a verlo. El médico lo recibió en la galería, igual que la vez anterior. A Souto le pareció muy desmejorado. Aun así, lo recibió con amabilidad y se levantó para saludarlo. El cabo se disculpó y le explicó la importancia de la información que necesitaba.

—Usted dirá.

—Verá, don Alejandro. En el informe sobre lo ocurrido el último sábado de julio del año pasado, consta que usted declaró haber visto a Edelmiro, desde esta galería, mientras trabajaba en el jardín en torno a la una del mediodía.

—Es cierto.

—Bien. Dado que a mediodía de aquel día estaba lloviendo y quizá los cristales estuvieran algo empañados, mi pregunta es: ¿está usted completamente seguro de que era Edelmiro quien trabajaba en el jardín? —Alejandro Sueiro hizo ademán de responder, pero Souto lo interrumpió—. Perdone, déjeme que se lo pregunte de otra manera. ¿Podría otra persona, vestida de un modo similar a como viste su criado cuando trabaja y con un sombrero parecido, haberse hecho pasar por él?

—¿Acaso sospecha de Edelmiro, cabo? —preguntó sonriendo el médico.

—Digamos que, según su respuesta, podría dejar de sospechar.

—No van por ahí los tiros, cabo. Y conste que no pretendo meterme en su trabajo. Mire usted, en primer lugar, era julio y, aunque llovía, hacía calor; los cristales no se empañan en verano y menos con la puerta de la galería abierta, igual que está ahora. Aun así, es evidente que, si alguien se hubiera disfrazado de jardinero con la ropa de Edelmiro, podría haberme hecho creer que era él. Pero eso no ocurrió.

—¿Por qué está tan seguro?

—Sobre las doce y media, mi hijo salió con el coche. Iba a la farmacia a buscar mis medicamentos. Dejó la verja abierta —emitió un ligero sonido, como un suspiro nasal y añadió sonriendo—: nunca la cerraba. Vi que Edelmiro dejaba la carretilla en medio del paseo e iba a cerrarla. A la una, como todos los días, llegó el cartero y tocó el claxon. Edelmiro se acercó de nuevo a la verja, cogió el correo y me lo trajo. Entró directamente a la galería desde el porche y me lo dio. Me acuerdo de que le dije que no siguiera trabajando fuera porque se iba a empapar. Salió, terminó algo que estaba haciendo y, unos minutos después, me trajo el aperitivo, que suelo tomar a esa hora. Nadie más salió ni entró por la verja después, al menos hasta las dos, cuando me fui al comedor para el almuerzo. Allí estaba cuando llamaron para darme la noticia. Como puede comprobar, la entrada se ve perfectamente desde aquí.

Souto agradeció al doctor Sueiro su ayuda y le preguntó si podía hacerle llegar una nueva declaración, para que la firmara, a lo que este no puso ningún inconveniente.

Al salir, en lugar de dirigirse al coche, que había dejado fuera, siguió por el lado del muro que se aparta de la carretera, porque quería ver si había alguna otra salida de la finca y le pareció más fácil y seguro comprobarlo personalmente que preguntarlo. No vio ninguna otra puerta grande, pero al final del muro de mampostería, donde empezaba el gran pinar que se extendía por detrás del pazo y el parque, el cerramiento era bajo, de piedras viejas superpuestas y cubiertas en algunos tramos de zarzas, tojos, ortigas y brezo. Allí había una cancela por la que se podía acceder a la propiedad sin dificultad.

Camino del cuartel, Souto pensó que la declaración del médico descartaba por completo a Edelmiro como autor material del asesinato, por lo que, en el caso de que estuviera relacionado con él, como insinuaba Pedro Sueiro, tendría que haber contado con un cómplice. Eso exigiría investigar a fondo su vida privada, sus relaciones y sus amistades fuera del pazo. No obstante, le pareció muy extraño que Edelmiro encontrara algún aldeano que se atreviese a cometer por encargo el asesinato del hijo de una persona tan importante y respetada en la comarca como don Alejandro Sueiro de Andrade. Un asesinato cometido a plena luz del día en el centro de Corcubión. ¿Quién podría prestarse a semejante locura? ¿Cómo podría un criado del pazo conocer y contratar a un asesino dispuesto a hacerlo y, sobre todo, de dónde iba a sacar el dinero para pagarlo?

Concluyó que semejante hipótesis no era verosímil y, aunque mandaría hacer a Taboada ciertas comprobaciones en el entorno de Edelmiro, más que nada para no dejar cabos sueltos, decidió descartar aquella posibilidad.

Orjales lo estaba esperando, cuando llegó a la casa cuartel.

—He descubierto algo, cabo —le dijo en cuanto lo vio.

—¿No estabas en Santiago?

—Sí, cabo, por eso. Vengo de allí. Verás: conseguí hablar con un compañero de Álex Sueiro, gracias al camarero de un bar donde solía ir a jugar al mus después de comer. Ya sabes, a fuerza de preguntar. Bueno pues esto es lo que el chico me contó —sacó una libreta del bolsillo, pasó varias páginas, miró unos datos y siguió—: Álex solía ir a Santiago los lunes por la mañana en su coche. Normalmente se quedaba a dormir hasta el jueves y se volvía los viernes antes de comer. Aunque tenía unos tíos en la rúa del Villar, donde vivió mientras estudiaba en el instituto, ya no iba a su casa y se alojaba en un pequeño hotel que hay en un callejón por detrás de la rúa del Franco: la calle Entrecercas. Y no iba a Santiago solo. —Souto levantó las cejas—. Iba con Beni, la hija de los criados del Pazo, que estudia o estudiaba enfermería. La llevaba en su coche todos los lunes, aunque no siempre la traía de vuelta. También me dijo el amigo que Álex la subía a veces a su habitación, aunque nunca la llevaba de copas, cuando iba con los amigos.

—¿Te dijo dónde se alojaba Beni?

—Se lo pregunté y me dijo que no lo sabía, pero desde luego no en el mismo hotel que él. Estuve allí y hablé con el encargado. Me confirmó que Álex Sueiro se había alojado allí en régimen de media pensión durante el curso del año pasado. No pude sacarle gran cosa, porque el tío es muy discreto. Le pregunté si Álex llevaba chicas a la habitación y me dijo que eso no era asunto suyo. Como le insistí, añadió que a veces se reúnen varios estudiantes en una habitación por las tardes. No pude sacarle más.

—Muy bien, Orjales, eso es interesante. ¿Anda por ahí Taboada?

—Voy a ver, cabo.

—Dile que venga y ven tú también. Tengo que deciros algo.

El cabo, cuando tuvo en su despacho a sus dos ayudantes, les comentó su visita al doctor Sueiro y les explicó la imposibilidad de que Edelmiro hubiera asesinado a su hijo, según su declaración. Le pidió a Taboada que redactara una nueva con los detalles que don Alejandro había aportado y que se la llevara al pazo de Vilar de San Pedro para que la firmase.

—También quiero que hagas una cosa, para dar por zanjado definitivamente el tema "Edelmiro". Entérate de lo que hace el hombre fuera del pazo, cuándo sale, a dónde va, quiénes son sus amigos, a qué bares va, con quién juega la partida y todo lo que puedas. Aunque es muy poco probable que lo hiciera, necesitaríamos saber si existe la posibilidad de que encargara a alguien el asesinato de Álex Sueiro, ya que él no pudo hacerlo personalmente.

—¿Lo dices en serio, cabo? —le preguntó asombrado Taboada.

—Claro, ¿acaso me estoy riendo?

—¡Pero cómo coño iba Edelmiro a contratar un asesino en Cee o en Corcubión! ¿De dónde lo iba a sacar? Esto no es Sicilia.

—Mira Aurelio —le respondió Souto empleando un tono paciente—, ya sé que es prácticamente imposible, pero cuando doy por cerrada una vía de investigación, quiero estar seguro de que no dejo ninguna posibilidad por analizar. ¿Vale?

3

Julio César Santos telefoneó a Nines, la modelo, a la que no veía desde hacía más de una semana, cuando la llevó en su coche a Madrid. Había dejado pasar voluntariamente unos días sin llamarla, para no dar la sensación de correr tras ella como un principiante. Sin embargo, estaba deseando verla de nuevo por dos razones distintas: una, la curiosidad por saber cuál era su relación con el abogado coruñés, algo que no quiso preguntarle durante el viaje, para no provocar una situación delicada en el coche a mitad del trayecto, y la otra, porque tenía ganas de repetir una velada como la del hotel Finisterre, que le había dejado buen sabor de boca. Con esos dos puntos claros en su programa, la invitó a cenar en el Zalacaín, el más elegante y lujoso restaurante de Madrid, al que a cualquier mujer le gusta que la inviten.

Durante la cena, en la que Nines solo tomó una *tosta* de beluga, hablaron de Galicia y de viajes en general. Santos se había propuesto pedirle, después de cenar, que lo invitara a tomar una copa en su piso, ya que no estaba dispuesto en modo alguno a llevarla al suyo, hasta no estar seguro de conocer los manejos que se traía con Pedro Sueiro. La acompañó en un taxi a Claudio Coello y, en el portal, le dijo:

—Después de este rato maravilloso que me has hecho pasar, aunque tú no hayas cenado, supongo que no me dejarás tirado en la calle, sin invitarme a una copa en tu casa. No podría soportarlo.

Nines se rio y le dijo que subiera. Santos se dio cuenta enseguida de que la modelo estaba acostumbrada a recibir: su piso, decorado con buen gusto y un toque de modernidad, disponía de un salón en el que podría organizarse sin problemas de espacio una fiesta para veinte o treinta personas.

—Vete sirviéndote lo que te apetezca, César; ahora traigo hielo —le dijo ella saliendo por la puerta del pasillo—, yo solo tomaré agua.

Cuando Nines volvió con el hielo, Santos comentó con aire filosófico mientras se servía:

—Una cucharada de caviar para cenar y agua, ¿no te mueres de hambre?

—Sí. Incluso cuando duermo.

—¡Qué cara es la belleza!

Nines no respondió y condujo a Santos hasta un gran sofá, en el fondo del salón, junto a la chimenea, que estaba apagada. Se sentó a su lado y lo cogió del brazo. Fue el momento que a él le pareció idóneo para entrar en materia.

—Nines, tengo que hablar contigo de algo que me tiene intrigado desde la noche en que te conocí. —César bebió un sorbo de su copa—. Me considero una persona honesta, dentro de un orden, y no me parece bien fingir más de lo estrictamente necesario en sociedad. Dado que no sé si compartes mis principios sobre las relaciones entre las personas, necesito que aclaremos un par de cosillas, antes de seguir por un camino que debería llevarnos a una simpática amistad. —Nines se enderezó ligeramente si soltar el brazo de César, como si necesitara un poco de retroceso para verle mejor la cara. Él le puso un dedo con suavidad en la boca y continuó—: Espera, querida, porque, antes de que digas nada, quisiera advertirte de algo. Quizá pienses que soy pretencioso o presumido y lo soy, por eso te diré que me considero inteligente y tengo tendencia a intentar coger siempre el toro por los cuernos. Por favor, contéstame sinceramente o no me contestes, si no quieres, pero no me mientas, ¿de acuerdo?

—Pero, César, ¿a qué viene eso?

—Calma, Nines. Vamos a ver. El viernes, antes de venir a buscarme al hotel para venir a Madrid, fuiste a ver al abogado Pedro Sueiro, ¿verdad?

Nines dudó un momento antes de contestar.

—Sí, fui a su despacho. ¿Cómo lo sabes?

—Quizá te acuerdes de que, cuando te despedías del abogado, había un tipo en recepción. Un hombre de mi edad, bien parecido, de un metro ochenta más o menos, ¿lo recuerdas?

—No me fijé, pero, sí, creo recordar que había alguien sentado allí.

—Ese caballero, que estaba citado con el abogado Sueiro a las diez de la mañana, es muy amigo mío. Resulta que es guardia civil y anda detrás de cierto asunto feo que concierne a Pedro Sueiro. Yo también estoy intentando averiguar ciertas cosas respecto al abogado y resulta que Sueiro se ha enterado.

—¿De qué se ha enterado?

—De que yo trato de hacer averiguaciones sobre él. Y parece que no le ha sentado nada bien, por lo que ha encargado a algunas personas que, a su vez, hagan averiguaciones sobre mí. ¿Me sigues?

Nines se separó de César despacio, se echó hacia atrás en el sofá y miró al techo. Él no quiso provocar una escena violenta, ni romper la magia de la velada obligándola a inventarse cualquier mentira absurda. Antes de que tuviera tiempo de reaccionar, trató de echarle una mano.

—No tienes por qué preocuparte, Nines. Comprendo muy bien lo que ha pasado y vamos a hablar tú y yo tranquilamente. Seamos sinceros e intentemos zanjar este asunto sin reproches ni recelos. ¿Estás de acuerdo?

Ella afirmó con la cabeza y volviéndose hacia él, fue a hablar, pero Santos se lo impidió.

—No, no, deja. Espera que diga antes algo que te ayudará a decirme luego lo que quieras. En primer lugar, yo no conocía de nada a Pedro Sueiro...

—¡Ni yo! —lo interrumpió Nines.

—Ya lo sé, escucha. Como no lo conocía de nada y sabía además que le había sentado mal enterarse de que yo andaba haciendo averiguaciones sobre él, me sorprendió que me invitara a jugar al golf, a comer y al desfile de modelos en el que nos conocimos tú y yo. No había ninguna razón para que fuera tan amable conmigo. Ya sabes que soy detective por pura afición y, en este oficio, uno es siempre desconfiado. Resulta que Sueiro me invitó al desfile de modelos y dejó caer con insinuaciones que algunas de vosotras os alojabais en el mismo hotel. Durante el desfile, me di cuenta de cómo me mirabas cada vez que pasabas delante de mí en la pasarela. Después, nada más aparecer en el salón con tu amiga, durante el cóctel, te dirigiste hacia nosotros decididamente. Sueiro me guiñó un ojo y se enrolló con tu amiga, dejándonos solos. No pusiste ninguna pega para subir a mi habitación en vez de irte con tus compañeras a cenar fuera. El viernes por la mañana, aunque me habías dicho que tenías que ir a liquidar tus cuentas con la empresa, fuiste a ver al abogado Sueiro. Todo esto parece una locura, pero, como diría Shakespeare, hay demasiada lógica en esa locura. Y yo me hice mis propios razonamientos, que me llevaron a la conclusión de que Pedro Sueiro te había encargado que te acercaras a mí y tratases de averiguar mis intenciones. Entonces, tengo que preguntarte y, por favor, contéstame la verdad porque no me voy a enfadar, ¿estoy en lo cierto?

Al mismo tiempo que César terminaba su parrafada y antes de que ella tuviera tiempo de contestar, la tomó suavemente por los brazos y la estrechó contra su pecho, para que pudiera responder con la cabeza sobre su hombro sin tener que mirarlo directamente a los ojos.

Ella soltó una lagrimita, emitió un sollozo y dijo:

—Sí, estás en lo cierto —sorbió los mocos con un simpático puchero y añadió—: tienes que comprenderme, César; yo no te conocía de nada y me dijeron que el abogado era un señor muy importante y amigo del gran jefe. Solo me pidió que averiguara todo lo que pudiera sobre ti.

Santos le acarició la espalda, la besó en el cuello y dijo:

—Ves, ya estamos mucho mejor. No hay como decir las cosas.

—¿No estás enfadado?

—Claro que no lo estoy. Tú hacías tu trabajo y yo el mío, ¿por qué iba a enfadarme?

—Hubo algo más que trabajo entre nosotros aquella noche, creo yo. No me acosté contigo porque me lo pidiera el abogado. Lo hice por placer.

—A mí tampoco me lo pidió nadie, Nines. Es mejor que lo dejemos como está.

A César Santos no le pareció necesario decirle que había visto el cheque de mil euros, porque no iba a ganar nada con ello y, además, le pareció de mal gusto. Pensó que hacerlo habría sido darle a entender que la consideraba una fulana, como el cabo Souto, y él tenía una idea más cosmopolita acerca de los diversos matices de la prostitución.

Después, todo fueron disculpas, susurros, besos apasionados, abrazos amorosos, caricias excitantes, ropa por el suelo y un coito de lujo sobre la alfombra del salón. A las tres de la mañana, César Santos se retiró con la sensación de haber cumplido su objetivo aquella noche. Se fue en un taxi y durante el breve trayecto desde Claudio Coello hasta su piso de Serrano, pensó que quedaban aún varios puntos por aclarar respecto a Nines, pero estaba seguro de que la investigación resultaría placentera. Se bajó, como de costumbre, una manzana antes de su portal, por si lo seguían.

Capítulo X

1

La jueza titular de Corcubión tenía en muy buen concepto al cabo primero José Souto. La Guardia Civil, que hacía el trabajo de policía judicial, había resuelto varios casos importantes en la comarca en los últimos años y el cabo destacó en todos ellos por su eficacia y su seriedad, cualidades ambas que la jueza apreciaba especialmente. Por eso, cuando Souto se presentó en su despacho para informarla de sus actuaciones en el caso del asesinato de Álex Sueiro, la jueza lo recibió con amabilidad y lo escuchó con interés.

Souto se entretuvo exponiendo las diversas líneas de investigación que había seguido su equipo, las averiguaciones realizadas y las hipótesis formuladas y descartadas. Finalmente reconoció que se sentía decepcionado y contrariado por no poder aportar, de momento, una respuesta convincente a las preguntas que permanecían en el aire.

—No he podido salir de un círculo cerrado, compuesto por el tío del chico, por un lado, y los criados, por otro. Y no hago más que dar vueltas en torno a ellos. Pero ahora que don Alejandro se ha mostrado tajante en lo referente a la coartada de Edelmiro, ya no me queda nadie más que el abogado Sueiro.

Souto parecía olvidar que estaba despachando con la jueza y hablaba para sí mismo, como si estuviera solo. La jueza lo dejó hablar, porque se dio cuenta de que aquella manera de reflexionar en voz alta era la forma que tenía el cabo de explicarle lo que pensaba. Souto continuó:

—Como comprenderá su señoría, en todo momento tuve presente la necesidad de encontrar un móvil para explicar el crimen. El de los criados me pareció evidente: conseguir, al fallecer el único hijo de don Alejandro, el pazo y las fincas para el hijo de Beni, si podían demostrar que era de Álex, claro. ¡Es un móvil muy poderoso! Ese móvil, en cambio, no resulta aplicable a don Pedro Sueiro por varias razones. Es tres años mayor que su hermano, no se hablaban desde hacía más de veinte años y riñeron precisamente porque don Alejandro se negó a compartir con él la herencia que le dejó su padre. No me parece razonable que un hombre rico y tres años mayor que su hermano decida asesinar a un sobrino, con ninguna o muy pocas posibilidades de heredar algún día las propiedades del hermano más joven. Aparte de eso, tiene una coartada difícil de desmontar, teniendo en cuenta que la principal testigo ha muerto. ¿Qué debo hacer, señoría? ¿Abandonar? ¿Empezar de nuevo a buscar por otro lado? Ese crimen no fue casual, no se trata de un accidente ni es el resultado de una pelea entre muchachos, una deuda de juego o un atraco. No. El asesinato fue perfectamente planeado. De eso estoy absolutamente convencido.

—Cabo —habló la jueza cuando el cabo se calló—, comprendo su contrariedad. Tómeselo con calma. Efectivamente, para los criados, la posibilidad de heredar el pazo del doctor Sueiro podría constituir un móvil suficiente para cometer un crimen, pero ¿cree que se atreverían? Me resisto a aceptar que, a unos aldeanos sin ninguna formación y que no han hecho en toda su vida más que servir en ese pazo, se les haya pasado por la cabeza la idea de matar al hijo del señor porque hubiera dejado embarazada a su hija y, mucho menos, que hayan sido capaces de planear el crimen y ejecutarlo sin un fallo. Entiendo que intentaran sacarle dinero al padre, pero de ahí a asesinar al hijo... ¿No le parece? En cuanto a Pedro Sueiro, el abogado, tampoco me parece razonable. Y no me refiero a su coartada. Es cierto que un hombre como él, si quisiera, tendría medios de encargar un asesinato a un profesional. Pero en ninguno de los dos casos me parece que el móvil de la herencia por sí solo justifique el riesgo.

—Entonces, señoría, ¿qué móvil cree usted que lo justificaría?

—No lo sé, cabo, no lo sé. Pero no se obceque con algo que no le funciona, eso le bloquea y le impide descubrir otras posibilidades.

—¿Podría decirme alguna?

—No lo sé. Simplemente le sugiero que busque otro móvil más..., cómo diría, más adecuado a las personas de las que sospecha.

—¿Por ejemplo?

—Qué sé yo —la jueza se quedó pensando y unos segundos después dijo en un tono didáctico—: quizá el amor, el odio o la venganza. El hombre pierde el juicio más fácilmente por ese tipo de sentimientos que por la ambición.

Souto permaneció pensativo. Lo que acababa de decir la jueza le sorprendió, no porque le pareciera extraño sino porque no se le había ocurrido pensarlo. También recordó haberle oído decir algo parecido al abogado Sueiro.

2

Unos días después del encuentro con la jueza, el cabo Souto se enteró de que el doctor Sueiro estaba muy grave. Se lo dijo Lolita, su mujer, que lo oyó en el mercado. Delfina, la cocinera del pazo, había contado en la carnicería que don Alejandro se estaba muriendo y que no había querido de ninguna manera que lo ingresaran en el hospital. "Claro —había comentado la mujer—, como es médico sabe muy bien lo que pasa en los hospitales y prefiere morirse en su casa".

Poco después de que Lolita lo hubiera llamado al cuartel para darle la noticia, vino Taboada a decirle lo mismo. Lo informó de que el hermano de don Alejandro, el abogado, avisado por los criados, había llegado de La Coruña aquella misma mañana. Al parecer, según el otro doctor Sueiro, el primo de ambos, la crisis era muy grave y el señor del pazo podría morirse en cuestión de días o quizá de horas.

Souto sintió pena por aquel hombre, que perdió a su hijo de diecinueve años de forma trágica y se iba a morir sin saber ni quién lo había hecho ni por qué. En un gesto de buena voluntad, había perdonado a su hermano mayor. Ya no había sitio para el resentimiento en su desgracia, le dijo en cierta ocasión al cabo. Don Alejandro se moría en su pazo señorial, envuelto en una nube de tristeza y de misterio. El cabo pensó que, casi con toda seguridad, entre los que lo rodeaban para atenderlo en sus últimos momentos y que pronto llorarían su muerte, se encontraba el asesino de su hijo, que escondería tras sus lágrimas de cocodrilo una sonrisa criminal.

El cabo estaba sumido en un mar de dudas. Del informe que Aurelio Taboada le había entregado no cabía deducir que Edelmiro hubiera podido relacionarse con nadie de fuera. Su vida era rutinaria y, según todos los que lo conocían, solo salía del pazo los sábados por la tarde y los domingos para jugar la partida en un bar de la aldea. En raras ocasiones visitaba a sus parientes, o más bien los parientes de su mujer, pues él no tenía más que primos lejanos. Sus únicos viajes conocidos en el último año fueron a La Coruña a ver al abogado Pedro Sueiro. Si Edelmiro no era el asesino ni podía haber encargado el asesinato a nadie, ¿quién pudo haberlo cometido?

Durante uno de sus momentos de reflexión, le pareció oír de nuevo las palabras de la jueza. Quizá tuviera razón su señoría y él se hubiera obcecado con el móvil de la herencia. ¿Y si el crimen se hubiera cometido por amor, por odio o por venganza? En contra de su habitual hermetismo profesional en lo referente a los casos que llevaba, decidió exponer sus dudas a Lolita, con la esperanza de que su mejor conocimiento de las reacciones femeninas aportara algo de luz a sus razonamientos. Después de cenar, cuando se quedaron solos, le describió la confusa situación en la que se hallaba. Lolita lo escuchó muy interesada.

—O sea —le dijo cuando él terminó su exposición—, que crees que el asesino tiene que ser alguien pagado por Pedro Sueiro o, si no, alguno de los criados.

—Sí. Pero también podría ser que, si se tratara de un crimen pasional, fuera alguna novia de Álex despechada al enterarse de que la criada estaba embarazada.

—Pero, vamos a ver: que se sepa, Álex no tenía novia fija.

—No. Si la hubiera tenido, lo sabríamos.

—¿Un crimen pasional con un chico de diecinueve años que ni siquiera tenía novia? ¡No me hagas reír, Pepe! Incluso si la tuviera, sería una chica de su edad. Una chica que en ningún caso sería de Cee ni de Corcubión, porque la conoceríamos todos. Y supongo que no pensarás que una niña de Santiago pudo venir un día a Corcubión y matar a su novio secreto por celos, en medio de la calle y delante de todo el mundo, y desaparecer por arte de magia.

El cabo Souto no respondió. Aquella hipótesis era verdaderamente absurda. Lolita continuó:

—Mira, Pepe, por lo que me has dicho, yo sospecharía sobre todo del abogado. Porque ese hombre, Pedro, que al fin y al cabo es el hermano mayor, fue desheredado por su padre injustamente y su hermano pequeño no estuvo dispuesto a reparar la injusticia, cuando murió el general. Por algo tan tonto como no querer ser militar, Pedro Sueiro perdió el pazo familiar, donde nació y se crio. Y don Alejandro se quedó con él sin avenirse a razones. ¿No es un motivo para que Pedro odie a su hermano?

—Sí, claro, es una razón para que los hermanos se enemistaran, pero habían pasado casi veinte años, Lolita.

—Ya, es cierto. Ahora piensa una cosa: Pedro se entera de que su hermano tiene cáncer; porque me has dicho que lo sabía, ¿no?

—Sí, eso me dijo su primo el forense.

—Entonces, ¿qué pudo pasar por la mente de Pedro Sueiro? Si se moría don Alejandro, heredaría todo su hijo Álex, y él ya no tendría ninguna posibilidad de recuperar el pazo familiar, donde es de suponer que le gustaría retirarse a disfrutar de su jubilación y dejárselo a sus hijos.

—El pazo lo tenía ya perdido desde la muerte de su padre.

—Sí, pero al enterarse de que a su hermano le quedaba poco tiempo de vida pudo pensar que, si le ocurriera algo a Álex, ya sabes a qué me refiero: un accidente o algo así, todo cambiaría de la noche a la mañana. Al fin y al cabo, a ese chico ni siquiera lo conocía, o sea que debía de tenerle el mismo cariño que a su hermano. —Souto escuchaba a su mujer con suma atención—. Pero, de pronto, aparece Edelmiro y le dice que Álex ha dejado embarazada a su hija Beni. No sé si será una tontería lo que voy a decir, pero se me acaba de ocurrir.

—Sigue, sigue, me interesa mucho tu punto de vista.

—Si a Pedro Sueiro se le hubiera pasado por la imaginación deshacerse de su sobrino, la aparición de un nieto de don Alejandro podría desbaratar sus planes.

—Puede ser, ¿y después?

—Ay, Pepe, no sé. Quizá pensara que tendría que hacer desaparecer primero a Álex y, luego, tratar de arreglar lo del hijo de Beni con los criados. No sé cómo, pero a un abogado famoso como él, seguramente se le ocurriría algo.

—Sí, es una posibilidad interesante. Lo pensaré. Bueno, ¿nos vamos a acostar?

—Sí, cariño.

3

A esa misma hora, en Madrid, Julio César Santos salía del portal de la casa de Nines Salinas, la modelo, en la calle de Claudio Coello casi esquina con Ayala. Era muy cerca de su casa y decidió ir andando, porque no merecía la pena parar un taxi. Santos, que no quería que nadie ajeno al círculo de sus íntimos supiera dónde vivía, era extremadamente precavido ante la posibilidad de que lo siguieran y, desde hacía años, practicaba sistemáticamente ciertas técnicas de despiste como medida de precaución. Pero aquella noche, aunque no hubiera adquirido tal costumbre, casi una manía, se habría dado cuenta de que alguien estaba al acecho. Se trataba sin duda de alguien incompetente, porque en cuanto Santos pisó la acera lo vio. Era un tipo raro que, si llevara un letrero diciendo que estaba esperándolo, no lo habría hecho peor. Estaba apoyado en un árbol y, al ver a Santos, tiró el cigarrillo que estaba fumando y se enderezó sin dejar de mirarlo, pero con una actitud ostentosamente sospechosa, como un espía en una película mala. Santos sonrió. No le cupo la menor duda de que aquel tipejo quería descubrir dónde vivía y decidió jugarle una pasada, de modo que se dirigió hacia la calle de Serrano, que corre paralela a Claudio Coello. Al cruzar Don Ramón de la Cruz, miró a ver si venía algún coche y vio que el tipo lo seguía a unos quince metros. Llegó a Serrano y tomó en dirección contraria a su casa, siguiendo por la acera de los números pares. Poco antes de llegar a Lista, vio que un matrimonio abría un portal y aprovechó la ocasión. Los saludó muy amablemente, como si los conociera, y entró tras ellos. Miró de reojo y vio cómo el hombre que lo seguía se quedaba parado, observando. Los señores que habían entrado con Santos lo esperaron al meterse en el ascensor. Él se quedó fuera y les dijo con una sonrisa:

—Muchas gracias, suban ustedes, yo subo andando: voy al primero.

Subió las escaleras, se detuvo en el rellano y esperó unos minutos. Antes de salir de nuevo echó un vistazo a través de la verja de la puerta: ya no estaba el hombre. Pulsó el botón de apertura y salió.

Camino de su casa, pensó que aquel tipo habría tomado sin duda nota del número de aquel portal, el cincuenta y ocho, pensando que había conseguido descubrir su domicilio. Cruzó al lado de los impares y bajó hacia la Puerta de Alcalá. Al llegar a la altura de su portal, siguió de largo, llegó hasta el edificio del Colegio de Abogados, donde se detuvo, miró en todas direcciones y cuando le pareció que no había nadie sospechoso, volvió hacia su casa, una manzana más arriba.

Antes de acostarse, se sirvió una copa y, mientras la tomaba, sacó algunas conclusiones acerca de lo ocurrido. Dado que el tipo que lo había seguido lo esperaba ante el portal de la modelo, era razonable deducir que Nines pudo haberle dicho a alguien que él iba a estar en su casa aquella tarde y ese alguien no podía ser sino el abogado Pedro Sueiro. Es más, seguramente ella lo habría invitado para que algún detective contratado por el abogado pudiera seguirlo cuando saliese de su casa. Y si Pedro Sueiro quería saber dónde vivía, no iba a ser precisamente para enviarle una felicitación por Navidad. Lo peor, siguió pensando, era que la encantadora modelo con la que se había acostado aquella tarde se la estaba jugando con el dichoso abogado que le pagaba, a pesar de haberle asegurado días atrás con palabras muy tiernas, entre besos y caricias, que le importaba un comino aquel señor coruñés, al que no pensaba volver a ver nunca más. Esta vez, decidió Santos, no me dejaré engañar.

A la mañana siguiente, que para él eran las doce del mediodía, llamó a Nines y le dijo que necesitaba hablar con ella con cierta urgencia y recalcó lo de "hablar". Ella le dijo que no podría hasta por la tarde, porque estaba en el gimnasio y tenía que ir luego a la peluquería. Quedaron en verse a las siete y media en una terraza de Serrano. Santos eligió deliberadamente un lugar público para evitar alguna escena violenta si la conversación se torcía. La modelo llegó a la cita con veinte minutos de retraso, lo que no mejoró el mal humor de Santos, que, en cuanto Nines se sentó, entró de lleno en el asunto que estaba dispuesto a aclarar.

—Vamos a ver, Nines, necesito hacerte una pregunta que quizá te sorprenda. Bueno, lo que realmente necesito es una respuesta sincera. ¿Le dijiste a alguien ayer que yo iría a verte por la tarde a tu casa?

—¿Qué quieres decir? —preguntó ella a su vez, sin duda para tener tiempo de pensar la respuesta.

—Quiero decir si le dijiste a alguien ayer que yo iría a verte por la tarde a tu casa.

—No sé a qué viene una pregunta tan rara y espero que me lo dirás, pero sí, se lo dije a alguien. Me llamó una amiga para salir y le dije que no podía, porque había quedado contigo.

César Santos no la creyó.

—Esa amiga no tendría nada que ver con el abogado Pedro Sueiro, de La Coruña, supongo.

Nines cambió de color.

—No te andes con rodeos, César. Dime qué es lo que quieres saber exactamente o explícame a qué vienen esa pregunta y ese comentario.

—Muy bien, te lo diré. Ayer por la noche, cuando salí de tu casa, alguien me estaba esperando y me siguió hasta la mía. Cuando cerré mi portal, y antes de encender la luz —mintió Santos—, observé al tipo que me había seguido. Se quedó mirando hacia la puerta, sacó una libreta, apuntó algo, supongo que el número, y se largó. Está claro que me había seguido para saber dónde vivo. Si tú me lo hubieras preguntado, te lo habría dicho. Vivo en el número cincuenta y ocho de Serrano —volvió a mentir.

—Pero...

César no la dejó seguir.

—Escucha, Nines, creía que el otro día, después de cenar, habíamos dejado todo aclarado, pero me da la impresión de que no es así. Me da la impresión de que sigues en contacto con Sueiro y le has facilitado la información que necesitaba para poder encargar a alguien que me siguiera.

—¡Eso es mentira!

—Calma, querida, no te excites. Supongo que no pretenderás hacerme creer que esa amiga tuya, la única persona que sabía que yo estaría contigo ayer por la tarde, encargó a un tipo que me siguiera para saber dónde vivo. Sé que tengo cierto éxito con las mujeres, pero eso me parece excesivo.

—Eso es una estupidez —contestó malhumorada y nerviosa la modelo.

—Explícame entonces por qué razón un tipo me esperó delante de tu casa hasta que salí. Porque yo no le había dicho a nadie que iba a verte.

—No tengo ni idea. Tú eres detective, te habrán seguido por algún otro asunto tuyo.

—A mí no me paga nadie por espiarte. Estás empezando a ser grosero, César. Creo que deberíamos dejar esta conversación.

—Muy bien, dejaremos la conversación —contestó Santos, satisfecho porque su treta había dado resultado—, pero no me digas que soy grosero, porque soy una persona bien educada y, hasta ahora, me he callado algo precisamente por educación y para no hacerte pasar un mal rato. Pero antes de dejar la conversación y de dejarte a ti, te diré que mientes, porque Pedro Sueiro te paga. Dime, si no, por ejemplo, en concepto de qué te dio un cheque de mil euros el día que nos conocimos.

—¿Cómo sabes...? —no pudo terminar la frase, presa de un ataque de nervios.

—Soy detective —dijo César Santos muy digno, haciendo un gesto al camarero para que le trajera la nota.

Permanecieron callados hasta que el camarero volvió. Santos pagó, se levantó y antes de darse media vuelta y marcharse, le soltó con marcada frialdad:

—Adiós, Nines. Eres tan guapa como falsa.

Al día siguiente, Julio César Santos fue a su oficina de la calle Fuencarral hacia el mediodía. Llamó al cabo

José Souto para decirle que había cortado su relación con la modelo contratada por Pedro Sueiro y, de paso, le comentó la broma que le había gastado al tipo que lo había seguido.

—Seguro que Sueiro estará encantado de tener mi dirección en Madrid, ¡a cinco manzanas de donde vivo! Voy a enviarle un email para agradecerle que encargara a una espía tan guapa y complaciente su investigación sobre mí.

—¿Por qué no lo dejas correr, César? —le aconsejó Souto prudentemente—. No deberías subestimar a ese abogado. Ya te dije que puede ser un tipo peligroso.

—Mira, Pepe, Sueiro es sin duda peligroso, lo tengo en cuenta, pero a mí no me gusta que me toquen las narices y voy a decirte una cosa. No me quiero meter en tus asuntos, pero Pedro Sueiro es ahora un asunto mío.

—¡No empieces, César! Olvídate del abogado y de todo lo que te he contado sobre el caso Sueiro. He hablado con la jueza de Corcubión y creo que, de momento, vamos a dejar el asunto —mintió Souto, que tenía pánico a su amigo cuando se le metía en la cabeza hurgar en uno de sus casos pendientes.

—Pepe, déjame que te diga otra cosa: no te creo. Primero, porque sé muy bien que tú nunca abandonas un caso, y segundo, porque los dos estamos seguros de que el abogado Sueiro oculta algo. Está tomándose demasiadas molestias para intentar tenerme controlado y eso no es normal. Si no tuviera nada que ver con la muerte del sobrino y si no temiera que yo descubriese algo, no se gastaría mil de euros en pagar a una chica y a un detective de pacotilla para que me investiguen. Él no sabe que yo no sé nada, por eso está preocupado, porque cree que sé algo o, al menos, que puedo descubrirlo. ¿Estás de acuerdo o no?

—En lo que no estoy de acuerdo es en que interfieras en una investigación de la Guardia Civil. Tú te lo tomas como una diversión, porque te aburres. Pero es algo muy serio. ¡Joder, no sé cómo decírtelo! Es un asunto oficial y se trata de la actuación de la Justicia ante un crimen, César. ¿Es que no lo entiendes?

—No te cabrees, Pepe. No veo dónde está el problema. Yo siempre intento colaborar con la Justicia y no pienso interferir para nada en tu investigación. Solo quiero saber por qué Pedro Sueiro paga a alguien para que investigue mi vida privada. Y no se me ocurre decirte que me gustaría ayudarte, porque sé que me vas a mandar a tomar por el culo, y eso es algo que no me apetece.

—¿Qué es lo que no te apetece, que te mande o tomar? —Souto estaba enfadado—. Adiós, César.

Julio César Santos se echó hacia atrás en su butaca de ruedas y sonrió. Sentía un gran aprecio por el cabo José Souto y le divertía su forma de tomarse a pecho el trabajo teniendo en cuenta la exigua paga de un guardia civil. Como, además, él había metido la pata alguna vez en el pasado en asuntos que llevaba Souto, comprendía muy bien su temor a que volviera a hacerlo. No era algo que le preocupase, porque también lo había ayudado en más de una ocasión con informaciones valiosas e ideas acertadas. De todas formas, le gustara o no a su amigo, él no estaba dispuesto a permitir que un abogado de provincias pagara a alguien para seguirlo en Madrid.

Buscó en su cartera la tarjeta de Pedro Sueiro y anotó los datos en la agenda del despacho. Después se sentó frente al ordenador y escribió unas líneas para enviárselas por email. Tras unas cuantas correcciones, el texto quedó así:

> Amigo Sueiro:
>
> Quisiera agradecerte las múltiples atenciones que has tenido conmigo durante mi breve estancia en La Coruña. Y muy especialmente que hayas puesto a mi disposición una

encantadora joven, para que no me aburriera esos días en tu preciosa ciudad. Sé que le pagaste unos euros y, aunque considero un detalle por tu parte querer evitarme un pequeño gasto, no era necesario, pues siempre me ha parecido de mal gusto pagar a las mujeres de cuyos favores disfruto.

Como sabrás, he vuelto a encontrar en Madrid a tu Mata Hari y la he despachado, tanto a ella como a un aprendiz de detective que me siguió para saber dónde vivía. Si me permites un consejo, Pedro, deberías contratar a gente más profesional para ocultar tus manejos en determinado asunto. ¡Ándate con ojo!

Un saludo,

Julio César Santos

Capítulo XI

1

El doctor Alejandro Sueiro de Andrade falleció de madrugada en su pazo de Vilar de San Pedro, el último día del verano. El abogado Pedro Sueiro, avisado la víspera de la inminencia de la muerte de su hermano, se desplazó con su mujer y sus hijos desde La Coruña y pudo asistir a sus últimos momentos. Durante todo el día siguiente, la casa fue como un sobrio tanatorio por donde desfilaron cientos de personas, a las que se les ofrecía en el gran salón un refrigerio encargado a toda prisa a un hotel de Cee.

Al entierro en el panteón familiar del pequeño cementerio de la iglesia de Vilar de San Pedro, a doscientos metros del pazo, asistieron, como era de esperar, personalidades locales, familiares, amigos, antiguos pacientes del médico, deudos y algunos curiosos. Entre los asistentes estaba el cabo primero José Souto, jefe provisional del puesto de la Guardia Civil de Corcubión, acompañado por sus colaboradores Taboada y Orjales.

Terminado el duelo, Pedro Sueiro regresó con su mujer y sus hijos al pazo, adonde solo lo acompañaron la familia de su primo carnal, el médico forense, y don Andrés, el cura que atendía la parroquia y que esperaba alguna generosa limosna de la familia Sueiro y quizá una invitación a comer.

Pedro Sueiro decidió quedarse hasta finales de septiembre en el pazo familiar, para encargar algunas obras y adaptar las habitaciones principales a sus necesidades, pues había decidido establecer allí su segunda residencia, que debería convertirse en la primera en cuanto arreglara los asuntos relativos a su jubilación. En el testamento de su hermano él aparecía como albacea y único heredero de los bienes familiares, por lo que el pazo y las fincas pasaban a ser finalmente de su propiedad. Conseguía así realizar el sueño sentimental de su vida, aunque su fortuna personal le habría permitido conseguir una propiedad similar si lo hubiera deseado. Vilar de San Pedro era su casa natal y, a pesar de la obsesión ancestral de su padre por que hubiera sido militar y la falta de comprensión por parte de su hermano, volvía a pertenecer a quien, según él, siempre debió haber pertenecido. En el testamento de su hermano había una cláusula en la que figuraba un legado a sus criados: unas tierras de poco valor y una vieja casa en la aldea. No había ninguna mención al hijo de Beni, ni siquiera a ella, pues el legado se lo hacía a Edelmiro y Delfina. Estaba claro que Alejandro no había querido dejar constancia en su testamento de la existencia de un posible descendiente bastardo que pudiera desviar la propiedad familiar hacia una rama no deseada. Fue el propio Pedro Sueiro quien comunicó a los criados la existencia del legado, varios días después del entierro. Ellos no se habían atrevido a preguntar nada.

Independientemente del triste acontecimiento, que no lo fue tanto para él, Pedro Sueiro estaba de pésimo humor desde que recibió el correo electrónico del detective Julio César Santos, en el que lo informaba de que había descubierto algo quizá comprometedor. El muy cabrón, pensó, se ha follado a ese bombón de Nines a mi costa y además se permite tomarme el pelo. No era algo que estuviera dispuesto a olvidar fácilmente.

Por otra parte, pasados unos días de la muerte de Alejandro Sueiro, Edelmiro empezó a incordiar a Pedro acerca del legado que su amo le había dejado. Al formalizar la declaración de herederos e intentar actualizar las escrituras, se descubrió que las propiedades que el médico legaba a sus criados estaban aún inscritas a nombre de la mujer del general Sueiro, su madre, ya que nadie se había molestado en hacer las modificaciones oportunas en el Registro de la Propiedad cuando falleció el viejo general. Por lo tanto, aquellas propiedades pertenecían a ambos hermanos a partes iguales y el legado era de dudoso valor, al menos en una parte. Cuando el abogado le explicó a Edelmiro que su amo le había dejado unas propiedades que no le pertenecían a él solo, el criado se enfureció. Sueiro le advirtió de que, si quería conservar su trabajo en el pazo, le convenía calmarse y esperar a que él, su nuevo empleador, tomara las decisiones oportunas. La amenaza de perder un empleo cómodo, correctamente pagado y con alojamiento y manutención incluidos, que le permitía a él y a su familia vivir cómodamente y ahorrar casi todo lo que ganaban, obligó a Edelmiro a rebajar sus humos.

Pero unas semanas más tarde, volvió a la carga reclamando a su antiguo amigo y ahora nuevo jefe la pensión que su hermano le pasaba a Beni para mantenimiento del hijo que "le había hecho" (esas fueron sus palabras) su sobrino Álex. Pedro Sueiro empezaba a estar harto de Edelmiro y tuvieron una fuerte discusión en la que el criado terminó cediendo, al no poder hacer frente en igualdad de condiciones al abogado. La situación fue tensa y la resignación de Edelmiro se transformó en un creciente rencor hacia Pedro Sueiro, que iba al pazo todos los fines de semana y parecía olvidar por completo las promesas hechas antes y después de la muerte de don Alejandro. El criado empezó a sospechar que Pedro Sueiro se había burlado de él y, como ya no lo necesitaba para estar al corriente de los asuntos relativos al pazo, puesto que era suyo, había decidido cortar las relaciones supuestamente amistosas.

2

El cabo José Souto, después de haber pasado varios días dándole vueltas al tema, tomó una decisión que sorprendió a sus colaboradores: volver a empezar la investigación desde el principio. Había llegado a la conclusión de que la muerte de Álex Sueiro tenía que estar relacionada o con los intereses de su tío, el abogado, o con los de los criados y su esperanza de que fuera reconocido el hijo de Beni o, una tercera vía, con el odio o el deseo de venganza, según le había insinuado la jueza. El odio o la venganza de unos y otros. Todos tenían motivos.

Como se veía obligado a dar por buenas las coartadas de Pedro Sueiro y de Edelmiro, puesto que era imposible volver a tomar declaración a los muertos, debía admitir la posibilidad de que el autor material del crimen fuera alguien contratado, un sicario. De ser así, habría que pensar en Pedro Sueiro, dado que era poco probable, por no decir imposible, que Edelmiro pudiera encontrar uno por su cuenta. En cambio, el abogado, sí. De hecho, su empleado Amaro Toba no era precisamente un dechado de honradez, aunque a Souto le costara creer que un exguardia civil se aviniese a aceptar semejante encargo. Que Pedro

Sueiro tenía entre sus clientes a algunos mafiosos, era de dominio público. Clientes que se movían en un entorno delictivo en el que no resultaría difícil encontrar la persona adecuada. Solo era cuestión de dinero y él lo tenía. Pero un sicario tendría que saber quién era Álex, conocerlo personalmente y estar informado de sus movimientos cuando iba al pueblo. Para eso resultaba indispensable la colaboración de Edelmiro.

El cabo Souto expuso a sus colaboradores, que lo escuchaban con suma atención encerrados con él en el despacho grande, la siguiente teoría:

—Pedro Sueiro siempre ha tenido una idea fija: hacerse con el pazo de Vilar de San Pedro. Debía de estar muy resentido con don Alejandro para haber dejado pasar veinte años sin tratarse con él, su único hermano. El resentimiento fue creciendo con el tiempo, hasta arraigar profundamente como un árbol. Estoy seguro de que durante todos esos años pensó muchas veces en el medio de recuperar lo que consideraba suyo por derecho y que perdió por un capricho de su padre, ¿no os parece?

No esperó respuesta a su pregunta y continuó:

—Un día, hace algo más de un año, se entera de que su hermano tiene cáncer. Sus días o meses están contados. ¿Qué pasa por su mente? De nuevo el pazo. Pero hay un serio obstáculo: el sobrino. Un sobrino al que ni siquiera conoce. Resulta que, por esa misma época, Edelmiro, el criado del pazo, con quien tiene cierta confianza desde joven, le anuncia que el señorito, el sobrino, ha dejado embarazada a su hija Beni.

—¡Y se ponen de acuerdo los dos para cargárselo! —exclamó Orjales en un arranque de clarividencia.

—Tranquilo, tío —lo calmó el cabo—, quizá vayan por ahí los tiros, pero no tan deprisa. Mi teoría, y que conste que es solo una teoría, consiste en suponer que el abogado vislumbra una posibilidad de suprimir el problema del sobrino utilizando a Edelmiro. ¿Cómo? Pues haciéndole concebir esperanzas sobre la posibilidad de que algún día su nieto pueda heredar el pazo. Claro que eso solo sería posible *si le ocurriera algo* al hijo de don Alejandro. Primero le insta a que reclame a su amo el reconocimiento del hijo de Beni, convencido de que su hermano no va a caer en semejante desatino. Pero Edelmiro no lo encuentra tan descabellado. Después le hace ver que, mientras viva Álex, no tienen nada que hacer, porque el joven se casará con alguna señora de su clase, tendrán hijos y adiós toda esperanza. En sus diferentes encuentros con Edelmiro, lo confunde llevándolo de la ilusión a la decepción, engañándolo con posibilidades remotas y haciéndolo dudar de la buena disposición de su amo. Su intención es ir generando odio en la mente del criado y de su familia, fomentar poco a poco su resentimiento, la sensación de ser engañado y, finalmente, el deseo de vengarse por la afrenta que Álex ha hecho a la familia, poniendo incluso en duda su paternidad y tratando a Beni de mujerzuela que se acostaba con sus amigos en Santiago.

—¡Joder, Souto! Me parece un culebrón de mucho cuidado —comentó Taboada.

—Puede, pero no lo veo tan complicado. Conozco algo a Pedro Sueiro y me parece un tipo capaz de eso y de mucho más. El otro día dejó caer disimuladamente, cuando ya me iba, que Edelmiro podía estar relacionado con la muerte de Álex. Me lo soltó así, como de pasada y sin darle importancia.

—Pero sabemos que tiene una buena coartada.

—Ya. Déjame seguir. Pienso que es posible que Sueiro, cuando calculó que Edelmiro estaba lo suficientemente quemado con respecto a la posibilidad de que su nieto heredara, pudo hacerle ver que, si desaparecía

Álex, todo cambiaría. El cabreo del criado por el desprecio de su amo, por un lado, y la posibilidad de que el hijo de Beni se convirtiera en el heredero del pazo, por otro, pudieron ser razones suficientes para hacerle concebir un plan que consistiera en quitarse de en medio al señorito. Concebirlo o escucharlo de boca del abogado como una posibilidad a tener en cuenta.

—¿Y crees que el abogado se iba a arriesgar a cometer un asesinato compinchado con Edelmiro? —preguntó con cara de asombro Taboada.

—No creo nada, Aurelio. Son suposiciones, porque por algo hay que empezar, ¡coño!, que llevamos un año dando vueltas sin llegar a ninguna parte. No me parece tan insensato pensar que Pedro Sueiro provocara a Edelmiro, para que hiciera algo que él, por supuesto, no podía hacer. Supongamos que Pedro Sueiro le sugiere que se ponga en contacto con Amaro Toba, que es pariente de su mujer, para ver el medio de cargarse a Álex. O le proponga a Toba que se encargue de buscar a alguien de la mafia de Pontevedra, con la que está relacionado, para hacerlo. Supongamos que Pedro Sueiro le asegura que él hará la vista gorda y que les proporcionará el dinero que haga falta.

—¡No tiene sentido Holmes! —volvió a intervenir Taboada—. ¿Cómo se explicaría que el abogado quisiera matar a su sobrino? No tenía ninguna razón, sobre todo si lo que quería era hacerle creer a Edelmiro que quizá su nieto pudiera heredar el pazo. ¿Qué ganaba don Pedro con eso?

—Sí, señor, tienes razón, es una buena objeción. Pero creo que Pedro Sueiro, que es un buen abogado, quizá convenciera a Edelmiro de que quería vengarse de su hermano. Don Alejandro se había quedado con el pazo, siendo el hermano pequeño, y no había querido ni siquiera compartirlo con él. Le había robado su herencia, ¿comprendes? Por eso no se hablaban; lo odiaba y se quería vengar. Y también por eso estaba dispuesto a ayudarlo en aquel asunto. Quizá le hiciera firmar algún papel comprometiéndose a devolverle el dinero o algo así, para hacerlo más creíble, eso no importa ahora. Lo que cuenta es que Sueiro pudo llevar a Edelmiro al límite de la desesperación y jugar con su rabia, su humillación y su ambición. Si realmente eso ocurrió, Pedro Sueiro seguramente habló con Amaro Toba y llegó a algún tipo de acuerdo con él. Toba solo tenía que buscar un asesino y ponerlo en contacto con Edelmiro, para que lo acompañara unos días antes al pueblo, cuando fuera Álex a la farmacia a buscar los medicamentos de su padre, y así conociera a su víctima. Al criado le bastaba después con avisar al sicario el día señalado, en el momento en que Álex saliera del pazo, para que lo esperara cerca de la farmacia y se lo cargara al meterse en el coche, o en cualquier otro momento favorable. El asesino, una vez hecho el trabajo, desaparece y Edelmiro se deja ver en el pazo por su amo a la misma hora, para asegurarse la coartada, igual que el resto de la familia, que no sale de la finca. ¿No os parece una teoría aceptable?

Taboada y Orjales se quedaron callados, pensando en aquella especie de película que el cabo les acababa de contar. Por fin, Orjales se decidió a hablar:

—Bueno, entonces, sobre eso que nos dijiste de empezar por el principio, ¿a qué te referías?

—Me refiero a volver a situarnos en el momento del crimen. Interrogar otra vez a los testigos. Ver si conseguimos que recuerden algo más, si son capaces de describir a alguna de las personas que se acercaron a Álex aquel sábado en el mercado, algún dato nuevo, algo. Lo que no podemos es quedarnos de brazos cruzados. Lo primero que se me ocurre, por ejemplo, es hacer una reconstrucción del crimen en la plaza de la Iglesia. Eso puede despertar algún recuerdo en los testigos.

—Una reconstrucción sin asesino, no veo como... —balbució Orjales.

—Hay que ser positivos, Orjales. Yo haré de asesino.

La reconstrucción se preparó el sábado siguiente. Para mayor realismo, también lloviznaba aquel día. En el mismo lugar donde cayó muerto el joven Álex Sueiro se reunieron los guardias civiles, la jueza, que quiso estar presente, un fotógrafo del Cuerpo, dos empleados municipales y los cinco testigos que habían declarado algo coherente al inicio del sumario. Los dos jubilados, el sacristán de Corcubión, un chaval de catorce años y una señora que aseguraba haberlo visto todo muy bien, aunque Souto no le concedía demasiada credibilidad. Solo la señora tenía el paraguas abierto el día del crimen. Los jubilados no, porque no habían considerado que la fina lluvia que caía a aquella hora lo justificara, y tampoco el sacristán, que había salido de la iglesia un momento para fumarse un cigarrillo, ni el chaval. El cabo Souto había descartado otros testigos porque o dijeron no haber visto nada o sus declaraciones carecían de interés o credibilidad.

Se pusieron unas vallas para mantener alejados a los curiosos y se acordonó la zona que ocupaba el puesto de cetrería. Los testigos se situaron en el mismo lugar que ocupaban el último sábado de julio del año anterior. El cabo le indicó a Orjales que se pusiera donde había estado Álex, según los testigos, que lo recordaban. Los dos jubilados a su izquierda, detrás de ellos el chaval y al otro lado la señora, que acababa de salir aquel día de la misa de doce y media, y el sacristán. Según aseguró la señora, había un joven detrás de Álex. Llevaba un chubasquero azul claro con la capucha puesta y gafas oscuras. Era un chico bajo y fuerte, que estaba pegado a la víctima por detrás. Los jubilados también recordaban a aquel joven, encapuchado a causa de la lluvia, que más tarde arreció.

El sacristán repitió sin variarla su primera versión. Según él, Álex Sueiro, a quien conocía desde niño, estaba mirando al feriante que sostenía un halcón en el brazo y daba explicaciones, entonces, de pronto dobló las piernas, como si hubiera decidido arrodillarse, y al tocar el suelo con las rodillas, cayó hacia atrás. Los jubilados lo confirmaron.

—Sí, ahora me acuerdo —dijo uno de ellos—, se cayó hacia atrás y yo me aparté un poco, para ver qué le pasaba. Al principio me pareció que se agachaba para coger algo del suelo, pero en seguida me di cuenta de que se había caído, como desmayado.

—Tosió antes de caerse —precisó la señora—. Estoy segura de que tosió una vez y luego cayó hacia mi lado y tropezó en mi pierna. —Golpeó dos veces su pierna izquierda con la palma de la mano—. Tenía los ojos abiertos. Yo pensé que sería uno de esos chicos que se drogan, pero luego me di cuenta de que iba bien vestido y afeitado. Entonces Santi dijo: "Es el hijo de don Alejandro".

Santi, el sacristán, confirmó que lo había reconocido enseguida y que se había agachado para ver qué le pasaba.

El cabo Souto puso en marcha la reconstrucción y explicó que el agente Orjales iba a colocarse donde estaba Álex y él se colocaría detrás, donde estaba el joven con el chubasquero azul. A Orjales le dijo que cuando notara un pequeño golpe en la espalda, se dejara caer de rodillas y luego hacia atrás.

—No me irás a clavar una navaja, supongo.

—No es momento para coñas, tío. Haz lo que te digo.

Cuando todos se colocaron en su sitio, la señora abrió el paraguas y Souto se puso detrás de Orjales. Presionó su espalda con un puño y el guardia dobló las rodillas y se dejó caer despacio hacia atrás.

—¿Fue así? —preguntó el cabo.

—Espere, cabo —dijo uno de los jubilados, mientras los demás asentían—. Me parece que lo estoy viendo ahora. Al caerse este señor —añadió señalando a Orjales—, recordé que el joven del chubasquero azul le puso una mano en el hombro al pobre muchacho. Sí, eso es. Le puso una mano en el hombro izquierdo como si quisiera sujetarlo; sí, sí, es como si lo estuviera viendo.

—¿Antes de caerse o cuando se cayó?

—No sé, cabo. Lo que recuerdo es que cuando vi que se caía, el otro tenía puesta una mano encima del hombro, ya le digo, como si lo estuviera sujetando.

—¿Y después? —preguntó el cabo.

—Después me agaché a mirar al chico tendido en el suelo y ya no me fijé en nada más.

—¿Alguien recuerda algo más? ¿Alguien vio lo qué hizo después el joven del chubasquero azul?

Entonces empezaron todos a hablar al mismo tiempo y a Souto le pareció que intentaban recordar más cosas de las que en realidad recordaban, en un esfuerzo por adornar con un poco de imaginación su memoria.

La conclusión a la que llegó Souto fue que el misterioso joven del chubasquero azul y gafas oscuras debía de ser el elemento clave. Nadie había visto a otra persona tan cerca de Álex. "Pegado" a él, había asegurado la señora. El problema era que, con el revuelo montado al descubrir que Álex Sueiro estaba herido, ya nadie se había fijado en lo que pasó después. El tipo del chubasquero azul había desaparecido discretamente. Pudo haber sido el asesino o quien le señaló a este quién era la víctima.

Souto y la jueza estuvieron charlando un rato y, cuando se despidieron y los empleados municipales empezaron a retirar las vallas, José Luis, el chaval, que no había abierto la boca durante toda la reconstrucción, se acercó al cabo y le preguntó si podía decirle algo.

—Mire cabo, hay una cosa que no les dije cuando me tomaron declaración el año pasado, pero que quiero que sepa.

—Tú dirás.

—El chico del chubasquero azul y las gafas puede que no fuera un chaval, sino una chavala.

Souto abrió mucho los ojos, le puso una mano en el hombro y le preguntó:

—¿Por qué lo dices, José Luis?

—Estaba a mi lado y me fijé. Tenía un culo muy redondo y unos vaqueros apretados. No me pareció el culo de un tío.

Souto se echó a reír, pero captó la importancia de la observación del muchacho. Le preguntó:

—¿Por qué no nos lo dijiste al hacer tu declaración el año pasado?

—Coño, cabo, me dio corte —contestó poniendo voz de hombre—. ¡El año pasado tenía catorce años! Como los demás dijeron que era un chaval joven, no me atreví a decir nada. Pero, aunque no le vi la cara tanto como para reconocerlo, porque llevaba unas gafas ahumadas grandes y la capucha calada del todo, sí me fijé en el culo, de eso sí que me acuerdo, era el culo de una chavala.

—Bravo, José Luis, aparte de ser un poco pillo a los catorce años, eres muy observador y lo que me acabas de decir ahora es importante, pero no se lo digas a nadie, por favor. ¿De acuerdo?

Al cabo Souto le pareció que podía ser muy importante. ¡Una asesina o una cómplice! No lo había pensado, pero era interesante. En seguida dedujo del comentario del chaval que podría incluso ser la propia Beni quien hubiera apuñalado a Álex Sueiro. Pero se guardó mucho de decírselo a sus colaboradores, antes de reflexionar sobre ello y atar unos cuantos cabos.

3

La oficina de Julio César Santos, en la calle de Fuencarral casi esquina con la Glorieta de Bilbao, estaba situada en el primer piso, de su propiedad, de un antiguo edificio de típica arquitectura madrileña. Después de un incidente ocurrido años atrás, cuando unos delincuentes a los que investigaba le causaron importantes destrozos, Santos había tomado ciertas precauciones: doble puerta acorazada, cámara de vídeo y micrófono disimulados en un adorno del mueble bar, alarma activada por sensores de movimiento y grabación automática de copias de seguridad del ordenador de la oficina en el portátil personal de su domicilio.

La oficina constaba de un exiguo hall de entrada, dos piezas amplias, una minúscula cocina y un cuarto de baño. La estancia principal era su despacho y salón, amueblado con sobria elegancia, donde recibía a los eventuales clientes, y la otra pieza, oficialmente llamada archivo, era en realidad un dormitorio de emergencia, instalado coquetamente tras un biombo decorado con motivos orientales. En un lateral del cuarto había unos archivadores más bien decorativos, dado que la agencia Santos y Santos detectives tenía muy poco que archivar. También había una mesa de trabajo para uso de su colaborador, el joven estudiante de Derecho Elías Cruz, que aparecía de vez en cuando por allí. Una asistenta, Maruja, iba dos veces por semana para limpiar y mantener el dormitorio, la ropa de cama y las toallas siempre a punto.

César Santos no buscaba clientes y por lo tanto no solía tenerlos. Su tío político Félix Bermúdez, de Bermúdez & Asociados, le enviaba de vez en cuando algún caso de cierta importancia. Pero, de hecho, podría decirse que César Santos utilizaba su oficina, sobre todo, para leer el periódico, organizar partidas de mus con sus amigos y disfrutar discretamente de la compañía de alguna amiga circunstancial sin tener que llevarla a su piso de Serrano, que siempre mantuvo alejado de los asuntos relativos a la agencia de detectives.

Aquella mañana soleada de finales de septiembre, leía tranquilamente el periódico sobre las doce del mediodía cuando sonó el teléfono. Descolgó y oyó una voz que enseguida reconoció: era la bella modelo Nines Salinas. Se sorprendió, pero trató de disimularlo y, con una voz que pretendía mostrar fastidio, dijo:

—¡Hola! ¿A qué debo esta inesperada llamada?

—César —contestó Nines en tono casi suplicante—, quisiera hablar contigo. No puedo de ninguna manera dejar que nuestra relación se haya roto de un modo tan desagradable. El otro día estaba muy nerviosa y no pude explicarme, pero como sé que eres un caballero, estoy segura de que me darás una oportunidad de hacerlo.

—¿Nuestra relación? —exclamó Santos con un deje irónico.

—Por favor —insistió ella—, no me lo pongas más difícil. ¿Podemos vernos? Estoy en una cafetería de la glorieta de Bilbao; puedo acercarme ahora mismo a tu oficina, ya que estás ahí.

—Muy bien, Nines. Ven si quieres, aunque no esperes que te reciba con los brazos abiertos.

—Gracias. Estaré ahí en cinco minutos.

Menos de cinco minutos después sonó el timbre. Santos vio a Nines en la pantalla del vídeo portero y le abrió.

Nines subió por la escalera y él la esperó en el descansillo, a la entrada de la oficina. Se dieron un frío beso en la mejilla y César le indicó que pasara. Mientras ella echaba un vistazo circular al despacho, Santos pudo comprobar que se había maquillado con esmero, vestía con suma elegancia y estaba francamente guapa. Probablemente se arreglara así todos los días, pero a él le pareció que lo había hecho especialmente para la circunstancia.

—¡Qué oficina más bonita! —dijo Nines rompiendo el hielo—. Parece más el despacho de un director general que una oficina de detectives.

—Es que soy el director general –carraspeó Santos—. Bueno, ya me dirás qué me tienes que contar.

A Nines, sentada en una butaca frente a él, se la notaba tensa, aunque sonreía tratando de aparentar tranquilidad. Santos, en cambio, mientras esperaba a que se decidiera a hablar, se hizo el duro y adoptó voluntariamente un gesto frío e indiferente, quizá exagerado, porque en aquel momento lo que estaba deseando era encontrar el modo de tenerla en sus brazos.

—Bueno, pues verás... Si no te importa, voy a empezar por el principio. —Miró a Santos esperando alguna reacción por su parte, que no se produjo—. Cuando fui a La Coruña para el desfile de modelos, no conocía al abogado Sueiro. Pero el organizador, que fue quien me contrató, me pidió que fuera a hablar con él, porque quería proponerme algo que me iba a interesar. Pedro Sueiro me dijo que eras un cliente importante de su despacho y que quería complacerte, pero que, además, quería averiguar todo lo que fuera posible sobre ti. No sé cómo decírtelo, César, pero en mi profesión eso es algo frecuente.

—Lo sé. No es necesario que me lo expliques.

—Bien, pues Pedro Sueiro me ofreció dos mil euros si ligaba contigo y, de paso, obtenía la información que él deseaba. Me adelantó mil y me prometió otros mil si lo conseguía. Todo ocurrió el día que nos conocimos. Ya sé que estás enfadado y no me creerás, pero cuando te vi, me gustaste y me hubiera enrollado contigo sin necesidad de que me lo pidiera nadie. Pero Pedro Sueiro me había pagado y yo tenía que hacer mi trabajo. Además, el organizador me dijo que Sueiro era muy amigo de los grandes jefes y que, si lo complacía, lo tendrían en cuenta. En esta profesión, César, podemos ganar bastante dinero, es cierto, pero también podemos dejar de ganarlo de la noche a la mañana, si a los que manejan los hilos de las pasarelas les caes mal. Hay muchísima competencia y un montón de modelos dispuestas a hacer lo que sea para estar en primera línea. No hice nada de lo que me avergüence ni me porté mal contigo. No te engañé ni te mentí. Tú te habrías ido con cualquier otra chica que te hubiera guiñado un ojo aquella noche y yo no te pedí nada. Me porté lealmente contigo, ¿dónde está mi pecado?

Santos escuchaba a Nines serio, sin hacer el menor gesto de aprobación o disconformidad, intentando parecer poco interesado en su discurso, aunque no podía evitar complacerse en su belleza. Esperó unos segundos tras la pausa de la joven, antes de decir:

—Y lo de avisar que iba a verte, para que enviaran a alguien a la puerta de tu casa y me siguiera, ¿también es un comportamiento leal, en tu opinión?

—Te juro por lo más sagrado —contestó ella en tono suplicante— que no tengo la menor idea de quién era ese individuo y que no le dije a nadie que venías a verme, aparte de a mi amiga Inés del Río. Ese señor tuvo que haberte seguido a ti o estaba vigilando mi casa, no lo sé. Lo único que sé es que yo no tengo nada que ver con él y, por supuesto, no he vuelto a hablar con el abogado Sueiro desde que vinimos de La Coruña. El viernes por la mañana, fui a verlo para que me pagara los mil euros que me había prometido. Le dije que me volvía a Madrid contigo y le prometí informarlo de lo que averiguara sobre ti. Es verdad. Y él me dijo que quería saber dónde vivías, no dónde estaba tu oficina, sino tu casa. Le aseguré que intentaría enterarme y eso fue todo.

Nines se quedó callada y César Santos también. Transcurrieron unos segundos tensos y cargados de desconfianza por ambas partes.

—Te he contado la verdad —dijo finalmente la modelo—. No tengo nada más que decirte sobre el tema Sueiro, aunque sí me gustaría decirte algo personal.

—Pues dilo.

—Eres un caballero y te has portado elegantemente conmigo, a pesar de haber descubierto, ¡no sé cómo!, mi trato con el abogado. Te lo agradezco y siento que nos hayamos conocido a causa de algo turbio; algo que Sueiro y tú sabéis y yo no. Me gustaría que olvidaras esa parte oscura de nuestro encuentro y me consideraras tu amiga. Si te gusto un poco, si decides creerme y no estás enfadado, llámame de vez en cuando. Invitar a una modelo a comer sale barato, ¡no comemos nada!

Santos sonrió. Le resultaba difícil mostrarse insensible ante la actitud humilde y en apariencia sincera, de Nines. No era desconfiado por naturaleza, como su amigo gallego, el cabo Souto, pero al acordarse de él y de alguna mala experiencia reciente con mujeres encantadoras contuvo su impulso de abrazar a la modelo, que parecía a punto de adornar su discurso con alguna lágrima desprendida de sus bellos ojos, a los que el cuidado maquillaje daba un toque de profundidad y misterio. Aun así, Nines era demasiado hermosa para no perdonarle su ligereza y su venalidad. Ya que estaba allí tan bien dispuesta, pensó el detective, ya que estaba en su oficina, obligado él por tanto a las leyes de la hospitalidad, ya que era mediodía y no tenía nada que hacer, ¿qué mal había en perdonarla?

Así pues, Julio César Santos se mostró generoso e incluso cariñoso con la bella Nines, sin que ello supusiera cerrar todas las puertas y ventanas de su desconfianza. Le ofreció un aperitivo, le habló de alguno de sus viajes anteriores a Galicia, para aportar distensión a la conversación, y acabó enseñándole la habitación contigua, donde se desnudaron tras el biombo chino, para sellar la reconciliación con un abrazo erótico en el que el delicado y flexible cuerpo de la modelo se perdió entre los músculos del detective, como una anguila que se sumerge en las aguas del río.

Capítulo XII

1

El cuaderno del cabo José Souto tenía varias páginas emborronadas con sus notas. Souto no hacía más que darle vueltas a la declaración de José Luis, el muchacho que estaba al lado de Álex cuando cayó muerto. Escribió y tachó en el cuaderno hasta llegar a una conclusión con dos posibilidades. Una, que, en lugar de un asesino contratado, se tratara de una asesina, algo que era posible pero poco probable. No había constancia en los archivos policiales ni de la Guardia Civil de la existencia de mujeres profesionales con esa especialidad. Aquello le sonaba a película americana. Otra, que hubiera sido la propia Beni quien asesinó al hijo de Alejandro Sueiro.

Esta segunda hipótesis le pareció más verosímil. Quizá convencida por su padre, a su vez manipulado por Pedro Sueiro (que sabía que un asesino nunca puede heredar de su víctima), de la imposibilidad de obtener nada para su hijo mientras viviera el joven Álex e impulsada por el resentimiento y el desprecio con que este la había tratado, su odio hacia él la hubiera llevado a decidir apuñalarlo con sus propias manos. ¡El odio y la venganza! Esas fuerzas poderosas de las que le había hablado la jueza.

A partir de ahí se abrían nuevas posibilidades. Su coartada, basada únicamente en el testimonio de sus padres, era débil. Ella sabía que el sábado Álex iba al pueblo y adónde. Podía haberlo esperado a la puerta de la farmacia y seguirlo hasta la iglesia. Era muy normal que Álex visitara el mercado medieval estando al lado. Incluso Beni habría podido oírle decir que se daría una vuelta por allí. El mercado estaría muy concurrido el sábado a mediodía. Era una ocasión única. Beni se acercaba por detrás, le ponía una mano en el hombro para sujetarse y sujetarlo y, al mismo tiempo que lo saludaba, le clavaba una navaja en el corazón a través de las costillas. La joven estudiaba enfermería y sabía perfectamente localizar el quinto espacio intercostal izquierdo. Rodeada de gente con paraguas que miraba el espectáculo de los halcones, su gesto pasaría inadvertido.

El cabo Souto encontró plausible aquella posibilidad y decidió iniciar el acoso a Beni, para observar primero su reacción y actuar luego en consecuencia. Prefirió no comentárselo ni a la jueza ni a sus colaboradores, porque no estaba seguro, sin haber tanteado aún a la hija de Edelmiro, de que la base de sus suposiciones fuera suficientemente sólida y temía que se le hubiera escapado algún detalle que pudiese echar por tierra su teoría.

Llamó por teléfono al pazo y le dijo a Beni que le gustaría charlar un rato con ella. Quiso dar un toque informal al encuentro y, como ella le comentó que tenía que bajar a comprar a Cee, quedaron en el Centro Comercial Finisterre. Cuando el cabo Souto la vio llegar en bicicleta, se sorprendió, porque no era un modo muy frecuente de desplazarse entre la gente joven. Se saludaron dándose la mano y Souto le preguntó:

—¿Vienes siempre en bici al pueblo? —La pregunta del cabo era intencionada.

—No —contestó ella—, suelo bajar andando, pero no quería hacerte esperar. Andando tardo veinte minutos y en bici llego en cinco.

Souto le propuso dar un paseo hasta la playa, que estaba a doscientos metros, aprovechando que hacía bueno. Por el camino le preguntó por el niño y por cómo compaginaba sus estudios en Santiago con el cuidado del pequeño.

—Mi madre se ocupa de él. Me voy los lunes y procuro estar aquí los jueves.

—¿Cómo vas, en autobús?

—Solemos ir cuatro amigas juntas en el coche de una que trabaja en Santiago. Pagamos entre todas la gasolina y así nos sale más barato. Si no puede ser, cojo el autobús de Vázquez, que tarda algo más de dos horas.

Cuando llegaron a la playa, se sentaron en un banco del paseo y Souto cambió de tono.

—Beni, tengo que decirte algo muy importante y me gustaría que me escucharas sin decir nada hasta que termine. Después, piensa bien lo que me vas a contestar. Debería haberte citado en el cuartel para tomarte declaración, pero me pareció mejor hablar primero en privado.

Beni se puso algo tensa y esperó sin abrir la boca a que el cabo le dijera lo que le fuese a decir.

—No sé si te habrás enterado de que el sábado pasado hicimos una reconstrucción del asesinato de Álex Sueiro en la plaza de la Iglesia de Corcubión.

—Sí, lo sabía. Se comentó en el pueblo.

—Bien, pues la reconstrucción nos permitió valorar ciertas circunstancias que no habíamos tomado en consideración hace un año. Algunos testigos tuvieron ocasión de recordar detalles importantes. —Souto hizo una pausa y miró al mar en silencio antes de seguir—. Pudimos reunir a los principales testigos del crimen, las personas que estaban allí, junto a Álex, cuando lo asesinaron. Pero faltó un testigo cuya presencia habría sido fundamental: una persona cuyo testimonio es de vital importancia para saber qué ocurrió exactamente.

—¿Ah, sí? ¿Y quién es ese testigo?

Souto decidió entonces marcarse un farol. Sabía que su método no era ortodoxo, pero se autojustificó considerando que la conversación no era oficial. La miró fijamente y le dijo:

—¡*Esa* testigo!

—¿Qué quieres decir?

—Quiero decir que el testigo era una mujer: tú.

—No te entiendo. Yo estaba en el pazo.

—¿Sabes lo que es el poder de bilocación?

—Claro. ¿A qué viene esa chorrada?

—Viene a que hay un testigo que te vio allí, Beni. Te vio con un chubasquero azul, pegada a la espalda de Álex Sueiro y vio cómo le ponías una mano en el hombro cuando se desplomó con un cuchillo clavado en la espalda. No vio que le clavaras el cuchillo, porque estaba enfrente, pero te vio allí, junto a él. Para estar en el mercado medieval y en el pazo de Vilar de San Pedro al mismo tiempo, hay que tener poder de bilocación. No sé si me entiendes.

Beni se levantó y se alejó unos metros del banco donde estaba Souto. Se detuvo junto a una farola y permaneció mirando al mar durante uno o dos minutos. Luego volvió hasta el banco y se sentó de nuevo sin decir nada. Estaba muy seria, pero no parecía alterada. Souto la observaba sorprendido de que no hubiera montado una escena o se hubiera echado a llorar. La chica hacía gala de un carácter tan recio como su cuerpo.

—Mira, cabo —dijo al fin en todo desabrido—, si lo que diga vas a utilizarlo contra mí, lo dejamos. Me citas en el cuartel o me detienes y te pediré declarar delante de un abogado, ¿vale?

—No hemos llegado aún a eso, Beni. Todo depende de lo que quieras contarme. Si te dije que quería hablar contigo, fue precisamente para que tuvieras tiempo de pensar lo que ibas a decir. No te estoy acusando de nada, pero lo haré si creo que me mientes. De modo que piénsalo bien. Te han visto. Un testigo te ha reconocido y está completamente seguro. Claro que puedes negar haber estado allí y agarrarte al testimonio de tus padres. Pero te diré una cosa: cuando se miente en algo tan grave, siempre se acaba cometiendo un error. Piénsalo bien. Simplemente te estoy avisando, porque me considero una buena persona y puedo comprender muchas cosas; por eso quiero ponértelo fácil. No es necesario que me digas nada ahora. Vete, si quieres, y nos volvemos a ver mañana en el cuartelillo. Puedes venir con un abogado, si lo deseas, aunque no me parece necesario: solo te tomaré declaración como testigo.

—Si tienes tiempo, prefiero hablar ahora. ¿Damos un paseo por la playa? —dijo echando un vistazo a su alrededor mientras encadenaba la bici a una pata del banco.

—Tengo tiempo, vamos.

La playa de Cee es pequeña y tiene forma de concha. Beni y el cabo, que iba de paisano, bajaron a la arena y ella, con toda naturalidad, como si estuviera hablando de otra persona, se puso a contarle al cabo Souto una historia que lo fue dejando cada vez más perplejo.

—Es cierto que yo estaba allí. Pero no fui yo quien le clavó la navaja a Álex. La cosa es más complicada de lo que parece y tengo que explicarte algo antes —anduvo unos metros sin decir nada, como si tratara de recordar o de pensar lo que iba a decir, luego siguió—: cuando mi padre le dijo a don Pedro que Álex me había dejado embarazada, pero que no quería saber nada, discutieron mucho. Ellos dos siempre se llevaron bien, porque eran amigos de jóvenes. Nosotros queríamos que don Alejandro nos diera dinero o que nos prometiera dejarle algo a mi hijo en su testamento, pero él no hacía más que decir que ya vería. Entonces mi padre fue a pedirle ayuda a don Pedro y él le dijo que, si Álex reconocía a mi hijo, el niño tendría derecho a una parte de la herencia. Pero Álex no quería saber nada y admitía haberse acostado conmigo igual que otros amigos suyos lo habían hecho, dijo después, porque yo era un poco puta. Ya te lo comenté, ¿no? Don Pedro nos aseguró que por las malas no íbamos a conseguir nada. Pero también le dijo a mi padre que, si le pasara algo a Álex, todo podría ser para mi hijo. No sé cómo decírtelo. El caso es que don Pedro le llenó a mi padre la cabeza de ideas; unas veces le decía una cosa y otras todo lo contrario. Mi padre no sabía qué hacer. Un día, vino al pazo Amaro Toba, que es primo de mi madre, y estuvieron encerrados varias horas discutiendo. Al final, Amaro le aconsejó que le diéramos un susto a Álex, para que se lo pensara.

—¿Qué quiere decir eso de darle un susto? ¿Qué clase de susto? —preguntó el cabo Souto, que empezaba a olerse de qué iba el asunto.

—Amaro le dijo que él se podía encargar de buscar a alguien que le diera unas hostias al señorito, para bajarle los humos y obligarlo a reconocer al niño. Ahora sé, porque me lo han dicho varias personas, que eso no tenía sentido, pues habríamos podido pedir al juzgado que se hicieran pruebas de ADN, pero entonces no lo sabíamos y don Pedro nos aseguró que no obtendríamos nunca nada por la vía legal. Nos habló de la tradición familiar, de los apellidos Sueiro de Andrade, de la línea sucesoria histórica y no sé cuántas cosas más. ¿Qué quieres? Son gente importante, señores de toda la vida. Mi padre no se atrevió.

—Pero sí se atrevió a pedirle a Amaro Toba que le diera una paliza a Álex.

—No. Amaro dijo que él no podía, porque lo conocía todo el mundo, pero que se lo encargaría a un tipo de fuera. Como fue guardia civil, debe de conocer a muchos chorizos. Él nos dijo lo que teníamos que hacer. Quedamos en que un sábado, cuando Álex bajara a la farmacia de Corcubión a comprar la medicación que tomaba don Alejandro, yo anduviera por allí y lo saludara, para que el 199tipo que le iba a zurrar supiera quién era. Yo tenía que acercarme a Álex y ponerle la mano en el hombro, así no habría confusión posible. Bajé al pueblo en bici y fui a una esquina, frente a la farmacia, donde había quedado con el fulano. Vi a Álex salir de la farmacia y meterse por el callejón que va a la plaza de la Iglesia; lo seguimos y nos pusimos detrás de él cuando se paró en el puesto de las aves rapaces. Yo me había untado un poco la cara con sombra de ojos, para que no se notara que era una chica. Entonces le puse una mano en el hombro y miré al otro. Solo quería que lo viese bien, no fuera a confundirse más tarde. Cuando Álex volvió la cabeza para mirarme, el tipo le clavó un cuchillo en la espalda. ¡Joder! Me quedé de una pieza. Era lo que menos me esperaba. El fulano desapareció no sé cómo y yo, cuando vi caer a Álex al suelo, me quedé un momento mirando y, luego, me fui. Fui a buscar la bici y corrí al pazo como una loca. No sabía si Álex estaría muerto o solo herido, pero estaba muy asustada. Cualquiera que me hubiera visto podría pensar que había sido yo. Cuando llegué al pazo, entré por el pinar y le conté a mi padre lo que había pasado. Él me dijo: "Vete a la cocina y no le digas a tu madre que has ido al pueblo". Solo había estado fuera media hora como mucho y mi madre no me había visto salir. Nadie me vio ni salir ni llegar.

—¿Tu padre no te dijo nada más? —le preguntó el cabo—. ¿No le sorprendió que el tipo enviado por Toba hubiera apuñalado a Álex?

—No. Cuando llamó la Guardia Civil para decir que Álex estaba muerto, solo me dijo que lo tenía bien merecido.

—¿Así? ¿Nada más?

—Me comentó también que, a lo mejor, aquello arreglaba algunas cosas —se volvió hacia el cabo y le dijo en un tono de desaliento—: mi padre habla poco. No sé si entre él y Amaro habían decidido matar a Álex y a mí no me lo quisieron decir o si el fulano decidió darle un navajazo por su cuenta. ¡Qué más da! El caso es que Álex murió y mi padre pensó que eso nos iba a facilitar las cosas. Pero don Pedro nos engañó. Él se quedó con todo y, aun encima, ahora nos amenaza con denunciarnos.

—¿Con denunciaros?

—Sí. Don Pedro dice que todo lo amañaron entre mi padre y Amaro y que más les vale callarse a los dos. Claro, pero a ver quién demuestra que él tuvo algo que ver. Nosotros estamos seguros de que Amaro vino a ver a mi padre por orden suya. ¿Comprendes? El abogado nos engañó a todos. Se deshizo de su sobrino porque sabía que su hermano estaba enfermo y se iba a morir. Eso, nosotros no lo sabíamos. Estoy segura de que todo lo tenía planeado.

Souto la escuchaba intentando detectar por el tono de su voz o la forma de expresarse algo que le permitiera descubrir si mentía, si aquella historia había sido preparada o si hablaba con sinceridad y sentía lo que decía. Era difícil saberlo, porque Beni se expresaba con naturalidad y su explicación tenía cierta coherencia.

—¿Sabes cómo se llama o quién es el tipo que os envió Amaro Toba?

—¿Estás de coña? No nos dijo cómo se llamaba; ni que fuera gilipollas. Lo único que puedo decirte es cómo era. Pero tendrás que preguntarle a Amaro quién es o de dónde lo sacó.

—Tampoco sabrás, supongo, si tu padre tuvo que pagarle algo a ese tipo. Porque para encargar a alguien que cometa un asesinato hay que estar dispuesto a pagar mucho dinero.

—A lo mejor el tipo no quiso matarlo. De todas formas, estoy segura de que mi padre no pagó nada. Fue un asunto arreglado con Amaro. Ya te dije que en principio solo se trataba de darle un susto a Álex. O, al menos, eso fue lo que me dijeron a mí. No sé qué pensar, pero si quieres que te diga la verdad, para mí que don Pedro quiso deshacerse de su sobrino, porque, como te digo, sabía que su hermano se iba a morir y así él se quedaba con el pazo. Estuvo engañando a mi padre durante mucho tiempo y envió a Amaro para rematar el asunto. Ahora se ha quedado con el pazo y con todo lo demás y a nosotros nos tiene jodidos. Don Pedro es el nuevo amo, no podemos hacer nada contra él. Y no creo que ni tú ni la Guardia Civil podáis.

—Eso ya lo veremos.

Souto le explicó a Beni que, en cualquier caso, ella era cómplice y había cometido un delito de encubrimiento, al no denunciar al asesino, y otro de complicidad. Ella no se defendió ni argumentó nada en su favor. Simplemente se quedó callada y, al cabo de un rato, le preguntó:

—¿Me vas a detener?

—No lo sé. Tengo que hablar con la jueza. Preséntate mañana a primera hora en la casa cuartel. Voy a mandar redactar una declaración con lo que me acabas de contar, para que me la firmes. Luego, la jueza decidirá. Esta tarde, después de comer, enviaré a dos guardias al pazo de Vilar de San Pedro a buscar a tu padre, para que lo traigan a declarar. De Amaro Toba ya me encargaré más adelante. —Se quedó un largo rato pensando—. No me gusta nada este asunto, Beni. Aun suponiendo que las cosas ocurrieran como me las has contado, y me gustaría creerte, me temo que vais a tener problemas, porque habéis hecho las cosas muy mal. Si cualquier otra persona me hubiera contado lo que me acabas de contar, la habría detenido. Pero sé que lo has pasado muy mal y que el hijo de don Alejandro fue injusto contigo y no se comportó como debía. No creas que no lo comprendo, pero eso no es motivo para darle a nadie una paliza ni mucho menos hacerlo matar. Tengo que cumplir con mi obligación.

—Eso quiere decir que no me crees.

—No. Eso quiere decir que tengo que verificar unas cuantas cosas. Si me has dicho la verdad, es posible que la jueza tenga en cuenta ciertas circunstancias atenuantes y no vayas a la cárcel. No te puedo asegurar nada. Yo solo investigo: es la jueza quien decide. Tienes hasta mañana por la mañana para reflexionar y te aconsejo que me digas todo lo que sabes y todo lo que ocurrió. Me gustaría ayudarte, pero si me mientes o me ocultas algo, no podré.

La chica se fue en su bicicleta y José Souto fue directamente al juzgado de Corcubión.

2

Julio César Santos, a pesar de que la reconciliación con la bella modelo Nines Salinas le había abierto el apetito, no la invitó a comer y la dejó marchar con el pretexto de que tenía un compromiso que no le convenía anular. Cuando Nines se marchó, Santos se sentó en su despacho y miró el correo electrónico con la esperanza de que el abogado Sueiro le hubiera contestado. Pero no había nada en la bandeja de entrada y no le extrañó. Su correo de días atrás no era de los que se suelen responder.

Santos dudaba de la sinceridad de Nines y tanto la desconfianza contagiosa de su amigo el cabo Souto como sus prudentes consejos lo inducían a dejar a un lado su vanidad y suponer que la modelo quizá quisiera enrollarse con él por razones ajenas a su encanto personal. Así como la excesiva amabilidad de Pedro Sueiro en La Coruña le había parecido sospechosa desde un principio, la nueva actitud de Nines, humilde y arrepentida, tras una ruptura tan brusca como la que él había provocado, no le pareció justificada. ¿Qué interés podía tener aquella mujer en buscar su amistad, si solo se habían visto un par de veces y la última la había despedido con cajas destempladas acusándola de haberse liado con él por dinero?

Solo halló una forma de averiguarlo: seguirle la corriente. Lógicamente, si Nines estaba haciendo un doble juego, en cuanto se sintiera segura y le pareciera que él cedía a sus encantos, volvería a la carga y tratará de sonsacarle lo que el abogado coruñés quería que descubriera y por lo que le pagaba.

Aquella misma tarde, Santos, fingiendo la necesidad de agradecerle el rato encantador que habían pasado juntos en su oficina, la invitó a cenar. Ella ofreció una leve resistencia que él considero demasiado formal para desanimarse e insistió diciéndole que iba a tener que ausentarse de Madrid durante varios días. Ella se mostró entonces intrigada y le preguntó adónde pensaba ir. Santos le dijo que debía volver a La Coruña por diversos asuntos. Nines aceptó la invitación sin preguntarle nada más.

César Santos solo frecuentaba lugares elegantes, por lo que le propuso el Santceloni, en la Castellana, donde era conocido y solía conseguir sitio sin dificultad. Le pareció un lugar adecuado para mantener una conversación poco convencional, como el ambiente y la decoración clásica del restaurante, con sus toques de modernidad sobrios y luminosos. Nines apareció unos minutos después de la hora convenida y su entrada en la sala hizo volver varias cabezas con su andar de pasarela y un peinado a lo Farrah Fawcett en *Los Ángeles de Charly*. Unos minutos después, mientras degustaban unos raviolis de requesón ahumado con caviar, César dejó caer con displicencia un comentario que, estaba seguro, debería despertar el interés de la modelo.

—Seguramente veré al abogado Sueiro en La Coruña, pero me temo que las cosas no van a ser tan agradables como la otra vez.

Nines dejó el tenedor, se limpió suavemente los labios y lo miró extrañada.

—¿Por qué, tienes algún problema con él?

—Si tú me contaras todo —contestó Santos—, absolutamente todo lo que te pidió que hicieras cuando hablasteis de mí, sabría si lo tengo.

—Creo que ya te lo dije todo, César. ¿Por qué vuelves sobre ese desagradable asunto?

—Querida, estoy convencido de que no te has atrevido a decírmelo todo y no sé por qué, pues no creo que pudiera molestarme.

—Bueno, puede que tengas razón —siguió ella mientras reanudaba la degustación de su plato—, quizá pasara por alto algún detalle.

—Como por ejemplo...

—Si me prometes no preguntarme más y olvidarte del abogado Sueiro cuando estemos juntos, haré memoria.

—Prometo no preguntarte nada más cuando me lo hayas contado todo, ¿de acuerdo?

Nines terminó su plato, bebió un sorbo de su Château Malartic y sonrió antes de decirle a Santos:

—Además de querer saber todo sobre ti, Sueiro me dijo que estaba interesado en descubrir qué habías ido a hacer realmente a La Coruña. Me dijo que estabas hurgando en un asunto relativo a su familia: la muerte de un sobrino suyo, ¿puede ser? —Santos meneó la cabeza en un gesto impreciso—, y que habías pedido información a un detective sobre una antigua secretaria suya. No me dijo por qué. Yo le expliqué que no sabía cómo podría enterarme de eso y él insistió. Me pidió que sacara el tema cuando estuviera contigo, que me mostrara curiosa y que te hiciera hablar sobre ese asunto, pues sabía que eras amigo de un guardia civil de por allí y seguramente te habría contado algo. No te puedo decir más, César, no entendí demasiado bien qué era lo que andaba buscando. Claro que no me negué, porque, como sabes, me había dado ya mil euros, me dio otros mil cuando fui a verlo, antes de marcharme contigo, y me prometió "ser generoso" si me enteraba de algo interesante. Por favor, no me preguntes más; me es muy desagradable hablar de todo esto. Creía que estaba todo olvidado.

—No te preocupes, Nines, no te volveré a preguntar.

Santos también había terminado. Fue entonces cuando decidió lanzar el anzuelo con su cebo para ver si Nines picaba. Como no habían tomado más que un plato, le pidieron al camarero la carta de los postres. Ella no quiso nada más y él pidió una sopa de chocolate y frutas, especialidad de la casa, y esperó a que la trajeran para contarle a Nines lo que había pensado.

—En realidad, el abogado Sueiro tiene miedo de que lo acusen de haber tenido algo que ver con la muerte de su sobrino, que fue asesinado, porque su muerte lo dejaría como heredero natural de su hermano, un señor muy enfermo, que vive en un bonito pazo cerca de Finisterre.

—¡Qué me dices! Eso sí que no lo sabía.

—Es natural que no te lo dijera.

—¡Qué horror! —exclamó la modelo, sin duda sinceramente sorprendida—. ¿Y tú estás investigando ese crimen?

—No, no exactamente. Pero me enteré por casualidad de que Sueiro había estado siendo investigado. Lo que pasa es que tiene una coartada. La de su secretaria, que seguramente es cierta, pero a Sueiro no le hizo ninguna gracia enterarse de que yo andaba haciendo preguntas sobre ella.

—¿Por qué las hacías, si no estabas investigando el caso?

—Pues porque soy curioso. Estaba pasando unos días invitado en casa de un amigo en el pueblo donde se cometió el crimen, cerca del pazo de los Sueiro, y me aburría. Por eso.

—¿Y descubriste algo?

En ese momento, a Julio César Santos se le despertó su instinto de detective. ¿Sería intencionada la pregunta de Nines? Lo fuera o no, le pareció la ocasión propicia para decirle algo que, si llegaba a oídos de Pedro Sueiro, lo haría reaccionar. Y si eso ocurría, el vehículo de la información no podía haber sido otro que la hermosa mujer con la que estaba cenando.

—Sí, descubrí algo —dijo muy serio Santos separando ligeramente el plato que acaba de terminar y dejando en la servilleta una huella de chocolate—. Lo primero fue que la declaración de la secretaria ya no podía verificarse, porque la pobre había muerto hacía unos meses. Y la otra, que, si el abogado no tenía nada que ver con la muerte de su sobrino y la coartada era tan sólida, ¿por qué se había puesto tan nervioso al enterarse de que yo había preguntado por la secretaria a un detective coruñés? ¿De qué tenía miedo? Comprenderás que me resulte sospechosa su actitud. Y cuando un asunto me resulta sospechoso, se convierte en algo interesante para mí y no puedo evitar meter las narices en él hasta descubrir de qué se trata. Lo hago para no aburrirme, ¿comprendes?

—O sea que no descubriste nada, en realidad.

—Te equivocas, también descubrí que te había contratado para que averiguaras qué diablos hacía yo en La Coruña. Fue un descubrimiento muy agradable, por cierto, y enriquecedor.

—¡No empieces! ¿Tomamos un café?

—Sí. —Santos encargó dos cafés al camarero que recogía su plato.

Mientras esperaban los cafés, Santos observó atentamente el rostro de Nines y le pareció detectar cierta inquietud en su gesto, que pretendía en apariencia ser distendido. Acaso su predisposición a creer que no era sincera le hiciera pensar mal, pero no quería fiarse de las apariencias y volvió a la carga, para asegurarse.

—Es probable que el abogado no tenga nada que ver, pero resulta que es el único que se podía beneficiar con la muerte de su sobrino y, por lo tanto, debería ser el principal sospechoso.

—¿Hace mucho que lo mataron?

—Un año.

—¿Y la policía no ha descubierto aún al asesino?

—No. Pero anda detrás y, como te acabo de decir, Pedro Sueiro es el primero de la lista de sospechosos. Lo que pasa es que no saben por dónde echarle mano. Pero yo creo que he encontrado algo y lo voy a intentar.

—Pero, César, ¿a ti qué más te da? No es asunto tuyo, ¿por qué no le dices a la policía lo que sea que has encontrado y te olvidas del asunto?

—Pues porque soy un detective sin trabajo y me aburro, Nines.

—¡Pero si nadie te a va a pagar!

—Yo no trabajo por dinero, querida, sino por diversión. Como te digo, creo que he encontrado un fallo del abogado, algo por donde poder cogerlo, y si es así acabaré por descubrir su juego. Tengo una información muy jugosa y voy a ver si saco algo más. Entonces nuestro amigo tendrá razones para preocuparse.

A Santos le pareció que ya había dejado caer más pistas de las necesarias para que, si Nines se mantenía en contacto con Pedro Sueiro, este se diera por enterado. Ella no dijo nada, terminó su café, que ya se había quedado frío, y dijo con cierta displicencia:

—No veo qué interés puedes tener en fastidiar a ese señor. Ni que te hubiera hecho algo.

—Pues claro que me ha hecho algo o, al menos, ha pretendido hacérmelo. Un tipo que paga a alguien para que me investigue o para que me siga, es alguien que me quiere hacer algo. No pretenderás que me quede con los brazos cruzados. Además, me divierto.

—¿Y vas a ir a La Coruña a verlo?

—No. Voy a la Coruña a seguir una pista. Algún día te lo contaré.

Aquella noche, César Santos no se acostó con Nines. No le pareció honesto pedirle que lo invitara a una copa en su piso cuando la acompañó. Le había tendido una trampa para ver si lo estaba engañando y a él le gustaba disfrutar del sexo, con o sin amor, pero correcta y recíprocamente. Hay ciertas cosas, solía decir, que deben practicarse con nobleza y elegancia, especialmente si son pecado. Por eso volvió solo a su casa lamentando no ser más sincero con la modelo hasta no estar seguro de que podía fiarse de ella.

Aunque se había inventado lo de ir a La Coruña como parte de los mensajes que esperaba poder comprobar si llegaban hasta Pedro Sueiro, no le pareció descabellada la idea de hacer el viaje, aunque solo fuera para ver si el abogado se ponía nervioso cuando se enterara. Una vez allí, podría ir a ver a Souto para saber cómo iba su investigación. Había llegado el otoño y era una buena época para tomar marisco con su amigo.

Capítulo XIII

1

El cabo José Souto llegó a tiempo al juzgado para ser recibido por la jueza, que lo atendió con amabilidad, según su costumbre. Souto le contó su conversación con Beni y su sospecha de que la joven no fuera tan inocente como pretendía. La jueza compartió su opinión y le dijo que en cuanto hubiera hablado con Edelmiro la llamara, pues quería tener más elementos de juicio antes de dictar una orden, para que ambos pasaran a su disposición. Lo autorizó a detenerlos aquella misma tarde si le parecía necesario y le aconsejó que se informara sobre las llamadas efectuadas por padre e hija a partir de aquel mismo día, por lo que dictó una providencia provisional, antes de decidir si ordenaba la intervención de sus teléfonos.

El cabo regresó a la casa cuartel y preparó un breve informe para el capitán Corredoira de la comandancia de La Coruña. Después de comer, envió a Orjales con otro guardia a buscar a Edelmiro al pazo de Vilar de San Pedro.

—Traedlo —les dijo— por las buenas o por las malas.

Mientras los guardias iban a buscarlo, redactó un resumen de la conversación que había tenido con Beni en Cee por la mañana; llamó a Taboada, le dio unas explicaciones detalladas y le pidió que preparara una declaración, para que la chica la firmara a la mañana siguiente.

Souto estaba animado, tenía la impresión de que, tras un largo período de indecisión y paralización de la investigación, las cosas se ponían de nuevo en marcha.

En un principio, pensó que habría sido mejor retener a Beni hasta haberle tomado nueva declaración a Edelmiro, porque era de suponer que ella, al llegar al pazo aquel mediodía, hubiera hablado con su padre dándole tiempo a prepararse para un interrogatorio posterior. Pero después consideró que no solo no tenía importancia, sino que incluso era preferible que así fuera, pues con la autorización para controlar las llamadas descubriría si Edelmiro había llamado a Sueiro o a Toba antes de presentarse a declarar en la casa cuartel, lo que confirmaría sus sospechas de que todos estaban implicados en la trama.

Sobre las cinco de la tarde, llegaron Orjales y el otro guardia con Edelmiro y lo llevaron al despacho de Souto. El cabo lo mandó sentar y ordenó a Orjales que se quedara para tomar nota de la declaración. Souto no se anduvo con rodeos.

—¿Está don Pedro Sueiro en el pazo hoy? —le preguntó.

—No. Está en Coruña.

—¡Ah! ¿Cómo sabe que está en Coruña? ¿Ha estado hablando con él?

Edelmiro se dio cuenta de que el cabo intentaba cogerlo en alguna contradicción y contestó:

—Bueno, digo yo que estará en Coruña, porque no ha venido al pazo.

—Pero habló con él hoy, ¿sí o no?

—¿Tengo que decirle a usted con quién hablo?

El cabo se volvió hacia Orjales y le dijo:

—Escribe: se niega a contestar a la pregunta, etcétera. —Miró de nuevo a Edelmiro sin mostrar ni enfado ni preocupación, como si fuera a interrogarlo sobre un asunto de poca importancia—. Como supongo que sabrá, he estado con su hija esta mañana. ¿Tengo que decirle lo que me ha contado o ya lo sabe?

—Ya lo sé.

—Muy bien. ¿Tiene algo que añadir sobre eso o tengo que hacerle yo las preguntas?

—Pregunte lo que quiera.

—¿Es cierto que planeó usted con Amaro Toba darle un susto al hijo de don Alejandro?

—Fue Amaro Toba quien me lo propuso.

—Y usted estuvo de acuerdo.

—Yo no le dije ni que sí ni que no.

—Oiga, Edelmiro, ¿me quiere tomar el pelo? Porque si es así, lo encierro en un calabozo y mañana volvemos a empezar.

—¿Que me encierra? ¿Y de qué me acusa?

—Lo acuso de complicidad en el asesinato de Álex Sueiro. Porque, ¿sabe qué le digo?, estoy convencido de que usted y Toba planearon ese asesinato con premeditación. Aún no sé quién le clavó el cuchillo, si alguno de ustedes o alguien de fuera contratado por Toba, pero no voy a creerme que usted no sabía nada ni tuvo nada que ver.

—Yo estaba en el pazo y don Alejandro lo confirmó.

—Déjese de coñas. Su hija estaba en el lugar del crimen, ¿o también va a decirme que no lo sabía? —Edelmiro no contestó ni hizo ningún gesto que permitiera descubrir sus pensamientos—. Y si lo sabía, mintió cuando se le tomó declaración. Ahora vuelvo a preguntarle: ¿es cierto que usted y Toba planearon darle una paliza a Álex Sueiro?

—Darle un susto. Eso fue lo que me dijo Amaro Toba. Darle un susto para que se acojonara y reconociese al niño que le había hecho a mi hija. Solo eso. Nunca habló nadie de matarlo. Lo que pasó después, no lo sé.

—¡No lo sabe! Y yo me lo tengo que tragar —dijo mirando a Orjales, que tecleaba en su ordenador—. Cuando

Beni subió aquel sábado al pazo y le dijo que habían matado al hijo del amo, ¿qué hizo?

—No me dijo que lo hubieran matado. Me dijo que le habían dado un navajazo.

—Ya. Y a usted no se le ocurrió llamar a la Guardia Civil. —Silencio e inmovilidad por parte de Edelmiro—. ¿Por qué, cuando yo llamé para comunicarle a don Alejandro la desgracia, usted hizo como que no sabía nada?

—¿Qué coño quiere que hiciera?

—A lo mejor le parece normal que Beni le dijera que habían apuñalado al hijo del señor y usted quedarse tan pancho, como si tal cosa.

Edelmiro se encogió de hombros y el cabo empezó a ponerse nervioso. Después de un corto silencio, Souto se levantó de su butaca y con los brazos apoyados en la mesa lo miró fijamente y le dijo en tono amenazador.

—Edelmiro, se me está acabando la paciencia. Le voy a hacer unas preguntas directas a las que quiero que me conteste sí o no. Si lo desea, puede llamar a un abogado, en ese caso lo encerraré hasta que llegue y lo acusaré formalmente de complicidad en el asesinato de Álex Sueiro. Se quedará en el calabozo hasta que disponga la jueza. Pero si me responde sin rodeos a lo que le pregunte, lo dejaré marchar de momento. Usted decide.

—Pregunte.

—¿Sí o no, Amaro Toba le propuso darle un susto o una paliza a Álex Sueiro?

—Sí.

—¿Solo una paliza, o le habló de matarlo?

—No habló de matarlo.

—¿Le propuso encargarse él de buscar a alguien o debía encargarse usted?

—Dijo que se encargaba él.

—¿Estaba informado don Pedro Sueiro de lo que planeaban?

Edelmiro se quedó callado mirándose las manos.

—¿Estaba informado? —insistió el Cabo.

—Amaro me dijo que lo sabía.

—¿Sabía usted el día, la hora y el lugar donde la persona encargada de "darle el susto" al joven iba a hacerlo?

—No.

—¿Sabía usted que su hija, Beni, había ido al pueblo el día del crimen y quedado cerca de la farmacia con esa persona, para indicarle quién era la víctima?

—Sí.

—¿Suponía usted que el *susto* —el cabo dijo la palabra en tono irónico— que debían darle a Álex podría ser un navajazo o quizá algo más?

—No lo pensé.

—¿Sabe usted quién es esa persona, cómo se llama o de dónde vino?

—No.

—¿Tuvo que pagar algo a Amaro Toba para contratar a esa persona?

—No.

—¿Habló con Toba o con el abogado Sueiro sobre lo ocurrido, después de saber que el joven había sido asesinado?

—No me acuerdo. Hace ya más de un año de eso. Seguramente hablamos, pero no sé de qué. Ya no había nada que hablar.

El cabo Souto volvió a sentarse en su sitio. Miró a Orjales, que terminaba de escribir en el ordenador, y le hizo un signo afirmativo con la cabeza.

—Está bien. En cuanto el agente Orjales imprima la declaración y usted la firme, se podrá ir. Yo siempre cumplo lo que prometo. Pero me temo que cuando la jueza la lea, ordenará que lo detengamos. De modo que le aconsejo que arregle sus asuntos y prepare una bolsa con sus cosas, por si acaso.

—Oiga, cabo, ¿don Pedro tendrá conocimiento de esta declaración?

—De momento, no, pero si se llega a juicio y a él lo imputan, por supuesto que sabrá lo que usted declaró.

—¡Joder! —torció la boca Edelmiro y dijo en voz baja mirando al suelo—, pues cuando me peguen dos tiros, ya sabe a quién preguntar.

2

Cuando Edelmiro se fue, Souto llamó a la jueza y la puso al corriente. Después llamó a su jefe en la comandancia, el capitán Corredoira, y le pidió autorización para trasladarse a La Coruña a interrogar a Amaro Toba y a Pedro Sueiro. Obtuvo el permiso y quedó citado en la comandancia a las once de la mañana del día siguiente.

—Preferiría presentarme en el despacho del abogado sin avisar —le dijo al capitán—, para interrogar a Toba y luego al señor Sueiro, sin que tengan tiempo de hablar entre ellos.

El capitán no le puso ninguna pega. Souto, como sabía que tanto la jueza como el capitán Corredoira se mostrarían cautos ante cualquier medida que se pudiera tomar contra el abogado coruñés, pasó la tarde planeando su actuación para el día siguiente y preparando concienzudamente las preguntas que debería hacer a ambos. Su intención era comprometerlos en lo referente a la contratación de un sicario para cometer el crimen. Aunque era de suponer que el abogado negaría todo y afirmaría no estar al corriente de nada, a Toba no le iba a ser fácil hacer otro tanto. Sin tiempo a prepararse, lo pondría entre la espada y la pared al obligarlo a decirle quién era el tipo que habían contratado y de dónde había sacado el dinero para pagarlo.

Souto fue demasiado optimista, porque Edelmiro, al llegar al pazo, lo primero que hizo fue llamar a Amaro Toba y decirle que el cabo de la Guardia Civil estaba removiéndolo todo desde la reconstrucción que había hecho el sábado anterior; que había encontrado un testigo que reconoció a Beni; que ella tuvo que explicar lo del tipo contratado y, por último, que seguramente los iban a detener a los dos, a Beni y a él.

—Supongo que ahora irá a por ti —le dijo a Toba—, o sea que vete preparando algo, porque el cabo quiere saber quién fue el que le clavó el cuchillo al señorito, cómo se llama y todo eso. El jodido cabo no va a dejarnos en paz hasta que no saque lo que quiere, ya lo conoces. Estás avisado.

Toba le pidió que le dijera exactamente qué le había contado al cabo. Edelmiro le contestó de malos modos:

—¿Qué coño quieres que le contara? Lo que hablamos el otro día: que queríamos darle un susto al hijo del amo; nada de matarlo. Le dije que no tenía ni puta idea de quién era el tipo que se iba a ocupar; que habías sido tú quien te encargaste de buscarlo y que no le habíamos pagado nada, pero estoy seguro de que no se lo tragó.

—¿Te preguntó algo sobre don Pedro?

—Sí. Le contesté que yo no sabía nada de don Pedro —mintió.

—Vale, Edelmiro. Voy a hablar ahora mismo con él. Si hay algo te llamaré y si os detienen, exige un abogado y me llamas. No te preocupes. Seguro que don Pedro nos saca de esta. Y para explicar lo del tipo que se encargó del trabajo, ya tengo una idea, o sea que no te preocupes. Tú di que no sabes nada.

—Eso es lo que dije.

3

El abogado Sueiro y su empleado Amaro Toba ya habían hablado del asunto cuando se enteraron de la reconstrucción del crimen que había hecho la Guardia Civil y andaban con la mosca detrás de la oreja. En aquella ocasión, el cabo José Souto fue ingenuo y el abogado, un viejo zorro especialista en asuntos turbios, no se dejó sorprender.

Al día siguiente, Beni se presentó en la casa cuartel a las nueve y media de la mañana para leer y firmar la declaración que había preparado el guardia Taboada. La joven le preguntó si podía ver al cabo Souto, y Taboada le contestó que el cabo no estaba: había ido a La Coruña y no volvería hasta la noche. A Beni le faltó tiempo para decírselo a su padre quien, a su vez, volvió a llamar a Amaro Toba, para avisarlo.

Como resultado de la indiscreción de Taboada, el cabo Souto se llevó una decepción al presentarse sin avisar en el despacho del abogado creyendo que lo iba a sorprender. Una secretaria lo informó de que el señor Sueiro y su chófer habían salido de viaje. En un principio, la secretaria se negó a decir dónde, pero cuando el cabo la amenazó con llevarla a la comandancia de la Guardia Civil para interrogarla, la mujer, asustada, dijo que se habían ido aquella misma mañana a Cee. El cabo la instó a que lo llamara por teléfono y la empleada lo hizo, pero el teléfono del abogado estaba apagado o fuera de cobertura. Otro tanto ocurrió con el de Amaro Toba, por lo que el cabo Souto tuvo que volver a Corcubión con el rabo entre las piernas. Era evidente que se la habían jugado.

Pero José Souto no era de los que se desaniman fácilmente y, por si acaso, se le ocurrió pasarse por el pazo de Vilar de San Pedro a la vuelta de La Coruña. Llamó a la verja, que en contra de lo habitual estaba cerrada, y Beni salió a abrir. Lo saludó y le preguntó qué deseaba. El cabo vio al fondo del parque, delante de la puerta de la cochera, el Audi del abogado.

—Quiero hablar con don Pedro —le dijo a la joven.

—Lo siento, cabo, pero el señor no está.

—¿No es aquel su coche? —preguntó el cabo señalándolo.

—Sí, pero don Pedro no está. El coche lo ha traído Amaro.

—Pues llama a Amaro y dile que necesito hablar con él.

—¿No quiere pasar, cabo?

—No. Dile que venga aquí.

—¿Lo va a detener? —preguntó Beni asustada.

—No sé, pero quiero que venga conmigo.

Beni se fue hasta el edificio del pazo y lo rodeó para entrar por la puerta del servicio. Pasaron varios minutos antes de que apareciera el exguardia Amaro Toba, que saludó marcialmente a su antiguo jefe poniéndose firmes y se disculpó por haber tardado tanto.

—Estaba en el cuarto de baño, cabo.

Tenía un gesto de preocupación y no podía ocultar su nerviosismo. Amaro Toba sentía respeto y admiración por el cabo. Gracias a él se había librado de males mayores cuando lo expulsaron del cuerpo, pero también gracias a él habían descubierto sus tejemanejes.

José Souto le dijo:

—Toba, vas a venir conmigo ahora al cuartelillo: tenemos que hablar. Supongo que no tienes inconveniente, ¿verdad? Porque si hay algún problema, llamo al cuartel y mando que vengan a detenerte.

—Lo que diga, cabo.

—Antes, dime tú una cosa, ¿de verdad no está don Pedro en el pazo?

—¡No, no! Está en Santiago.

—Ya —dijo Souto sin creérselo—. ¿Y sabes cuándo piensa volver?

—No. Me llamará para que vaya a buscarlo.

—Bien, vámonos.

Toba cerró la verja y se subió al coche de Souto.

Hicieron todo el recorrido sin decirse ni una palabra. Al entrar en el despacho del cabo Souto, este le mandó a Toba que se sentara frente a él. Al lado, Orjales se preparó para tomar nota de la conversación.

—Toba, tú sabes perfectamente lo que es un interrogatorio de la Guardia Civil —empezó Souto—, o sea que, por favor, no me toques los cojones y contesta sin rodeos ni gilipolleces, ¿de acuerdo?

—Vale, vale, Souto. —Toba miró a su alrededor recordando al anterior jefe del puesto y le preguntó—: ¿Qué tal le va al sargento Vilariño?

—Creo que bien —respondió con frialdad Souto—, ahora estoy yo al mando. Vamos a ver, Toba, supongo que ya sabrás que Beni confesó que entre tú y Edelmiro habíais tenido la brillante idea de darle un escarmiento al hijo de don Alejandro.

Toba puso cara de póquer y Souto no le dio tiempo a decir nada.

—Quedamos en que no me ibas a tocar los cojones —le soltó bruscamente y decidió marcarse un farol—. Tenemos vuestros teléfonos intervenidos, Toba. No la cagues. —Toba no dijo nada; conocía a Souto y no se creía del todo que fuera cierto—. Tengo autorización de la jueza para detenerte y lo haré si no me contestas a lo que te voy a preguntar. Luego hablaremos de otras cosas, pero ahora, lo que quiero saber es, primero: ¿habías encargado a alguien que le diera una paliza a Álex Sueiro?

—Bueno, sí. Pero nunca le dijimos que le diera un navajazo, eso...

—Corta el rollo —lo interrumpió el cabo—. Segundo: ¿quién fue? Quiero nombre y apellidos, Toba, ya me entiendes.

Toba se revolvió en su asiento. Aunque se esperaba aquella pregunta y tenía preparada la respuesta, disimuló. Quería dar la impresión de que dudaba, de que no se atrevía a responder por miedo a represalias o de que alguna otra razón de peso le impedía contestar, para dar más credibilidad a su respuesta. Souto esperó pacientemente; aquella situación se parecía a una partida entre dos tramposos, en la que cada cual trataba de engañar al contrario y en la que ambos jugaban con las cartas marcadas. Orjales, que había apartado las manos del teclado, observaba a su jefe y a su antiguo compañero con una sonrisa medio torcida, esperando el desenlace del duelo.

—Usted gana, Souto —dijo finalmente Toba fingiendo rendirse—. Le encargué el trabajo a un tipo de Vigo conocido como el Silvas. En realidad, se llama Tucho Silvoso. Creo que Tucho le viene de Antón. Es un contrabandista que estuvo en chirona un par de veces.

—¿Dónde vive?

—Vive en Vigo. No sé la dirección de memoria, pero se la puedo buscar.

—¿Cuánto le pagasteis?

—No le pagamos nada, Souto. Es un tipo que nos debía favores.

—¿Nos debía? ¿A quién se los debía?

—Se los debía a mi jefe. La última vez que lo trincaron, don Pedro lo sacó de la cárcel gracias a un fallo en el proceso. Tuvieron que soltarlo.

—O sea que el abogado Sueiro estaba al corriente del encarguito.

—¡No, no! —exclamó Toba—. Él no tiene ni idea. Se lo aseguro, cabo. Lo hablamos Edelmiro y yo. Queríamos acojonar al señorito y nos pareció una buena idea.

—Si solo le dijiste al Tucho ese de Vigo que le diera un susto al chico, ¿por qué se lo cargó?

—Ese tipo es un animal. Nos dijo que no había creído que por un pinchazo de mierda la fuera a cascar. Pensó que como era hijo de rico, lo llevarían enseguida a un hospital de pago y no le pasaría nada.

El cabo Souto no hizo ningún comentario. Se quedó callado pensando que, si lo que decía Toba era verdad, ¿a qué clase de persona se le podía pasar por la cabeza semejante razonamiento? ¿De qué mente enfermiza podía surgir tal argumento, para disculpar un asesinato? Era algo que le revolvía las tripas. Se dominó y trató de concentrarse en su trabajo. Miró a ver si Orjales había terminado de teclear, se cruzaron unas miradas de entendimiento y continuó:

—¿Has vuelto a ver a ese tipo, ese tal Silva o cómo se llame?

—No, Souto, no tengo ni idea de por dónde anda ni sé qué es de él. Le dije que no volviera a ponerse en contacto conmigo nunca más. Ya le digo que puedo buscar su dirección, pero como estuvo en la cárcel de A Lama, está fichado. O sea que no costará dar con él si ya no vive en la dirección que tengo yo.

—Bien, te voy a dejar marchar, Toba. Pero esto no se va a acabar aquí, porque no pensarás que me voy a tragar sin más todo lo que me has contado, ¿verdad?

—¡Coño, Souto! ¡Le he dicho la verdad!

—Ya.

—¿Puede acercarme alguien al pazo? —preguntó Toba al salir del despacho.

—¡Claro! Llama a un taxi y verás como te lleva.

El cabo le dijo a Orjales:

—Bueno, con lo que han declarado podemos emplumarlos a los tres por inductores de un delito de lesiones con resultado de muerte y por encubrimiento. Solo nos falta encontrar algo contra el abogado, pero no va a ser fácil. Y ahora, si me haces el favor, me vas a localizar a ese Antón Silvoso. Ponte en marcha, Orjales, tenemos que detenerlo cuanto antes, porque estoy seguro de que el cabrón de Toba es muy capaz de avisarlo. Llamaré a la jueza para que nos dé una orden.

Capítulo XIV

1

Julio César Santos conducía su Porsche a velocidad moderada, unos ciento cuarenta kilómetros por hora, por las curvas de bajada del puerto de Piedrafita hacia Becerreá, disfrutando de la belleza del paisaje gallego, que nada más rebasar el puerto empezaba a extender sobre los montes sus tonalidades verdes, pálidas y algo borrosas, bajo una fina lluvia otoñal. Las ruinas de algún viejo castillo, antaño guardián del paso montañoso, los bosques frondosos y los estilizados y vertiginosos viaductos de la autovía le parecían una especie de pórtico teatral que anunciaba la entrada a una región lejana, distinta del resto del país y algo misteriosa.

Había tenido serias dudas sobre si informar o no del viaje a su amigo el cabo José Souto, pero prefirió no hacerlo porque estaba seguro de que, después de simular que se enfadaba y de echarle una bronca por querer meterse en sus asuntos, acabaría por invitarlo a la casa rural Doña Carmen. Y como también estaba seguro de que no querría cobrarle, no podía aceptar. Había otros lugares correctos en Cee, en Corcubión o en Finisterre donde alojarse, pero tampoco podía reservar habitación allí, porque tanto Souto como Lolita, su mujer, se sentirían ofendidos y pensarían que no estaba a gusto en su nueva casa a pesar del lujoso apartamento que habían equipado pensando en él. Lo que no era cierto. De modo que, ante la perspectiva de herir tantas susceptibilidades, decidió reservar en el Hostal de los Reyes Católicos de Santiago, el lujoso hotel instalado en uno de los edificios más bellos de España, junto a la catedral. Al fin y al cabo, de Santiago a Cee se tardaba menos de una hora y la carretera era buena.

A medida que avanzaba por la carretera de Lugo a Santiago (había elegido ese camino para tomar un pulpo en la famosa pulpería de Melide), iba pensando en cómo hincarle el diente al asunto Sueiro. Santos aún no sabía que el hermano del abogado, Alejandro, había muerto ni que aquel ya residía con frecuencia en el pazo de Vilar de San Pedro, ahora de su propiedad. Tampoco sabía nada de los avances que había hecho su amigo Souto en la investigación sobre la muerte del joven Álex, porque el cabo se guardaba mucho de facilitarle información sobre el caso. Por eso sus planes para acercarse al abogado coruñés con la intención de provocarlo y descubrir algo interesante que ofrecerle a Souto iban descaminados o, cuando menos, desfasados. Pero cuando César Santos decidía que se aburría, era tan difícil frenar su interés por las aventuras arriesgadas como por las mujeres bonitas.

Desde Santiago llamó al detective Bugallal para decirle que le gustaría verlo, ya que estaba seguro de que a su colega le faltaría tiempo para decírselo al abogado. Bugallal se sorprendió al oír a Santos, pero no pareció tan asustado como este suponía y no tuvo ningún reparo en quedar con él en su oficina de la calle de San Andrés al día siguiente. Santos sugirió a su colega quedar en algún lugar fácil de encontrar para él y poder así hablar tranquilamente, pero Bugallal no quiso e insistió en que no había mejor lugar que su despacho para charlar con toda comodidad.

Santos dejó su coche en el aparcamiento de La Marina y se acercó andando hasta la calle de San Andrés. Entró en la oficina, saludó a su colega y se sentó frente al detective gallego, al que notó raro y algo nervioso. Por eso no dudó en preguntarle directamente:

—¿No tendrás miedo de que me hayan visto llegar y le vayan con el cuento al abogado Sueiro?

—¡No, no! En absoluto. No me importa. ¿Por qué me lo preguntas, acaso has venido por lo mismo que andabas buscando la otra vez?

César Santos, observando a Santiago Bugallal, notó que miraba demasiado hacia una pila de documentos y revistas que había a un lado de la mesa y, de pronto, se acordó de lo que le había dicho el cabo Souto en cierta ocasión hablando de Pedro Sueiro: que grababa las conversaciones de las personas que iban a verlo. Instintivamente asoció aquella información con la actitud de Bugallal y su negativa a verse fuera del despacho. Entonces pensó que probablemente habría informado a Sueiro de su llegada y este le pudo haber sugerido que grabara la conversación. Santos sospechó que, bajo la pila de papeles, Bugallal escondía una grabadora. Tanto si estaba en lo cierto como si no, decidió hacerle a su colega algunas confidencias con la misma idea con que se las había hecho a Nines en Madrid, es decir, para saber si llegaban a oídos de Pedro Sueiro.

Si posteriormente se producía alguna reacción por parte de este, él sabría si Nines lo engañaba y si Bugallal hacía otro tanto, con lo que mataría dos pájaros de un tiro. Suponiendo y deseando que Bugallal grabara la conversación, Santos entró en materia sin rodeos.

—¿Quieres saber si he venido por lo mismo de la otra vez, no es así?

—Simple curiosidad —contestó cínicamente el detective.

—Pues no, la verdad es que no —continuó Santos—; la otra vez vine a verte para satisfacer mi curiosidad, como ya te expliqué. Te pregunté algo sobre la secretaria de Sueiro, si mal no recuerdo, como podía haberte preguntado por su querida. No, ahora no he venido por eso. Ahora se trata de algo mucho más serio.

—¿Sí? ¿Y puedes contármelo? ¿Te puedo ayudar en algo?

—Pues, si quieres que te diga la verdad, no sé si puedo fiarme de ti, porque, cuando nos vimos la última vez, me dio la impresión de que estabas un poco acojonado. Quizá me equivoque, porque no es normal en un detective. Ya me entiendes.

—¿Acojonado? —se rio Bugallal—. ¡No exageres, Santos! No quería que nos vieran juntos porque, bueno, ya sabes por qué. Sueiro estaba cabreado y le sentó como un tiro que anduvieras haciendo preguntas sobre un tema delicado. Es natural. Todo fue por una indiscreción del procurador amigo mío, como te conté. Pero ya se le pasó y no ha vuelto a ocuparse del asunto.

—¿Estás seguro?

—Claro, ¿por qué?

—No sé si puedo confiar en ti, tío. Te lo acabo de decir.

—¿De qué tienes miedo, Santos? No será de que me vaya de la lengua, supongo. ¡Por favor, hombre, soy un profesional! Una cosa es que tenga que tener cuidado con Pedro Sueiro y otra que no sea capaz de hacer mi trabajo. Tú dime qué quieres saber o qué quieres que haga y hablamos.

César Santos creó llegado el momento de soltar algo gordo dirigido claramente a Pedro Sueiro.

—Pues verás, el caso es que me he enterado de que el abogado Sueiro ha tenido algo que ver con un feo asunto ocurrido el año pasado. —Bugallal escuchaba sin parpadear—. No digo que él interviniera directamente, pero me consta que estaba al corriente de la actividad criminal de ciertas personas que conoce.

—Hombre, Santos, un abogado, por su profesión está muchas veces al corriente de ciertas cosas. Tú eres abogado y lo sabes de sobra.

—Esto no tiene nada que ver con el ejercicio de su profesión. Se trata del asesinato de su sobrino Álex Sueiro en Corcubión, en julio del año pasado. ¿Estás al corriente del caso?

—Bueno, sé que un sobrino de Pedro Sueiro murió asesinado el año pasado, sí. Salió en todos los periódicos. Pero nada más. ¿Qué tiene que ver el abogado con el asesinato? ¿Ha descubierto algo la Guardia Civil?

César Santos vio que había dado en el clavo. La pregunta era demasiado precisa y directa para ser espontánea o inocente.

—No puedo contestar a eso, Bugallal. Deberías suponerlo.

—Entonces, ¿qué quieres? ¿Por qué has venido a verme?

—Buena pregunta. Te lo voy a decir. Pedro Sueiro ha encargado a varias personas que me sigan, que me investiguen y que se enteren de lo que hago en Galicia, cuando vengo, y de lo que sé o dejo de saber sobre él. ¿Qué te parece?

—No sé qué decirte, tío. Me sorprende.

—Lo que me gustaría saber es por qué y esa es la razón por la que he venido a verte. ¿Solo porque hace unas cuantas semanas te hice unas preguntas sobre su antigua secretaria que, en cualquier caso, la pobre está muerta y no representa ningún problema para él? ¿Es por eso? Por si no lo sabes, te diré que Sueiro encargó a una putita de lujo hacer de Mata Hari conmigo. Fíjate si será iluso, que se gastó dos mil euros, para que yo le contara mi vida mientras me divertía con ella. ¿Te parece normal? No sé con qué tipo de gente está acostumbrado a tratar, pero debe de pensar que soy imbécil.

—¿Y quieres que yo me entere de qué va el asunto?

—Bueno, me intriga que ese individuo tenga tanto interés en saberlo todo acerca de mí. Supongo que no será para enviarme una cesta por Navidad. Si eres capaz de enterarte sin que se te vea el plumero, como la otra vez, negociaremos unas condiciones económicas que te satisfagan.

—Claro, claro. Por supuesto que intentaré enterarme. De las condiciones ya hablaremos: hay confianza. Tenme al corriente de por dónde vas a estar estos días, para que pueda ponerme en contacto contigo. Ya sabes que suelo ser bastante rápido.

—Tienes mi móvil: siempre lo llevo encendido.

—Ya, claro. ¿Te vas a quedar mucho tiempo en La Coruña?

—Unos días.

—¿En qué hotel, el Finisterre?

—¿Por qué me preguntas tantas cosas? Tú lo descubres siempre todo sin que haga falta decirte nada.

Bugallal sonrió sin muchas ganas. Los dos detectives se despidieron y Santos rechazó la invitación a comer de su colega, porque empezaba a estar harto de él. Su forma de preguntar, su insistencia en saber dónde iba a estar y, sobre todo, el que no le pidiera un anticipo sobre honorarios, como solía, confirmaron su sospecha de que había informado a Pedro Sueiro de su visita y, casi con total seguridad, había grabado la conversación. Como ese era el objetivo de su encuentro con Bugallal, se fue satisfecho.

2

A unos noventa kilómetros de allí, en Corcubión, José Souto se dedicaba a atar cabos o, mejor, a intentar atarlos en la compleja maraña de informaciones, declaraciones y suposiciones con las que contaba después de haber vuelto a interrogar a Edelmiro, a Toba y a Beni. A Souto no le bastaba con tener elementos suficientes, como había dicho a sus colaboradores, para encerrar provisionalmente a los tres personajes que parecían ser los protagonistas de aquella historia. Quería llegar a la verdad, que solo podía ser una. Y, luego, quedaba una incógnita por resolver: hasta dónde llegaba en aquel lamentable suceso la participación del nuevo señor del pazo de Vilar de San Pedro, el abogado Pedro Sueiro de Andrade.

Siguiendo su habitual forma de razonar y de plantearse los problemas, el cabo Souto rellenaba, una tras otra, las hojas de su cuaderno con diversas posibilidades, para explicar el papel de cada cual en el asesinato del joven Álex Sueiro. Aceptando como posible, a falta de otra hipótesis, la versión en la que los tres implicados coincidían, trataba de hacer un resumen preciso para presentarlo como conclusión provisional de su investigación a la jueza de Corcubión y a sus superiores de la comandancia. Aunque aún le faltaran dos puntos por aclarar. Uno, encontrar al supuesto asesino y otro, determinar la participación de Pedro Sueiro.

En lo referente al supuesto asesino, Antón Silvoso, Orjales estaba haciendo gestiones para localizarlo. Si conseguía dar con él y las versiones de Toba y los criados encajaban, el asunto podría estar a punto de solucionarse. Solo faltaba aclarar lo del abogado. Pero Souto estaba seguro de que, si los detenía a todos y los enfrentaba en un careo, acabarían por confesar hasta qué punto cada uno de ellos estaba implicado en el crimen, incluso Pedro Sueiro. Porque estaba cada vez más convencido de que el abogado era el centro de la trama, en torno a la cual giraba la conspiración criminal.

Estaba pensando en ello cuando sonó el teléfono. El guardia de la centralita le anunció que al otro lado de la línea estaba don Julio César Santos. Souto le dijo que se lo pasara.

—¿Pepe? —sonó la voz de Santos alegre y distendida.

—Sí, César, soy yo.

—¿Qué tal, Holmes? ¿Cómo llevas tu investigación del famoso asunto del pazo?

—Bien. Creo que me estoy acercando al final. ¿A qué debo tu llamada?

—Estoy en Santiago, Pepe. He venido a resolver unos asuntillos y me gustaría verte.

—Supongo que tus asuntillos no tendrán nada que ver con el abogado Pedro Sueiro y la tía cojonuda que te tenía que espiar.

—¡Qué listo eres, tío! Has dado en el clavo.

—¡Eres la leche, César! Cuando se te mete algo en la cabeza, te vuelves terco como una mula.

—Más o menos como tú, Pepe. Supongo que no te molestará.

—Ya sabes que a mí lo único que me molesta es que te metas en mis asuntos. Lo de salvarte la vida de vez en cuando, ya lo tengo asumido. ¿Y qué haces en Santiago?, si se puede saber.

—Disfrutar de este lugar maravilloso que, además, está cerca de La Coruña y de Corcubión, lo que me permite trabajar y disfrutar simultáneamente.

—¿Trabajar? No me toques las narices, César. Venga, suéltame de una vez lo que de verdad has venido a hacer a Galicia.

—¿Podemos vernos?

—Pues claro. Pero como parece que tienes alergia al turismo rural, no me atrevo a decirte que vengas a nuestra casa.

—¡Cómo se te ocurre decir semejante chorrada, Pepe! Me encanta tu casa, pero no puedo ir, porque no me vas a cobrar. Como eres un tipo listo, estoy seguro de que lo comprendes perfectamente.

—¿Me cobrarías tú si Lolita y yo fuéramos a tu casa de Madrid?

—Por supuesto que no, pero vosotros tenéis un negocio; no tiene nada que ver. Nunca he sido de los que se autoinvitan a los sitios agradables.

—Mira, César, te lo voy a decir una sola vez. Yo no te invito a la casa rural Doña Carmen, te invito a mi casa. Puedo buscarte un hotel en Cee, en Fisterra o en Lires, si prefieres, pero, desde luego, en mi casa no te voy a cobrar, ni ahora ni nunca ¿está claro? De modo que, si quieres venir, vienes, y si no, haces lo que te dé la gana.

—Vale, tío. Entonces no te enfadarás si me quedo en el Hostal de los Reyes Católicos, ¿verdad?

—No. Solo pensaré que eres gilipollas, pero no me enfado.

—Muy bien, gracias. Bueno, ¿podemos vernos ahí y te cuento? Acepto una invitación a comer mañana, por ejemplo.

—Muy bien. Nos vemos mañana a las dos. Si me vienes a buscar al cuartel, vamos juntos a casa. Seguro que Lolita se alegrará de verte.

—Y yo también.

3

El cabo Souto siempre se alegraba de ver a su amigo Julio César Santos, aunque no lo reconociera, pero en esta ocasión se quedó intrigado. ¿Qué habría venido a hacer a Galicia? No pudo evitar sospechar lo peor, es decir, que fuera para meter las narices en el asunto de Sueiro con el pretexto de que el abogado había encargado a alguien que lo siguiera en Madrid, según le había dicho días atrás. Provocar al abogado coruñés no era algo que, en principio, le pareciera a Souto una buena idea. No obstante, pensó que quizá si Santos se dedicaba a incordiarlo, su investigación podría salir beneficiada, ya que, al sentirse atacado por dos flancos, Sueiro tenía más posibilidades de cometer algún error.

Volvió a sonar el teléfono en el despacho de Souto. Era Orjales.

—Cabo, tengo noticias, ¿puedo verte ahora?

—Sí.

Orjales se presentó en unos segundos, como si estuviera esperando a la puerta.

—¿Qué pasa? —le preguntó el cabo—. ¿Ya descubriste algo de ese Tucho no sé cuántos?

—En efecto. Tucho Silvoso. Sé incluso dónde está en este momento preciso.

—¡Coño, Orjales! Eso sí que es una noticia.

—Ya, pero no te va a gustar.

—¿Por qué? ¿Está en Rusia?

—No, Holmes. Mucho peor. Está bajo tierra.

—¡Qué dices!

—¿Te acuerdas de los dos contrabandistas que murieron a primeros de año en un accidente de coche mientras los perseguían los colegas de Vigilancia Aduanera?

—Sí, cerca de Vigo; no me irás a decir que...

—Pues sí. Silvoso era uno de ellos.

—¡Me cago en...! —Souto no terminó la frase, porque comprendió inmediatamente la jugarreta de Amaro Toba—. Ese cabrón —le dijo a Orjales— nos ha tomado el pelo. Se acordó del accidente y se sacó de la manga un asesino muerto. Seguro que lo tenía pensado, Orjales, no te quepa duda, por eso soltó el nombre con tanta facilidad.

—Pues muerto el asesino, el caso queda prácticamente resuelto —comentó Orjales—, porque a Toba y compañía no se los puede acusar de gran cosa.

—No tan deprisa, Orjales, no tan deprisa. Incluso si damos por bueno que el Silvoso ese fuera el asesino, Toba, Edelmiro y Beni, entre los tres, urdieron un plan para causar lesiones a Álex Sueiro, lesiones con resultado de muerte. Además, son culpables de encubrimiento del asesinato, porque se callaron como putas. Pero todo eso, en el supuesto de que sea verdad lo que cuentan, lo que está por ver. Porque si alguien me cuenta una mentira en una investigación, a ese ya no vuelvo a creerle nunca más. Ya te lo he dicho muchas veces.

—Sí, sí, ya lo sé, pero ¿qué podemos hacer si el tipo la cascó?

—Podemos hacer una cosa y la vamos a hacer. —Orjales se quedó callado—. Vamos a intentar averiguar dónde estaba Tucho Silvoso el último fin de semana de julio del año pasado. A lo mejor estaba en la cárcel. ¿Anda por ahí Taboada?

—Sí, lo acabo de ver.

—Pues vete a buscarlo y venid los dos.

Cuando volvió Orjales con Taboada, Souto les explicó lo que tenían que hacer. Aquellos dos tipos pertenecían a una banda que traía droga de América y habían desembarcado en Vigo un alijo importante. Se trataba de localizar a la familia de Silvoso y averiguar qué hacía aquel individuo a finales de julio del año anterior, si estaba embarcado o por dónde andaba.

—No me fío ni un pelo de Toba —dijo Souto— y me temo que haya decidido cargarle el muerto a otro muerto, para quitárselo él de encima.

—No es mala idea —comentó Taboada.

—Toba siempre fue un sinvergüenza, pero no es tonto —sentenció el cabo.

El cabo se dedicó a resolver otros asuntos pendientes hasta la hora de comer y sobre las dos salió a la verja a esperar a Santos, que enseguida apareció, y se fueron juntos a la casa de turismo rural. Había avisado a Lolita de la llegada de Santos y ella tenía preparada una mesa al fondo del comedor, bajo el gran bodegón que el detective les había regalado cuando se casaron.

Lolita riñó cariñosamente a su amigo por no haberlos avisado con tiempo de que iba a venir y no haber querido alojarse en la casa rural. Santos, con humor y con toda la delicadeza de la que fue capaz, volvió a exponer las razones que le impedían hacerlo. Discutieron un rato sobre el tema y la conversación se terminó cuando la camarera apareció con una fuente de camarones que le produjo a Santos una repentina segregación de saliva.

Después de comer, los dos hombres regresaron a la casa cuartel de la Guardia Civil, pero Lolita le hizo prometer a César Santos que pasaría un fin de semana con ellos antes de regresar a Madrid. Ya en el despacho de Souto, Santos se enteró de la muerte de Alejandro Sueiro y de la teoría del asesino contratado que había muerto en un accidente.

—¿Tú lo crees, Pepe? —preguntó Santos dubitativo.

—Pues no, la verdad, me parece mucha casualidad. Pero estamos intentando seguir los pasos de ese supuesto asesino para averiguar si pudo haber estado aquí aquel sábado del mercado medieval. De momento, voy a hacer como que me trago la historia, porque quiero hacer algunas comprobaciones y estoy a la espera de lo que decida la jueza.

—¿Y de Sueiro, qué piensas?

—No pienso nada, César. Puede ser el cerebro del crimen o puede no tener nada que ver. Solo dispongo de algo que no me sirve: suposiciones.

—Entonces, si no tiene nada que ver, ¿cómo explicas que se tome tantas molestias para enterarse de lo que yo ando o dejo de andar buscando? ¿No te parece evidente que tiene algo que ocultar?

—Quizá. O quizá quiera proteger a su criado Edelmiro, a Beni, que es su ahijada, o a su empleado Amaro Toba.

—¿De verdad crees que, si pensara que asesinaron a su sobrino, iba a estar protegiéndolos en lugar de denunciarlos? ¿Un abogado conocido?

—No sé, César. ¡Qué quieres que te diga! Hay que tener en cuenta, en primer lugar, que hasta ahora quien ha salido más favorecido por la muerte de su sobrino ha sido él. Pero también sería él quien más tendría que perder si Beni consiguiera que se reconociese que su hijo es hijo de Álex. No creas que no le he dado vueltas al asunto. Puede que Sueiro, que sin duda está al corriente de que los criados querían dar un escarmiento a su sobrino, prefiera tapar el asunto. El chico murió, fue una desgracia que no estaba prevista y que ya no tiene remedio. Ahora, si se cierra el caso, él compensará a Beni de alguna manera, los criados conservarán el empleo y todo el mundo saldrá ganando. Los escándalos no favorecen a nadie. Seguramente por eso no le gustó enterarse de que un detective de Madrid andaba haciendo preguntas sobre él. Quizá tema que algún competidor o algún antiguo cliente resentido o insatisfecho quiera crearle problemas. ¿No te parece?

—Yo tampoco sé, Pepe. Solo pregunté al detective de La Coruña acerca de su secretaria, la que garantizaba su coartada. Pero he estado dándole vueltas a este asunto y, si quieres que te diga la verdad, lo que pienso es que el abogado es el único que lo sabe todo. Él es la clave. Creo que se dio cuenta de que yo lo he calado y por eso está cabreado.

—No puede ser por eso. Su secretaria ha muerto, de modo que no puedes averiguar nada por ese lado. El abogado es un hombre conocido, tiene una querida y no debe de interesarle que se sepa. Puede pensar que, si un detective husmea acerca de su secretaria, se enterará de lo de la querida, incluso podría ser su mujer quien lo hubiera contratado, ¡te hubiera contratado a ti!, y eso ya es harina de otro costal.

—Quizá tengas razón —le concedió Santos—. Pero no pienso que vayan por ahí los tiros. Hazme caso, Holmes, ese tipo sabe mucho más sobre la muerte de su sobrino de lo que aparenta, y tiene miedo o sospecha que yo lo pueda descubrir. Por eso me persigue. Pero voy a averiguar lo que sabe y lo que quiere de mí.

—¿Y cómo piensas saberlo?

—A través de sus enviados. La modelo que viste en su despacho y el detective coruñés. Los dos fingen no tener ya nada que ver con él, pero les he pasado información falsa y no tardaré en saber si llega a Sueiro.

—¿Pero no me dijiste que habías vuelto a arreglarte con la chica?

—Sí, lo hice precisamente para eso. Ella me juró que ya no tenía nada que ver con el abogado, pero yo te hice caso y no me fie. Lo mismo me ocurre con Bugallal. También te hice caso y, como supongo que grabó mi conversación y se la pasará a Sueiro, pronto tendré noticias suyas.

—¿Y puedo saber qué utilizaste como cebo para que picaran?

—Si te lo digo, te vas a cabrear.

—Prueba a ver.

—Dejé caer con indirectas que yo sabía algo importante relativo a un asesinato ocurrido en Corcubión en julio del año pasado, algo que lo involucraba. Más o menos.

—¡¿Estás mal de la cabeza?!

—¡Ves como te cabreas!

—¡Cómo quieres que no me cabree! Alucino contigo, tío. Eso es una insinuación muy grave y no tienes ningún derecho a formularla. Se te ha metido en la cabeza desde un principio que el abogado Pedro Sueiro es el asesino y estás obsesionado. No tienes ninguna prueba, ni siquiera indicios de su culpabilidad.

—Calma, Pepe, no te lo tomes a la tremenda. Yo, simplemente, he insinuado a la modelo a la que pagó para que me espiara y al detective coruñés, que se mea en los pantalones cuando Sueiro lo llama, simplemente, te repito, les he insinuado que Pedro Sueiro está metido en un asunto muy feo relativo a la muerte de su sobrino. Lo hice para que se lo dijeran a él. Eso es todo. Se lo insinué a ambos, para comprobar si siguen en contacto con él, o sea, si siguen queriendo engañarme. Si el abogado no tiene nada que ver con el asunto, no hay razón para que se pique, y si tiene que ver, lo sabré. Lo sabremos tú y yo. ¿Me vas a decir que tú nunca has usado ese tipo de tretas para descubrir la verdad?

José Souto no respondió. En el fondo, el detective tenía razón y las había utilizado muchas veces. No solo tenía razón, sino que, si se producía una reacción violenta por parte del abogado, sería seriamente sospechoso.

Lo que pasaba era que a José Souto le ponía de mal humor que Santos insistiera en intervenir, aunque fuese indirectamente, en un caso del que él se ocupaba de modo oficial y que consideraba de su exclusiva competencia.

A media tarde, César Santos regresó a Santiago. Al pasar delante de la gestoría de Marimar dudó si detenerse a saludarla, pero resistió la tentación y siguió de largo, porque no quiso que José Souto y Lolita pensaran que ella formaba parte de las razones por las que había ido a Galicia. Estaba seguro de que, si se veían, ellos se enterarían, ya que en aquel pueblo parecía que todos los vecinos estaban en permanente comunicación telepática. Reviviendo los momentos placenteros que le traía el recuerdo de su bella amiga, cuyo lenguaje de verdulera nunca dejaba de impresionarlo y, en cierto modo, fastidiarlo, se perdió rápidamente por la sinuosa carretera que, atravesando oscuros bosques, serpentea entre Dumbría y Berdeogas, por parajes llenos de restos megalíticos, dólmenes y estelas de tiempos remotos.

Capítulo XV

1

Julio César Santos se despertó bajo el dosel de su cama de roble en la lujosa habitación del Hostal de Los Reyes Católicos a las once de la mañana y tardó unos segundos en darse cuenta de dónde se encontraba, pues su primera sensación había sido la de formar parte de un cuadro antiguo. Después de desayunar en la habitación, dada la hora, salió a pasear por la Plaza del Obradoiro y entró en la catedral, para admirar el Pórtico de la Gloria restaurado. Cumplido aquel requisito cultural obligado para alguien que había hecho el Camino de Santiago en Porsche y no podía esperar más beneficio espiritual que el placer de contemplar una maravilla del arte románico, llamó al detective Bugallal y le preguntó si había hecho alguna averiguación sobre los asuntos que se traían entre manos.

—Colega —respondió Bugallal—, tengo la respuesta a tu curiosidad.

—¿Ah, sí? ¿Cómo lo has conseguido?

—Pues cogiendo al toro por los cuernos. Como no sabía por dónde empezar, le pregunté directamente lo que querías saber al propio Pedro Sueiro. Le expliqué que habías venido a verme y que me habías encargado averiguar por qué te espiaba. Así de sencillo.

—Me sorprendes, colega. Aparte de que eso podría calificarse de doble juego, reconozco que es un sistema tan eficaz como cualquier otro para enterarse de algo. ¿Y qué te dijo el abogado?

—Pues me dijo que, seguramente, tú no estabas interesado en nada relativo a su bufete, sino que estabas tratando de averiguar si él estaba enrollado con su secretaria o si tenía una querida. Por eso tiene tanto empeño en descubrir quién te ha contratado, porque teme que pudiera ser su mujer. También me explicó que te había presentado a una modelo de alta costura en el desfile de modas del Finisterre, para que alguien te hiciera unas fotos comprometidas con ella y poder utilizarlas contra ti cuando le pareciera oportuno. Eso me dijo.

—¡Qué interesante! ¿No habrás sido tú, por casualidad, ese alguien que tenía que hacerme las fotos? No te vi en mi dormitorio.

—¡No, claro que no! —mintió muy ofendido Bugallal—, encargó el trabajo a un fotógrafo. También encargó a un detective de Madrid que te siguiera para saber dónde vivías.

—¿Ah, sí? Y lo averiguó.

—Pues sí. Me dijo que vivías en el número cincuenta y ocho de la calle de Serrano.

César Santos se contuvo para no soltar una carcajada y siguió, empleando un tono irónico:

—Oye, Bugallal, tú no le habrás dicho a Pedro Sueiro nada de lo que te conté sobre ese sórdido asunto de Corcubión, supongo.

—Por supuesto que no. Pero alguien debió de hablarle de eso, porque me dijo que te habías pasado de la raya en tus pesquisas y que pensaba ponerte una querella por difamación. No sé quién pudo ser, no me lo dijo. Pero yo, en tu lugar, me andaría con ojo.

—Mira Bugallal —Santos había decidido no andarse por las ramas—, eres más falso que un duro de cartón y no me has dicho ni una sola verdad desde que has empezado a hablar. Parece mentira que te comportes así con un colega, que además es un cliente. Tenía yo razón cuando te dije que estabas acojonado con Sueiro. La verdad, me decepcionas, tío.

—No sé por qué dices eso, Santos: te equivocas completamente. —Bugallal estaba empezando a ponerse nervioso.

—¿Me equivoco? —exclamó, más que preguntó con aire triste Santos y, decidido a confundirlo para que le contase la verdad, optó por mentir él también—: lo de que Sueiro estaba metido en ese asunto, me lo inventé y no se lo he dicho a nadie más que a ti. Lo hice precisamente para ver si eras de fiar. Pero veo que te ha faltado tiempo para contárselo a tu jefe. Sí, amigo, eso se llama doble juego y es algo inmoral en un detective privado, que cobra a las dos partes.

—Mientes, Santos. Lo que me dijiste a mí, también se lo habías dicho a la modelo con la que te liaste. Sueiro me lo contó.

—¡Ah! Amigo mío, has caído en la trampa. Eso era justo lo que quería saber. Los dos tratabais de engañarme. ¿Por qué no me habías dicho nada de la modelo, si lo sabías? Pero no me has engañado, tío. Como no me engañaste con la grabadora que tenías escondida en tu mesa de despacho. Permíteme que te diga una cosa: tienes mucho que aprender en tu oficio para llegar a mi nivel, Bugallal, aunque me temo que eres demasiado viejo para conseguirlo.

Santos escuchó durante un par de segundos el silencio del detective y colgó sin decir nada más ni esperar su respuesta. Regresó al hotel y pidió que le subieran el coche del garaje.

2

El cabo José Souto, después de haber reflexionado sobre lo que había confesado Beni y había confirmado Amaro Toba, decidió volver a leer detenidamente el informe de la autopsia de Álex Sueiro. Según dicho informe, la herida que causó la muerte del joven había sido producida por una especie de puñal o un estilete estrecho, largo, muy afilado por ambos lados y terminado en punta. El arma había penetrado por la espalda del muchacho, había tropezado con el borde de una costilla y había perforado el músculo atravesando el corazón. Por la trayectoria de la hoja, el golpe debía de haber sido dado con la mano izquierda o por alguien situado detrás de la víctima. Con un cuchillo tan fino y afilado, no es necesario ejercer demasiada fuerza para atravesar la ropa y la carne. Basta con un golpe seco y decidido.

Souto leyó aquellas líneas varias veces y recordó que el arma no había sido hallada, lo que quería decir que el asesino se la llevó, para deshacerse de ella más tarde. ¿Por qué no haberla dejado clavada en la espalda? Probablemente, pensó el cabo, para no dejar huellas, ya que en verano no es normal llevar guantes, o porque fuera un objeto de especiales características, fácil de identificar y por el que se pudiera llegar a su propietario.

Siguiendo con sus reflexiones, Souto llegó a la conclusión de que, si el asesino conservó el arma homicida, tendría que haberla escondido rápidamente y lo más probable es que lo hubiera hecho en un bolsillo. Un estilete fino, que produjo una herida profunda pero estrecha y que fue retirado rápidamente pasando por la camisa de la víctima y la cazadora ligera que llevaba puesta, no tenía que estar muy manchado de sangre. Quizá un poco, pero no lo suficiente como para gotear o hacer que el asesino se manchara.

Llamó por teléfono a su amigo Fariña, del Área de Investigación de la comandancia de La Coruña, y le comentó lo que pensaba sobre el hecho de guardar el arma en un bolsillo. Fariña le dijo:

—Un estilete de esas características, si se guardó precipitadamente o incluso tranquilamente en un bolsillo, es casi seguro que produjo algún pequeño desgarro o corte en la tela, quizá inapreciable a simple vista. También tuvo que dejar alguna mancha de sangre, por pequeña que fuera. Es difícil guardar rápidamente un arma de esas características en el bolsillo de unos vaqueros, que normalmente son ceñidos, por lo que hay que suponer que el asesino la guardaría en el bolsillo de un chubasquero, una cazadora o cualquier otra prenda más amplia que llevara puesta si, como me dices, llovía. Es poco probable encontrar restos de sangre un año después, si la prenda se lavó, pero sí un corte por pequeño que sea. Si encuentras esa prenda, envíamela y la analizaremos.

Souto tuvo la sensación de estar en el buen camino. Si no para encontrar pruebas en la ropa del asesino, lo que era a todas luces imposible, sí al menos para descartar a quien no lo fuera.

La Guardia Civil de Corcubión necesitó muy poco tiempo para comprobar, gracias a la información facilitada por el servicio de Vigilancia Aduanera de Vigo, que Antón Silvoso no podía haber asesinado a Álex Sueiro en Corcubión el último fin de semana de julio del año anterior. Silvoso era miembro del grupo de contrabandistas que había caído en una operación contra el narcotráfico rematada con éxito a primeros de año en Vigo. Vigilancia Aduanera disponía de un amplio *dossier* sobre sus andanzas y en él constaba que Silvoso había desembarcado el ocho de agosto del año anterior, procedente de Venezuela, en el falso pesquero *Santa Margarita*, que estaba siendo vigilado entonces, así como su tripulación. A primeros de septiembre había vuelto a embarcar y fue a su regreso, en enero, cuando sufrió un accidente mientras huía de la policía, en el que falleció. Por lo tanto, no podía haber estado en Corcubión el día del asesinato.

Toba había mentido y, además, había cometido el imperdonable error de no suponer que él, José Souto, por algo apodado Holmes, comprobaría la veracidad de su acusación. Por lo tanto, tendría que volver a interrogarlo y apretarle las clavijas, para que soltase el nombre del verdadero asesino, dado que Souto estaba convencido de que no pudo ser el propio Toba, pues era demasiado conocido en Corcubión y no lo creía capaz de correr semejante riesgo.

En cuanto el cabo obtuvo la información de sus colegas de aduanas, informó al capitán Corredoira de la comandancia y a la jueza de Corcubión. La jueza ordenó la detención preventiva de Edelmiro, de Amaro Toba y de Beni. A petición del cabo, también autorizó el registro de la vivienda de los criados. Souto puso en marcha la operación sin pérdida de tiempo y cursó la orden a La Coruña para la detención de Amaro Toba y su traslado a Corcubión.

A media tarde, la Guardia Civil se presentó de forma nada discreta, con cuatro vehículos y haciendo sonar las sirenas, ante la verja del pazo de Vilar de San Pedro, para detener a Edelmiro y a Beni. Llamaron al timbre y, después de un par de minutos de espera, Beni salió a abrir la verja de la finca. El cabo Souto le dijo que la iba a detener y que fuera a avisar a su padre.

—Mi padre no está —contestó ella.

—¿Dónde está? —le preguntó Souto.

—No lo sé —se limitó a responder.

—¿Cómo que no sabes dónde está tu padre? ¿Ha ido a alguna parte?

—Ya te digo que no lo sé, no me ha dicho nada.

—¿Cuándo se fue?

—No sé. Yo estaba estudiando y no lo veo desde la hora de comer.

—¿Está don Pedro en el pazo?

—No. El señor está en Coruña, no llegará hasta mañana a mediodía. Los sábados por la mañana tiene partida de golf.

A Souto le extrañó que Beni le facilitara una información tan precisa y personal sobre su jefe y, en cambio, no supiera nada de su padre.

—Vamos a registrar vuestra casa —le dijo el cabo—. Traigo una orden de la jueza. Tienes derecho a estar presente, o sea que, si haces el favor, acompáñanos y enséñame tu cuarto.

Souto hizo un gesto a Orjales y a Taboada, que esperaban de pie detrás de él, para que lo siguieran, y les dijo a los otros guardias que permanecieran junto a la puerta y no dejasen entrar ni salir a nadie, excepto a Edelmiro, si aparecía.

Atravesaron el parque en dirección a la casa de los criados, que estaba en la parte trasera del pazo, y vieron salir muy asustada a Delfina, la madre de Beni, con un niño en brazos y dando voces. Los guardias no se anduvieron con remilgos; le dijeron que iban a efectuar un registro y que hiciera el favor de callarse. Entonces, Souto vio un coche pequeño junto al gallinero y la huerta y le preguntó a Beni:

—¿De quién es ese coche?

—De mi padre.

—Entonces no se habrá ido muy lejos.

—Ya te he dicho que no lo sé. No suele sacar el coche para ir a la aldea o al pueblo.

Souto no hizo más comentarios. Entraron en la casa y comenzaron el registro por el cuarto de Beni, que permanecía de brazos cruzados apoyada en el quicio de la puerta.

Souto sabía lo que tenía que buscar y no tardó en encontrarlo: el chubasquero azul. Estaba a la vista, colgado de una percha de alambre en el único armario de la habitación. Lo descolgó él mismo, lo guardó en una bolsa de plástico y, para gran asombro de sus ayudantes, que no habían hecho más que empezar, dijo:

—Basta. Hemos terminado.

—¿Ya? —preguntó Orjales.

—Ya —respondió lacónicamente el cabo.

Los guardias se miraron, hicieron un gesto de sorpresa con la boca y se encogieron de hombros al unísono. Salieron todos al pasillo y el cabo le dijo a Beni que podía coger, si quería, una bolsa con algo de ropa o alguna muda y sus cosas de tocador. Ella volvió a su habitación sin decir nada y se puso a meter ropa en una bolsa de deportes. Luego fue al cuarto de baño y recogió algunas cosas. Cuando lo tuvo todo, le preguntó al cabo:

—¿Me vas a tener encerrada mucho tiempo? Lo digo por el niño.

—No lo sé. Eso es algo que tendrá que decidir la jueza. ¿Por qué, le estás dando de mamar?

—Ya no, pero un niño de nueve meses necesita a su madre.

—Estoy seguro de que la jueza lo tendrá en cuenta. De momento que se quede con su abuela. Despídete. Estoy obligado a llevarte esposada, pero no lo haré hasta que estemos fuera de la finca, para que tu madre no se asuste, porque veo que empieza a ponerse histérica. Si crees que no va a poder hacerse cargo del pequeño, pido una asistenta social.

—No, no hace falta —dijo Beni—, ya se le pasará.

—Pues venga, date prisa.

Los guardias se apartaron discretamente unos metros mientras Beni hablaba con su madre. Luego, la abrazó, le dio unos besos al niño y se dirigió hacia el cabo Souto, que le puso una mano sobre el hombro de forma más amistosa que policial y se dirigió con ella hacia la verja, seguido de Orjales y Taboada.

Al subirse al coche, Beni le preguntó al cabo si podía hacer una llamada. Él le preguntó con quién quería hablar.

—Con don Pedro. Me dijo que, si nos detenían, a mí o a mi padre, lo llamáramos enseguida.

—En cuanto lleguemos al cuartel lo podrás llamar. ¿De verdad no sabes dónde está tu padre? —aprovechó Souto para preguntarle.

—No.

3

Ajeno por completo a las complicaciones a las que tenía que hacer frente su amigo el cabo Souto, Julio César Santos se dirigía después de comer hacia Cee, satisfecho con el carpetazo que había dado al asunto Bugallal y con la mente puesta en su bella amiga Marimar, a la que había llamado por teléfono para decirle que tenía la intención de ir a secuestrarla aquel fin de semana.

Marimar lo recibió con su habitual alegría y falta de pudor, arrojándose a sus brazos hasta incrustarse en su cuerpo y besándolo apasionadamente en la boca, como si fuera un amante que volvía de un viaje al Polo Norte y al que todo el mundo hubiera dado por desaparecido desde hacía años. En realidad, hacía poco más de mes y medio que no se veían. César Santos casi se cae al suelo del susto y el ardor de la joven, cuya singular belleza no dejaba de sorprenderlo cada vez que la volvía a ver. Cuando logró despegarse de Marimar, respiró hondo.

—No podía vivir sin ti —le soltó echándose a reír—, pero casi me matas.

—¡Serás cabrón y mentiroso! Dime de verdad a qué has venido. ¿Estás en casa de Lolita y Pepe?

—A los insultos no voy a contestar, porque ya sabes que soy una persona bien educada...

—¡Dirás un pijo! —lo cortó ella.

—... en cuanto a las preguntas —siguió—, te contestaré por su orden. A la primera: la respuesta es que he venido a secuestrarte este fin de semana, como te dije por teléfono. A la segunda: la respuesta es no. Estoy en Santiago, pero a ellos ya los he visto y saben que ando por aquí.

—¡Entonces es verdad que has venido a secuestrarme!

—Solo si te dejas.

—¡Ah! O sea que no piensas violarme.

—Yo no hago esas cosas tan vulgares y desagradables, querida. Parece mentira que me lo preguntes. Pensaba invitarte a pasar un día agradable en ese hotel de Padrón que tanto te gusta, el Pazo de Lestrove, para recordar viejos tiempos. Claro que como tú te agarraste una trompa fenomenal durante la cena cuando estuvimos allí, es probable que no te acuerdes.

El Pazo de Lestrove era un lujoso hotel, donde habían pasado una noche tiempo atrás, con motivo de un azaroso viaje a Villagarcía que habían hecho juntos por razones de trabajo.

—¡Cómo no me voy a acordar! ¿Pero por qué dices un día? ¡Querrás decir una noche, jodido señorito! De todas formas, sabes que no necesitas llevarme a un sitio caro para follarme, cariño.

—Por favor, Marimar, ¿es que nunca vas a moderar tu lenguaje?

—Seguro que, si algún día lo hiciera, dejaría de gustarte.

—En absoluto. Si algún día decidieras hablar como una persona refinada, rozarías la perfección, pero te encanta provocarme. Sé que tengo que pagar ese precio por el placer de estar contigo, ¡qué le vamos a hacer! Te puedo asegurar que, si mi madre o mi hermana te oyeran hablar así, les daría un patatús.

—¿Es que piensas presentármelas?

—¿Me tomas por un asesino? Esa cruz debo ser capaz de llevarla yo solo. Y lo hago porque creo que vale la pena —le dijo con mirada lánguida y una de sus sonrisas más cotizadas.

—Eres un cielo, César, y tienes una labia que te cagas. Entonces, ¿qué? Me secuestras o no.

—Pues claro, a eso he venido.

—¿Tienes el buga ahí fuera?

—Sí.

—Pues vámonos. Tú me sigues, pasamos por mi casa un momento, recojo la maleta y soy tuya.

Marimar ya había avisado a su socio de que se iría antes de cerrar. Salió con Santos y le explicó que ya no vivía en el piso antiguo de sus padres.

—Al morir mi tío, heredamos la casa de los abuelos y nos fuimos mi madre y yo a vivir allí. Está en una aldea aquí cerca.

—Muy interesante; de todas formas, no recuerdo dónde vivías antes.

—¡Qué mala memoria!

Bajaron por la avenida de Fisterra, tomaron a la izquierda en el semáforo, en dirección a Muros, y antes de la horrible factoría de Carburos Metálicos, que parece surgida de una pesadilla, dejaron la carretera general para adentrarse en la pista estrecha que lleva a Brens.

No había nadie en la casa, porque la madre de Marimar aún no había llegado de trabajar. Un cuarto de hora después, la joven tenía preparadas sus cosas y, al subirse al coche de Santos, le preguntó:

—¿En qué hotel de Santiago estabas alojado?

—Estaba y estoy en el Hostal de los Reyes Católicos. No he dejado la habitación.

—¿Sabes una cosa, César? Me gustaría poder alojarme en el Hostal alguna vez, debe de ser la de Dios, ¿no? Cuando estudiaba en Santiago, sentía envidia de la gente que veía entrar y salir del Hostal. Yo solo conozco la cafetería. ¿Por qué no me llevas allí? ¿Puedes?

—¡Pues claro! Ahora mismo llamo a Padrón, anulo la reserva y aviso al Hostal de que seremos dos el fin de semana.

—¡Joder, César, eres la hostia! Así cualquiera se deja secuestrar.

—Las cosas o se hacen bien o no se hacen.

César Santos conducía escuchando a Marimar, que le hacía algunos comentarios sobre lo que ambos veían circulando por una carretera que ella sabía de memoria. La decisión de llevarse un fin de semana a su amiga a un lugar tranquilo no la había tomado a la ligera. Es cierto que en su decisión estaba latente el deseo de acostarse con ella, pero no era lo único que deseaba ni siquiera lo principal. En su relación con Marimar había algo más profundo y delicado. El enorme atractivo de la joven constituía para él una tentación difícil de vencer, un reto, un riesgo tan apetecible y quizá tan traicionero como podía serlo una pared vertical o un precipicio para un escalador. En varias ocasiones se había alejado voluntariamente de Marimar, precisamente para no caer en aquella tentación, porque, por una parte, le parecía injusto aprovechar de ella solo sus encantos físicos y dejar de lado o despreciar su personalidad. Y, por otra, no encontraba en ella los puntos comunes sobre los que se puede establecer una relación estable y no exclusivamente dependiente del sexo. Sin embargo, la atracción era muy fuerte y, aunque César Santos deseara sinceramente convertirla en algo más que el objeto de sus instintos más elementales, no veía cómo conseguirlo.

La cuestión para Santos era: ¿si no fuera tan condenadamente guapa o si fuese fea, me estaría haciendo a mí mismo tantas preguntas? ¿Me habría interesado descubrir su personalidad? Y la respuesta era otra pregunta: ¿siento por ella lo mismo que por otras mujeres guapas que he conocido? Nines, la modelo, sin ir más lejos. La respuesta era no. Por lo tanto, había en Marimar algo más que su turbadora belleza. Que una mujer sea hermosa, pensó entonces, no tiene por qué ser un inconveniente para profundizar en la relación, porque la belleza es un adorno y los adornos no deben apartar de lo esencial, precisamente porque son esencialmente accesorios. Al contrario, deberían facilitar y favorecer la relación. La belleza es un señuelo de la naturaleza, un simple cebo para morder el anzuelo.

Lo que temía Santos era que el cebo se convirtiera en algo más importante que la pesca y por eso dudaba sobre cómo debía comportarse con Marimar sin ser deshonesto o inmoral. También era verdad que ambos eran adultos y no había ningún mal en que, cuando se encontraran ocasionalmente, les apeteciera darse un placentero revolcón sin trascendencia. Una cosa no quitaba la otra. Santos era una persona cultivada y había recibido una educación esmerada, que lo convertía en alguien exigente consigo mismo y muy meticuloso en sus relaciones con los demás. Ahí estaba el quid de la cuestión: en su relación con Marimar, no en la satisfacción esporádica de sus deseos. Un achuchón en una playa desierta no era lo mismo que un fin de semana en un hotel. Los pasos habían adquirido más longitud y el hecho, mayor alcance. ¿Dónde estaba el límite?

Las reflexiones del detective madrileño se detuvieron al acercarse a Santiago. Marimar lo ayudó a no perderse en el camino al Hostal de los Reyes Católicos, que goza del privilegio de permitir a sus clientes llegar con el coche hasta la misma puerta, en la Plaza del Obradoiro. Un enclave peatonal que pone la carne de gallina cuando se descubre.

Un empleado se acercó a abrir la puerta del Porsche a Marimar. Era notorio que el hombre conocía a Santos y apreciaba sus propinas. Este le tiró con una sonrisa las llaves del coche y le pidió que bajara su maletín y la bolsa de la señora y guardara el coche en el garaje del hotel. El rostro de Marimar rebosaba de satisfacción al traspasar la puerta de cristal, perfectamente enmarcada por la portada plateresca del edificio, que separa el mundo de los mortales del ambiente señorial del hotel, donde el granito gallego y las gruesas alfombras conviven en perfecta armonía.

En cuanto el botones que había subido el ligero equipaje cerró la puerta del cuarto, Marimar soltó una exclamación de carretero, muy poco adecuada al lujoso mobiliario: cama de matrimonio con dosel, butacones forrados de terciopelo, cómodas, mesillas y armarios de maderas nobles y estilo antiguo, alfombras mullidas, sólida mesa de despacho, enorme pantalla de televisión y cortinas forradas de seda que tamizaban la luz de unas ventanas practicadas en el muro de piedra de un metro de grosor.

—¡Joder, César! Echar un polvo aquí debe dar el doble de gusto, ¿probamos?

Santos esbozó una sonrisa forzada.

Capítulo XVI

1

La mañana del sábado era otoñal. Llovía moderadamente y la temperatura rondaba los diez grados. Hacia las nueve y media, llegó Amaro Toba, esposado, en un furgón de la Guardia Civil. El cabo Souto ordenó que lo metieran en un calabozo. Sobre las once, cuando se disponía a interrogarlo, lo llamó el abogado Pedro Sueiro, le dijo que iba a encargarse de la defensa de Beni, que era su ahijada, y de sus empleados, Edelmiro y Toba. Le pidió que hiciera el favor de esperarlo para interrogarlos, porque estaba a punto de llegar.

—¿Sabe usted que Edelmiro ha desaparecido? —le preguntó Souto.

—No. No tenía ni idea, ¿desde cuándo?

—Desde ayer por la tarde, cuando nos presentamos en el pazo para detenerlo. ¿No lo ha llamado a usted?

—No —contestó muy serio Sueiro.

—Está bien, abogado. Lo espero, no tarde, por favor.

—Calculo que estaré ahí antes de un cuarto de hora. Como me ha dejado usted sin chófer... —emitió un sonido parecido a una corta risa.

—Yo, no. Ha sido su señoría, la jueza de Corcubión.

El abogado se presentó en la casa cuartel antes del cuarto de hora anunciado. Souto lo invitó a pasar a su despacho y le explicó amablemente, en pocas palabras, cuál era la situación.

—Todo este asunto es muy desagradable, señor Sueiro, porque su chófer, Amaro Toba, nos ha querido engañar contándonos una historia muy bien preparada, para cargar la ejecución material del asesinato de su sobrino de usted a un contrabandista que, por lo visto, le debía a usted o a su despacho algún favor. —El abogado, que estaba perfectamente al corriente de aquel asunto, puso cara de sorpresa e indignación e hizo como que no sabía de qué iba la cosa—. Como podrá suponer —continuó orgulloso el cabo—, no me ha hecho falta más que hacer un par de llamadas y una consulta a los archivos de la Guardia Civil para desmontar su farsa. Parece mentira que, habiendo pertenecido al Cuerpo, Toba no haya supuesto que yo comprobaría la veracidad de su declaración. Eligió como asesino a un delincuente fallecido hace meses en un accidente de circulación. ¡Muy ingenioso! Pero resulta que ese individuo estaba embarcado en medio del Atlántico el día del crimen. Eso demuestra dos cosas. Una, que Toba mintió en su declaración, y otra, que quiere ocultar la identidad del asesino. Todo eso, suponiendo que la versión de los sospechosos sea cierta. Me refiero a lo de que contrataron a un sicario para que le diera una paliza a la víctima. Esa es la razón por la que la jueza, a petición mía y del fiscal, ha ordenado su detención.

El abogado Sueiro guardó unos segundos de silencio cuando el cabo hubo terminado de hablar. Se echó hacia atrás en la sencilla butaca donde estaba sentado y, después de frotarse las manos lentamente, como si se dispusiera a realizar algún trabajo difícil o delicado, le dijo al cabo:

—Amigo Souto, ayer, cuando me llamó mi ahijada para decirme que la habían detenido, ya me hice una idea de que este asunto era muy desagradable. Y la detención de Amaro era de esperar, por lo que no me sorprendió y por eso le ordené que se pusiera a disposición de los guardias sin rechistar. —Volvió a hacer una larga pausa—. Antes de seguir, me gustaría decirle que necesito hablar con usted tranquilamente sobre algunas cosas que creo que debe saber. Quizá en otro momento y, a ser posible, en el pazo, ya que hay ciertos detalles que podrá apreciar mejor *in situ*. Ahora, si me lo permite, desearía charlar unos minutos con los detenidos, antes de que proceda usted con los interrogatorios.

—No, abogado. Antes, no. Después, todo lo que quiera. Voy a llamar primero a Amaro Toba. Ya conozco su versión de los hechos y supongo que usted también. —Souto se quedó mirando fijamente al abogado.

—Hombre, no lo voy a engañar, cabo —contestó sonriente Sueiro—. Sé lo que me han contado Beni, su padre y Amaro. Si no, no habría decidido defenderlos.

—¿Le importaría decirme cuándo habló usted por última vez con Edelmiro?

—Claro que no. Hablé con él ayer por la noche, sobre las diez.

—¡Ayer por la noche! O sea, después de que hubiéramos ido a detenerlo. ¿Sabe desde dónde le llamó?

—Sí. Me llamó desde el pazo.

—¿Pero no me dicho hace un rato por teléfono que no lo había llamado?

—Bueno, es que no me llamó él. Me llamó Delfina, su mujer. Ya sabe usted que en los interrogatorios hay que ser preciso. —Se rio—. Delfina me dijo que su marido se había escondido en el desván del pazo cuando llegó la Guardia Civil. Me costó mucho trabajo que bajara y se pusiera al teléfono. Estaba muy excitado y muerto de miedo.

—¿No le dijo usted, como a Toba, que se pusiera a disposición de la autoridad?

—Sí, se lo dije. Y me contestó que no tenía intención de hacerlo.

—Muy bien, señor Sueiro, voy a pedir ahora mismo a la jueza una orden de registro de su finca, para buscar a Edelmiro y detenerlo.

—No será necesario, cabo. Si usted quiere, en cuanto acabemos con los interrogatorios, voy con usted al pazo y le permito buscar a Edelmiro hasta que lo encuentre. Le aconsejo que lleve refuerzos. Conozco a Edelmiro y le aseguro que es capaz de haber cogido una escopeta y liarse a tiros.

Souto se lo agradeció y llamó a Taboada para que trajeran a Amaro Toba a su despacho.

—No lo traigas esposado, no quiero que se avergüence delante de sus antiguos compañeros —le dijo a Taboada.

2

Toba entró en el despacho, el cabo le mandó que se sentara y lo previno de que cualquier cosa que dijera podría ser utilizada en su contra. Taboada se sentó en una mesita delante de un ordenador para tomar notas y Souto inició el interrogatorio.

—¿Estás dispuesto a decirme quién fue la persona, es decir, su nombre y su dirección, a la que encargaste que le diera una paliza o que, como me has dicho anteriormente, "asustara" a Álex Sueiro en julio del año pasado?

Toba miró a Pedro Sueiro, que le dijo:

—Si temes que contestar a esa pregunta es peligroso para tu vida o tu seguridad, no estás obligado a contestar.

—¡Claro que es peligroso! —exclamó Toba—. Si lo delato, estoy jodido. Ya sabe cómo se las gastan esos tipos.

Souto siguió:

—Supongo que también sabes que negarte a declarar quién es esa persona puede ser considerado obstrucción a la Justicia, además de complicidad en un delito de lesiones con resultado de muerte, o incluso de asesinato.

—Sí, lo sabe —se adelantó a responder el abogado—. Y no es intención de mi defendido poner trabas de ningún tipo a la Justicia. Él estaría dispuesto a colaborar y reconsiderar su postura, si recibe ciertas garantías relativas a su seguridad.

—Eso tendrá que decidirlo la jueza de instrucción —dijo Souto.

—Pues lo trataremos con ella.

—Muy bien —continuó Souto, que comprendió que tenía poco que hacer con un abogado experimentado como Sueiro. Se dirigió de nuevo a Toba—: ¿Me confirmas que tú y Edelmiro os pusisteis de acuerdo para encargar a un tercero que le diera una paliza a Álex Sueiro?

—Sí. Pero no que lo matara.

—¿Estaba alguien más al corriente de este acuerdo?

—No estás obligado a responder, Amaro —le dijo el abogado—. Cabo, si sospecha usted que alguien más estaba al corriente, debe de preguntárselo a esa persona.

—Yo se lo pregunto a quien me da la gana, abogado —dijo irritado el cabo Souto—. Usted no está aquí para decirme lo que tengo que hacer. Te repito la pregunta, Toba: ¿estaba alguien más al corriente?

—No le contestes —le dijo Sueiro a Toba. Y Toba no contestó.

—Cuando te enteraste de que el tipo que habías contratado para darle una paliza a Álex Sueiro lo había asesinado, ¿por qué no lo denunciaste inmediatamente?

—No contestes —se apresuró a decir Sueiro.

—En tu anterior declaración, me aseguraste que no habíais tenido que pagar nada al asesino, porque este le debía un favor a tu jefe. Supongo que te referías al señor Sueiro. ¿Es cierto eso?

Souto observó que el abogado no se inmutaba, por lo que dedujo que aquel tema debían de haberlo hablado con anterioridad.

—Sí, es cierto.

—Y naturalmente, me dirás que, a pesar de eso, el señor Sueiro no estaba al corriente de nada, ¿no es así?

—Naturalmente que no. Yo sabía que el abogado había librado de la cárcel a esa persona y que, por lo tanto, me haría cualquier favor que le pidiera en su nombre. Pero a don Pedro no le dije nada, porque estaba seguro de que no me lo consentiría.

—No es eso lo que me ha dicho Edelmiro. Él me aseguró que el abogado estaba al corriente.

—No sé lo que le ha dicho Edelmiro. Solo sé lo que le digo yo.

—Muy bien, Toba, si te niegas a decirme quién fue esa misteriosa persona, te mantendré encerrado hasta que se cumpla el plazo legal, antes de ponerte a disposición de la señora jueza de Corcubión. Si cambias de opinión, no tienes más que decírmelo. ¿Algo que añadir, abogado?

Pedro Sueiro abrió los brazos con un gesto de resignación y no dijo nada más.

—Cuando el agente Taboada haya terminado e impreso la declaración, te la pasará para que la firmes.

Llamó a un guardia que estaba junto a la puerta y le dijo que se llevara a Toba al calabozo. Y dirigiéndose a Sueiro, le dijo:

—Señor Sueiro, voy a llamar a Beni. Después, puede usted hablar todo lo que quiera con Toba y con ella. ¿Está de acuerdo? —Sueiro hizo un gesto afirmativo con la cabeza—. Aurelio —añadió el cabo—, di que nos traigan a Beni y nada de esposas.

Beni se sentó en la silla que había dejado vacía Toba. Estaba relajada, seria, con un gesto de indiferencia o desdén que le hacía parecer mayor de lo que era. Apenas miró al abogado, como si no le importara que estuviera allí. Souto no se entretuvo:

—Beni, ya sabes que tienes que tener cuidado con lo que dices, porque esta vez el interrogatorio es oficial. De modo que cualquier cosa que digas puede ser utilizada contra ti. No estás obligada a declarar contra ti misma ni contra tus padres...

—Y si no quieres declarar en absoluto —añadió el abogado—, tampoco estás obligada a hacerlo.

Beni no dijo nada.

—¿Quieres decirme cómo era la persona que se situó a tu lado en la plaza, en el puesto de las rapaces del mercado medieval, y que, según me dijiste el otro día, le clavó un cuchillo en la espalda a Álex Sueiro cuando tú le pusiste una mano sobre el hombro?

—Era un hombre un poco más alto que yo. Moreno y delgado. Llevaba la capucha del chubasquero puesta, o sea que no le vi la cabeza. No sé si era calvo o tenía el pelo largo. Llevaba gafas oscuras.

—Pero tú habías quedado con él cerca de la farmacia, antes de seguir a Álex hasta la plaza, ¿no es así?

—Sí.

—¿En ningún momento se quitó la capucha?

—No; estaba lloviendo.

—¿Cómo quedaste con él?

—Mi padre se ocupó de decirme dónde iba a estar aquel hombre, cerca de la farmacia, y cómo iría vestido. Yo solo tenía que acercarme y decirle: "Soy Beni". Luego teníamos que seguir a Álex cuando saliera de la farmacia. Yo debía acercarme a él en cuanto se parase en algún puesto del mercado y ponerle una mano sobre el hombro al saludarlo, para que él lo viera bien y supiese quién era.

—¿Cómo estabais tan seguros de que Álex iría al mercado medieval?

—¡Hombre! Solo viene ese mercado una vez al año. ¿Cómo no iba a ir, estando allí al lado?

—¿Habías visto a esa persona antes o la viste alguna vez después?

—No. Nunca.

—¿Hacía mucho que sabías que tu padre y Toba la habían contratado y para qué?

—Sí. Lo sabía hacía unas semanas. Pero siempre pensé que se trataba de darle un susto a Álex, nada más.

—¿Sabes por qué escogieron precisamente aquel día?

—No —contestó Beni encogiéndose de hombros.

—Muy bien, Beni. Gracias. Puedes irte —dijo el cabo Souto haciendo un gesto al guardia de la puerta. Y al abogado, aprovechando el mismo gesto, le dijo—: Ya puede usted bajar con ella al calabozo y hablar todo lo que quiera. Y con Toba. De uno en uno, claro, y por separado.

Pedro Sueiro se levantó y, antes de salir detrás de Beni y el guardia, le dijo al cabo:

—¡Gracias, cabo! No voy a estar mucho tiempo, solo charlaré con los dos unos minutos, para animarlos y que vean que me ocupo de ellos. ¿Quiere usted que nos veamos después? Como le dije antes, me gustaría que viniera conmigo al pazo. Creo que le va a interesar lo que tengo que decirle.

—Mire, señor Sueiro, vamos a hacer lo siguiente. Yo me voy allí ahora mismo con una dotación, por si a Edelmiro se le ocurre escaparse, si es que aún está allí. Rodearemos la finca y lo esperaremos a usted. Le agradeceré mucho que no tarde.

—Descuide, cabo, no me entretendré más de cinco minutos. Nos vemos allí.

3

Pedro Sueiro llegó unos veinte minutos después de que el cabo Souto hubiera rodeado la finca con una dotación especial y montado un dispositivo de seguridad en los alrededores. En cuanto llegó el abogado, Souto y sus dos ayudantes entraron en el parque y se dirigieron al pazo. Iban a subir hacia el desván cuando apareció Delfina y les dijo que no era necesario, porque su marido había salido de la casa y se había marchado al bosque por el pinar.

El parque que rodea el pazo se termina en un pinar, al que siguen unas quince hectáreas de bosque. Un lugar en el que iba a ser muy difícil encontrar en poco tiempo a un hombre que quisiera esconderse, sobre todo si, como Edelmiro, conocía muy bien el terreno. Sería necesario llevar a cabo la búsqueda con perros.

El cabo Souto le preguntó a Delfina si su marido iba armado.

—No, señor —contestó Delfina—. La escopeta está colgada encima de la puerta de casa. Llevaba colgada al hombro la bota de vino y una azada, como cuando sale a desbrozar el camino, pero no llevaba la escopeta.

A pesar de que la lluvia seguía cayendo y no había síntomas de que fuese a escampar, el cabo ordenó a tres de sus hombres que se dieran una vuelta por el pinar, para ver si descubrían algo. A los demás les ordenó permanecer en los alrededores de la finca por si Edelmiro se dignaba aparecer, y él entró en el pazo con Pedro Sueiro.

El abogado llevó al cabo hasta la galería, le rogó que se sentara y llamó a la cocinera. Cuando apareció Delfina, Sueiro se disculpó ante Souto y le rogó que esperara unos minutos, porque tenía algo que decirle a la criada. Se alejó con ella y volvió poco después.

—Ahora nos traerán un aperitivo, porque seguramente tendrá usted algo de apetito: son ya casi las dos.

—Muchas gracias, no se moleste. Tengo a mi gente trabajando ahí fuera y no quisiera entretenerme.

—Mire, cabo Souto, lo que voy a decirle y lo que quiero que vea es muy importante y necesito cierto tiempo. Le agradecería que me lo concediera. De modo que, si le parece, dé usted las instrucciones necesarias para que sus hombres hagan lo que tengan que hacer y se vayan, si tienen que irse. Compréndame: hay ciertas cosas que no se pueden hacer con prisas. La mente debe estar reposada y dispuesta a pensar y entender. Una hora, ¿le parece bien?

Souto miró su reloj, se quedó un instante pensativo y dijo:

—De acuerdo. Discúlpeme.

Sacó el móvil de un bolsillo de la guerrera y llamó a Taboada; le dio una serie de instrucciones, apagó el móvil, lo guardó y miró a Pedro Sueiro, con un gesto que daba entender que lo escuchaba. Sueiro empezó a hablar.

—Mire usted, cabo, nos encontramos ante un caso complicado y sórdido. Quizá se pregunte por qué me he hecho cargo de la defensa de Toba, de Edelmiro y de su hija, Beni. Pues le diré la verdad. No es porque la chica sea mi ahijada y los otros mis criados, amigos o empleados. No. Lo hago porque no quiero que este asunto pase a manos de cualquier picapleitos del pueblo, incapaz de comprender nada, que ponga todo patas arriba y salpique a mi familia causando más daño del que ya se ha hecho. Sé muy bien que, cuando usted empezó a investigar la muerte de mi sobrino, yo fui el primer sospechoso. Y era lógico. Había un asunto de herencias y cosas por el estilo que despertarían el interés de cualquier investigador. Pero este asunto es más complejo de lo que parece. Dejemos aparte ese absurdo argumento de que yo quisiera asesinar a mi hermano y a mi sobrino para quedarme con el pazo, argumento que no es serio ni hay por dónde cogerlo. Para comprender algo en este asunto es preciso profundizar en el conocimiento de las personas que nos rodean y, sobre todo, de las circunstancias. Me explico. Edelmiro es un hombre huraño y resentido. Es verdad que fuimos amigos en nuestra juventud, tanto como pueden serlo un señor y su criado. El hombre no encajó que yo me distanciara de él cuando acabé la carrera y me instalé en La Coruña como abogado. Cuando murió mi padre y mi hermano y yo reñimos, tampoco comprendió gran cosa. Yo dejé de venir a Vilar de San Pedro y el distanciamiento fue aún mayor. Le conseguí un puesto de criado en mi casa y debería estarme agradecido. Pero no es así. Quizá supuso que íbamos a ser amigos toda la vida, pero hay un tiempo para cada cosa. Sabe, cabo, hay gente que tiene mentalidad de criado y acepta ese trabajo con naturalidad. Pero Edelmiro no es de esos. Y toda su vida ha sido un amargado por tener que servir en casa de los señores de la aldea, a los que envidia y teme. Añada a eso que, un buen día, su hija, a la que quiere mucho y por la quc sc sacrifica para que pueda estudiar en Santiago y salir de su condición de criada, esa hija va y le suelta que el señorito la ha dejado embarazada. No se imagina lo que pudo pasar por la mente de ese hombre. Aquello era una confirmación definitiva de su humilde condición. El señorito se folla a su hija, claro, ¡porque es su criada! El señorito deja embarazada a su hija y, claro, no va a reconocerlo, ¡porque es su criada! Bueno, no le quiero contar la cantidad de veces que acudió a mí para que hiciera algo. ¿Qué podía hacer yo, que ni siquiera me hablaba con mi hermano ni conocía a mi sobrino? Mi sobrino, que debía de ser un mangante caprichoso, consentido y más engreído que la torre del pazo, no solo pasó de la chica, sino que le dijo a todo el mundo que era una fulanilla y que se acostaba con sus amigos. ¿Se da cuenta, cabo, se da cuenta de adónde lleva eso? Eso lleva al odio, a un odio sordo y profundo hacia el señorito, hacia su padre y hacia todo lo que tenga que ver con la familia Sueiro de Andrade.

—¿Y no cree usted —lo interrumpió el cabo Souto aprovechando una pausa en su discurso— que ese odio fue alentado por la indiferencia de don Alejandro y quizá también al sentirse decepcionado por la falta de ayuda por parte de usted?

Sueiro iba a responderle, pero en ese momento entró la cocinera con una bandeja en la que había dos vasos, una botella de vino blanco, una cerveza y un plato con trocitos de queso del país. La dejó sobre el velador y se quedó mirando a Sueiro.

—Gracias, Delfina. Ya puede hacer usted lo que le encargué.

La cocinera salió y Sueiro le preguntó al cabo qué prefería, vino o cerveza. Souto aceptó una cerveza.

—Pues sírvase, por favor. Ahí tiene un abridor. —El cabo se sirvió—. ¿Qué me había preguntado? ¡Ah, sí! Mire usted, esos sentimientos no necesitan ser alentados: se autoalimentan, como el fuego en el bosque. Es igual que el patrono sea amable o tiránico, el obrero siempre estará contra él. Por tratar a los criados con afecto y educación, no lo van a querer a uno. En la mayoría de los casos, incluso, lo respetarán menos. Está en la naturaleza humana, como lo está el que unos manden y otros obedezcan. O en la naturaleza, en general.

No, Edelmiro no necesitó que nadie alimentara su odio. Perdió el norte, se obcecó, Se le metió en la cabeza que su nieto, el hijo de Beni, tenía derecho a heredar el pazo de nuestra familia, y esa idea fija se convirtió en una obsesión. Desvariaba. No aceptó ofrecimientos razonables, propuestas para un entendimiento, atenciones económicas. Sea dicho de paso, yo pagué todos los gastos del sanatorio y del parto cuando Beni dio a luz, y mi hermano le pasaba una cantidad mensual. No se contentó con nada. Llamó a su primo, Amaro Toba, primo de su mujer, y le pidió ayuda para matar al señorito, matarlo o hacerle mucho daño.

—¿Se lo dijo Toba?

—Ya hablaremos de eso. Amaro lo convenció de que bastaría darle una paliza, un susto, como dicen ellos, para que se asustara y cambiase de actitud. Su esperanza era que reconociera al hijo de Beni y obtener de mi hermano algo más que unos euros al mes. ¿Me sigue? —Souto hizo un gesto afirmativo—. Bien, pues le voy a decir algo muy importante, cabo, algo que sé desde hace poco tiempo: desde poco antes de morir mi hermano. Como Amaro no acababa de ayudarlo en su propósito y le daba largas, decidió hacerlo él personalmente. Y lo hizo.

Pedro Sueiro no dejaba de mirar hacia el parque. Como si esperara que ocurriera algo. Fuera, seguía lloviendo. Los múltiples cristales de la galería estaban empañados y el agua resbalaba por ellos en finos y serpenteantes regueros.

—Pero eso es imposible —saltó Souto—. Sabemos que Edelmiro no salió de casa aquel día, su hermano declaró que lo había visto con la carretilla en el jardín y poco antes de morir me lo confirmó. Lo había visto ir a cerrar la puerta y lo vio recoger el correo, cuando el cartero llamó. Me dijo que entró por esa puerta —señaló la puerta-ventana que daba al jardín— y se lo entregó personalmente a la una de la tarde.

—Le dijo que lo vio, pero no lo vio. Y después, le mintió.

En ese momento, Pedro Sueiro se enderezó y señaló con el brazo hacia el exterior.

—¡Ah, por fin ha venido! No estaba seguro de que cumpliera su palabra.

Por un lado del parque, alguien con un impermeable de esos en forma de capa, con capucha calada y botas de goma, empujaba una caretilla y se dirigía hacia la puerta, que estaba a unos cincuenta metros. Al llegar, se detuvo y se dio la vuelta. Volvió hacia un lateral, siempre empujando la carretilla, con la cabeza agachada y un poco ladeada para evitar la lluvia en la cara, hasta que salió del ángulo de visión de ambos.

—¿Quién es?

—Un paisano de la aldea, que quedó en venir por las mañanas para retirar las hojas muertas. Estamos en otoño, cabo, y esto se llena de hojas; si no se dedica alguien durante un par de horas a retirarlas a diario no se puede andar por la avenida. Con esas hojas hacemos compost para la huerta.

—Ya —contestó el cabo—. No entendí bien lo que me acaba de decir sobre que su hermano mintió. ¿A qué se refiere?

—Mire usted, Souto. Mi hermano se sentaba siempre ahí, donde está sentado usted. Por eso le pedí que se sentara en esa butaca, para que viera usted lo mismo que vio él.

El jardinero volvió a pasar por el parque, atravesó la avenida con la carretilla y desapareció por el lado contrario. Cuando hubo desaparecido, Sueiro, que se había callado mientras pasaba, continuó:

—Mi hermano no pudo ver a Edelmiro ir a buscar el correo a la verja, porque era sábado y, como usted debe de saber, los sábados no hay reparto de correos. Y mintió también, porque por esa puerta jamás entra un criado, y mucho menos si está lloviendo como ahora y tiene las botas llenas de barro. Nunca, cabo, nunca se le ocurriría entrar por ahí. Si tiene que venir a la galería, Edelmiro o quien sea, entra por la cocina, Se quita las botas, se pone un calzado adecuado para estar en el pazo y viene a la galería a través del salón.

—Pero... —se quedó dudando Souto y enseguida dijo—: ¿por qué me iba a mentir a mí su hermano?

—Se lo diré, cabo. Me consta, porque me lo contó el propio Edelmiro, a quien usted estaba presionando. Como él sabía que su coartada era falsa, estaba muy asustado.

—¿Su coartada...?

—Déjeme continuar —lo cortó Sueiro—. Edelmiro le dijo a mi hermano que usted lo acosaba y que no estaba nada convencido de su coartada. Por eso, le pidió que, si le volvía usted a preguntar, hiciera el favor de confirmarla y reforzarla, diciendo que lo había visto perfectamente y había hablado con él. Mi hermano estaba cansado y ya no veía las cosas con claridad. Sabía que Edelmiro estaba muy dolido por lo del hijo de Beni y todo lo demás y quiso complacerlo. Lo complació tanto que se excedió, como puede usted ver. Porque mi hermano, cabo Souto, creía en la coartada de Edelmiro. Creía haberlo visto con la carretilla en el jardín aquel día, como acaba usted de ver al jardinero hace un momento. ¿Por qué lo ha visto, no es cierto? A pesar de los cristales empañados y las gotas de agua. ¿No?

—Sí, claro que lo he visto.

—Espere un momento, por favor.

Sueiro se levantó y se acercó a un timbre que había junto a la butaca donde estaba sentado Souto. Lo pulsó y esperó. Un minuto después apareció Delfina.

—Delfina —le preguntó el señor—, ¿qué hacía usted hace un momento por el jardín con la carretilla?

—Lo que usted me mandó que hiciera, señor —contestó sorprendida la cocinera.

El abogado se volvió hacia José Souto que se había puesto de pie al comprender.

—Gracias, Delfina, puede volver a la cocina. ¿Ve, cabo? —dijo dirigiéndose al cabo Souto, que estaba pálido—. Las apariencias engañan. Usted creyó hace un momento ver un jardinero porque yo le dije que había uno. Mi hermano creyó ver a Edelmiro, porque suponía que era Edelmiro. Pero no hay ningún jardinero, como no hubo ningún Edelmiro.

Pasó un largo rato hasta que el cabo Souto reaccionó. Después de beberse media cerveza, volvió a sentarse, puso los codos en las rodillas y se sujetó la cabeza con las manos.

—Tendrá que decirme desde cuándo lo sabía y por qué.

—¿Qué importa eso?

—A mí sí me importa.

—Acaba de recibir una lección de humildad que no olvidará fácilmente, cabo. No me venga con ínfulas. Se lo diré en su momento, si me parece necesario. Ahora que se le han abierto los ojos, le voy a decir lo que pasó, o al menos, lo que creo que pasó. Verá. Cuando Edelmiro se dio cuenta de que no podía contar con Amaro Toba, tomó la decisión de ocuparse personalmente de mi sobrino y se lo dijo a Beni. La chica quiso ayudar a su padre y entre los dos lo hicieron. No sé si tenían la intención de matar al joven o solo de causarle una herida grave que lo mandara al hospital. Eso solo lo pueden saber ellos y ya no importa, ni es asunto mío sino de la Justicia. El caso es que aquel sábado, Edelmiro sacó su coche de la finca por la mañana temprano y lo dejó fuera. Le explicó a su mujer que tenía que ponerse un chubasquero con capucha y sus botas de goma y, cuando Álex se hubiera ido a la farmacia, debía pasar un par de veces delante de la galería procurando que no se le viera la cara, para que la viese mi hermano, que estaría en su butaca leyendo. Antes de que el chico se fuera, Edelmiro y su hija bajaron al pueblo y esperaron cerca de la farmacia hasta que apareció. Cuando salió con sus medicamentos, lo siguieron al mercado medieval. Allí, mi sobrino se detuvo a mirar la exhibición de aves rapaces. Entonces Beni se acercó a él y lo saludó poniéndole una mano en el hombro. En ese momento, Edelmiro, protegido por el cuerpo de Beni, le clavó el cuchillo, se dio la vuelta despacio y se alejó del grupo de mirones. Un par de minutos después, Beni se reunió con él en el coche y regresaron al pazo. Dejaron el coche fuera y entraron por detrás. A la una y cuarto, Edelmiro entró en la galería a decirle algo a su amo, para que lo viera en casa. Su coartada era perfecta. La policía tardó cerca de una hora en llamar. ¿Qué le parece? —Tras una pausa, Sueiro continuó—: Más tarde, Amaro Toba, que es primo de la cocinera, como sabe, les echó una mano sugiriéndoles la idea de un sicario contratado, para desviar las sospechas si había interrogatorios. Les dijo que él se encargaría de todo. Cuando usted, cabo, reanudó sus pesquisas, hace poco, Toba se acordó de un par de traficantes que habían muerto en un accidente y le pareció una oportunidad perfecta para echarle la culpa a uno de ellos.

Se produjo un largo silencio. Al cabo Souto le hervía la cabeza. El abogado, con autoridad indiscutible, había expuesto los hechos y las razones de un modo impecable. No sabía qué decir y no dijo nada. Sueiro lo remató concluyendo:

—Ahora ya sabe lo que tenía que saber, cabo. Espero que le haya sido útil esta conversación.

—Sí, señor. Me ha sido muy útil y se lo agradezco.

—De nada. Por mi parte, querría pedirle un favor, cabo.

—Usted dirá.

—Se trata de ese amigo suyo, un detective de Madrid, un tal Santos. ¿Sabe de quién le hablo?

—Sí, perfectamente. ¿Qué pasa con él?

—No sé si sabrá usted que ese señor ha estado indagando en mi vida privada y contrató un detective en La Coruña para que se enterase de mis relaciones con una antigua secretaria mía, ya fallecida.

—El señor Santos es amigo mío, pero no nos vemos más que de vez en cuando.

—Tenía entendido que había estado pasando unos días de vacaciones en su casa.

—Es cierto —Souto no quiso añadir ni preguntar nada, porque sabía que Sueiro era un tipo taimado y temía que supiera más de lo que aparentaba.

—Verá, cabo. Resulta que ese señor Santos ha comentado con algunas personas que yo estoy involucrado en el asesinato de mi sobrino. Esas personas son el detective del que le acabo de hablar y la señorita que me acompañaba cuando vino usted a verme a mi despacho en La Coruña. Es una acusación muy grave, como puede suponer. —El abogado miraba fijamente a Souto—. Como ese señor no es de por aquí y no tiene relación alguna con mi familia, ni me consta que tenga amigos en toda la región, aparte de usted, me pregunto por qué está al corriente de la muerte de mi sobrino y qué pretende insinuar diciendo que tengo algo que ver con esa desgracia. ¿Acaso le ha informado usted acerca de la investigación o le ha facilitado datos del sumario? Me cuesta creerlo y por eso se lo pregunto.

Souto se tomó un tiempo antes de responder, porque comprendió la velada amenaza del abogado. Después de cagarse mentalmente en las ocurrencias de su amigo César, le dijo a Sueiro:

—El señor Santos es un detective que ha colaborado en varias ocasiones con la Guardia Civil y su aportación nos fue muy valiosa. Por otra parte, y aunque usted no esté al corriente, le diré que tiene amigos en Cee, en Corcubión, en La Coruña y en Santiago, porque veranea y viene a jugar al golf a Galicia desde hace años. En cuanto a su pregunta, le diré que, durante una cena con unos amigos en mi casa, hace un par de meses, salió a relucir el asesinato de Álex Sueiro, así como otros sucesos ocurridos en esta región. Se formularon hipótesis y se hicieron comentarios, como es natural en una conversación de ese tipo. Ignoro las conclusiones a las que pudo llegar el señor Santos y los comentarios que haya hecho al respecto posteriormente y, además, no me conciernen. Le puedo asegurar a usted que yo sé muy bien dónde están los límites de la discreción a la que me obliga mi condición de guardia civil y jamás los traspaso. Si me lo permite, le aconsejaría que hablara con el señor Santos y le formulase las preguntas a él. Si le interesa mi opinión, creo que César Santos ha dado rienda suelta a su curiosidad y, con el descaro propio de un detective privado, seguramente habrá querido provocar con ese tipo de insinuaciones a personas que sabía que le irían a usted con el cuento. Lo considero demasiado inteligente y honrado para suponer otra cosa.

—¿No cree usted que alguien haya podido encargarle que investigara mi vida privada por alguna otra razón?

—No. No lo creo en absoluto.

Souto se despidió del abogado y se fue.

Capítulo XVII

1

Lo primero que hizo el cabo Souto cuando llegó a su casa a comer, un poco más tarde de lo habitual, fue llamar a Julio César Santos. Echaba chipas. Santos estaba disfrutando con Marimar de una copiosa mariscada en el restaurante Mar de Esteiro, a unos cinco o seis kilómetros de Santiago por la antigua carretera de La Coruña. Santos, dadas las circunstancias, le dijo a su amigo que no podía hablar en aquel momento y que lo llamaría antes de una hora.

Después de comer, César Santos y Marimar regresaron en un taxi al hotel. Antes de que le fuera imposible poder hablar con nadie, dado que Marimar se había desnudado y se extendía en todo su esplendor sobre la colcha de la cama, Santos llamó a su amigo José Souto.

—¿Qué pasa, Pepe? —le preguntó en cuanto descolgó—. Me dio la impresión de que estabas preocupado cuando me llamaste.

—Preocupado, no. Cabreado contigo, César.

—¿Qué he hecho?

—Has hecho que el abogado Pedro Sueiro me haya puesto en un aprieto. Porque resulta que tu amiga y algo puta, la modelo, y tu colega el detective Bugallal le han ido con el cuento de que, según tú, está involucrado en el asunto de la muerte de su sobrino. El abogado piensa, con toda la razón, que yo me he ido de la lengua y eso me puede traer serios problemas. No sé si lo comprendes.

—Lo siento, Pepe, de verdad. Pero ten en cuenta que provoqué al abogado, como ya te conté, para que se descubriera, porque estoy totalmente convencido de que él sabe lo que ocurrió mejor que nadie y acabará por confesarlo, si le aprietas las tuercas. No creo que vaya a causarte ningún problema, pero, si quieres, hablo con él.

—¡No, por favor, César! No la cagues más de lo que ya la has cagado. Estamos en un punto de la investigación muy delicado y te suplico encarecidamente que te olvides del tema, que te alejes de Sueiro y de todo lo que tenga que ver con él y me dejes terminar mi trabajo. De verdad, César, olvídate de mí por unos días. Es lo único que te pido.

—No te pongas trágico, Pepe —dijo Santos mirando a Marimar, que le hacía un gesto desesperado con los brazos desde la cama para que colgara el teléfono y se ocupara de ella—. El lunes a mediodía estaré ahí y hablamos, ¿vale?

Santos colgó y se dirigió hacia lo que, en aquel momento, le pareció lo único y más importante que podía hacer. Afortunadamente, Marimar, cuando hacía el amor, no hablaba, de modo que el refinado y exigente detective no se veía forzado a soportar su despiadado lenguaje. Ella se convertía entonces en la materialización de la poesía, en la realización de todos sus deseos, en la concreción de las obras de arte que admiraba en los museos y en la esencia del placer. No era solo la belleza de su cuerpo, su aparente ingravidez, la suavidad de su piel o la delicadeza de sus caricias lo que le producía tanto placer. Había algo más. Y eso era, precisamente, lo que César Santos temía y trataba de descubrir. *Eso* era ella misma. Un cartucho de dinamita en los pilares de su soltería.

Aquella tarde no salieron de la habitación.

La madrugada del domingo los sorprendió abrazados aún bajo el dosel de la gran cama. Sus cuerpos desnudos empezaron a distinguirse entre las sábanas con el suave resplandor del amanecer que se filtraba entra las gruesas cortinas de seda y terciopelo. Pero el momento más romántico y sensual de cualquier enamorado se acaba desvaneciendo ante las ganas de hacer pis. Se levantaron uno detrás de otro y volvieron a acostarse.

Habían dormido bastantes más horas de las necesarias y no habían cenado, por lo que estaban hambrientos y volvieron a levantarse poco después, mucho más temprano de lo que Santos consideraba decente. Se ducharon juntos y bajaron al comedor, donde desayunaron copiosamente, como si fueran turistas extranjeros. Aún no eran las once cuando Santos pidió que le trajeran el coche. Una fina lluvia daba a la Plaza del Obradoiro y a la imponente fachada de la catedral ese tono otoñal que convierte la piedra en algo parecido a la piel de un bello animal salvaje en medio del bosque.

Marimar y César dedicaron una última mirada a aquel decorado único e inmaterial en su grandiosidad y se metieron en el coche que, con un suave rugido, se puso en marcha.

2

El cabo primero José Souto, jefe provisional del puesto de la Guardia Civil de Corcubión, desayunaba en el comedor de la casa de turismo rural a las nueve y media de la mañana del domingo, en compañía de su mujer y de un matrimonio de turistas franceses, que hacían el último tramo del Camino de Santiago.

Sonó su teléfono móvil. Miró la pantalla y vio que lo llamaban del cuartel.

—¿Qué pasa? —dijo malhumorado.

—Cabo, acaban de llamar de la unidad móvil que vigila el pazo de Vilar de San Pedro. Han encontrado a Edelmiro.

—¿Lo han detenido?

—No, cabo. Lo han encontrado en el bosque. Se ha colgado.

—Voy para allá.

La pareja de guardias que había ido por la mañana al bosque a echar un vistazo rutinario, siguiendo las instrucciones del cabo, acababa de dar con el macabro hallazgo y, sin pérdida de tiempo, habían llamado al cuartel. Al ver que el hombre estaba muerto, no habían tocado nada ni avisado a nadie más. Uno de los guardias salió al camino, para que lo vieran sus colegas, y el otro se quedó junto al cadáver. Souto llegó en menos de diez minutos. Edelmiro se había ahorcado con la cuerda de la bota de vino en la rama baja de un pino. Había tenido el valor de colgarse casi de rodillas, con la punta de sus pies tocando el suelo, y resistir así hasta morir.

Souto ordenó a uno de los guardias que lo acompañaban que llamara a la jueza a su casa. Dio una vuelta muy despacio alrededor del cadáver mirándolo todo con suma atención. Vio la bota tirada y la azada apoyada contra el pino. La bota de vino estaba destapada y vacía. Junto a la azada, en el suelo, descubrió una navaja grande de hoja muy fina, completamente oxidada. A un paso del pino había un agujero de unos treinta centímetros de hondo recién hecho, como pudo comprobar por la tierra amontonada y húmeda. Parecía evidente que había desenterrado el arma del crimen. Al agacharse para observarlo, vio una bolsa pequeña de plástico. La cogió y miró en su interior. Dentro encontró un trozo de papel blanco. Un trozo rasgado de una hoja de calendario. Había algo escrito con bolígrafo:

> Fui yo. Mi nieto no heredará el pazo, pero ese *fillo de puta* tampoco.

José Souto miró hacia el cielo. Había dejado de llover y las nubes dejaban pasar el brillo de la mañana. Le enseñó el papel al guardia que estaba a su lado, para que lo leyera, y después se lo guardó en un bolsillo. Sacó su móvil, hizo unas cuantas fotos al macabro escenario y le ordenó al guardia que esperara allí a la llegada de la jueza.

—Yo voy a avisar a su mujer —dijo y se fue andando hacia el pazo.

La jornada del domingo fue larga y dura. El levantamiento del cadáver de un ahorcado siempre es algo penoso y desagradable. La escena que montó la cocinera, que ya estaba destrozada por la detención de su hija e histérica por la desaparición de su marido desde la víspera, fue digna de una tragedia griega, con gritos y desmayos. El traslado de los restos al depósito para la autopsia, los informes y atestados, la actuación de la policía científica, la reunión con la jueza, etcétera, y para colmo con la gente de mal humor, porque ocurría un domingo por la tarde, cuando se supone que uno debería dedicarse a actividades más placenteras con la familia, todo contribuyó a que aquel fuera un día para no querer recordar.

El cabo Souto llegó a su casa a las diez de la noche.

César Santos había llevado a Marimar a su casa de Brens y había vuelto a Santiago, totalmente ajeno a lo ocurrido, con la intención de recuperar el sueño perdido y con un dulce sabor de boca por el último beso de su amiga.

Por la mañana del lunes, después de haber dormido hasta las once y tomado un abundante desayuno, salió silbando un aire de alborada hacia Noia. Había decidido variar el itinerario, para no repetirlo por sexta vez en la misma semana. Pasó por Muros y Lariño y siguió a lo largo de los casi siete kilómetros de la playa salvaje de Carnota, con sus dunas, humedales y un toque de misterio, y llegó a los pies del monte do Pindo, la monumental masa pétrea que sobrepasa los seiscientos metros de altura y desde donde cae en cascada el río Xallas sobre el rústico puerto de Ézaro. Era ya la hora de comer cuando pasó ante el cruce de Brens y echó una mirada nostálgica hacia el camino de la casa de Marimar. Siguió hasta Cee y ya en la avenida de Fisterra llamó a Souto, con la esperanza de poder almorzar con él.

El cabo aún estaba en el cuartel.

—Sube —le dijo a Santos, con un tono más bien seco—. Estoy liado, pero ya que has venido acepto que me invites a comer.

Santos llegó hasta la misma puerta de la casa cuartel, donde el cabo lo esperaba. Fueron al restaurante Mar Viva, instalado sobre una pescadería en la que el cliente elige el pescado o el marisco de los mostradores y dice cómo lo quiere. De allí lo llevan a la cocina y lo sirven en la planta superior, en un comedor moderno, decorado a base de piedra y madera. El restaurante estaba en el centro de Corcubión, muy cerca de donde se cometió el crimen de Álex Sueiro.

El cabo Souto se desahogó poniendo verde a su amigo, que lo dejó hablar todo lo que quiso, sin rechistar ni intentar justificarse, mientras degustaban un jugoso pulpo á feira. Cuando trajeron unas vieiras de apetitoso aspecto, César Santos le dijo:

—Bueno, Pepe, ya te has desahogado, ¿verdad? Pues ahora cuéntame cómo llevas la investigación.

El cabo Souto sonrió desarmado ante la actitud afectuosa y complaciente de su amigo y, mientras atacaba la primera vieira, le contó lo que había ocurrido durante el fin de semana. Santos escuchó muy interesado la conversación que había tenido el cabo con Sueiro, que le contó con todo detalle, y la noticia del suicidio de Edelmiro. Después de las vieiras les sirvieron unas almejas a la marinera y finalmente un lenguado de la ría, que parecía estar aún vivo. Hubo algunos silencios expresivos y gestos de satisfacción mientras comían. Ya hacia el final, César Santos sorprendió a su amigo diciéndole:

—Pues si quieres que te diga la verdad, Pepe, no he dejado de pensar en este asunto en estos días —había mucho de exageración en el comentario y más aún de improvisación, algo habitual en Santos, que siguió—: y después de todo lo que me acabas de contar, tengo que decirte que no estoy nada convencido de la explicación del abogado ni de que Edelmiro sea el asesino.

—¿Qué dices? —saltó Souto con los ojos muy abiertos.

—No sé por qué, Pepe, pero tengo la sensación de que Pedro Sueiro no dice la verdad y no me creo que Edelmiro se atreviera a bajar un sábado a mediodía al pueblo, donde lo conocen, y matar a Álex Sueiro delante de su propia hija, arriesgándose a que los detuvieran a los dos.

—¡Joder, Santos! ¿Me quieres decir entonces por qué se suicidó, por qué desenterró el arma del crimen, lo que significa que la había enterrado él, y por qué dejó una nota con un "fui yo" bastante claro? Por cierto, la nota estaba escrita en la esquina de una hoja del calendario que hay en la cocina del pazo. Lo he comprobado.

—¡Tú y tus detalles, Pepe! —se burló Santos—. ¿Y lo esencial, dónde lo dejas?

José Souto se sintió herido en su amor propio por aquel comentario tan injusto. Y como estaba aún dolido por lo que había ocurrido en su charla con el abogado, las palabras del detective no hicieron más que remover en la herida. Trató de disimular y le preguntó:

—¿Tendrías la bondad de decirme entonces qué fue en tu opinión lo que ocurrió?

—No lo sé, Pepe. Lo que te digo es que no me parece que el abogado esté tan al margen de este asunto como pretende. Y me da la impresión de que la clave de este asunto la tienen Toba y Beni. Para mí, Edelmiro ha sido utilizado en todo momento, hasta el final.

—¿Pero por qué lo piensas? Eso es lo que quiero saber.

—Holmes, lo pienso porque me parece demasiado sencillo solucionarlo todo con un suicidio y un trozo de papel. Por lo que me has contado, a ese pobre diablo lo manejó el abogado como quiso con su falsa amistad, a base de promesas y desplantes, de amenazas y de ilusiones. Esa muerte era de esperar, porque cuando ocurriera se solucionaba el problema. Todo cuanto hacía el abogado iba en esa dirección. Solo faltaba un pequeño empujoncito para lograr sus objetivos y ese empujón lo disteis vosotros.

—¿Nosotros, quiénes?

—¡La Guardia Civil, Pepe! Vosotros. Cuando aparecisteis en el pazo con los coches patrulla, las luces y las sirenas Edelmiro se acojonó, comprendió que estaba perdido y se escondió. En cuanto os fuisteis, tomó la fatal decisión e hizo lo que le rondaba en la cabeza desde hacía días. No tenía otra salida.

—¡Pero si no fue él! Si según tú no fue él, ¿por qué iba a hacer eso?

—¡Coño, Pepe, piensa! Porque fue su querida hija Beni la que mató a Álex y él no quería que la culparan. Lo que decidió hacer la salvaba, la exoneraba. Lo hizo por su hija, ¿no lo comprendes? No puede ser de otro modo. Él sabía perfectamente lo que había. Sin duda, ella no quiso que su padre se encargara de matar a Álex, porque sería sospechoso ver que se le acercaba en la plaza: podían reconocerlo. Beni, en cambio, podía pasar inadvertida. Se enfundó en su impermeable, se caló la capucha, se puso unas gafas oscuras y se maquilló para parecer un chico. Se acercó por detrás, lo agarró por el hombro y, antes de que tuviera tiempo de volverse, le clavó el estilete en el corazón. Tuvo que ser así, Pepe. La película que te contó el abogado y el numerito de la cocinera paseando por el parque suenan a coña marinera. No, Pepe; Alejandro Sueiro vio a Edelmiro realmente pasar con su carretilla por el parque y su coartada era perfecta. Vamos, eso me parece a mí.

Habían terminado los cafés y tomaban unas copitas de aguardiente de hierbas, invitación de la casa. El cabo Souto reflexionaba sobre lo que acababa de explicarle el detective. Se sentía mal, fastidiado, perdido. Sabía por experiencia que su amigo, el detective Santos, tenía mucha intuición y, además, gozaba de la ventaja de pensar con la mente despejada, sin llevar como él un año dándole vueltas al asunto. ¿Tendría razón?

Solo había un medio de saberlo. Dejó que Santos pagara la cuenta sin hacer el menor ademán de querer hacerlo él y subieron al cuartel. Allí se despidieron. En cuanto el cabo Souto estuvo solo, llamó a su amigo Fariña, en la comandancia de La Coruña.

—¿Has descubierto algo? —le preguntó.

—¡Ah, sí, Souto! Tengo algo —contestó el guardia—. Bueno, hay dos cosas. La primera es que hemos encontrado un par de manchas de sangre en el interior del bolsillo del chubasquero. Lo han lavado al menos una vez, o sea que va a costar trabajo extraer el material necesario para sacar muestras de ADN, pero me han asegurado del laboratorio que hay muchas posibilidades. Tendrás que esperar unos cuantos días. La otra es que hemos encontrado varios desgarros en el tejido del interior del bolsillo del chubasquero, sin duda producidos por la punta de un cuchillo o de una navaja muy afilados. No son perceptibles a simple vista, pero con una lente potente o con microscopio se aprecian perfectamente. Eso nos hace pensar que pudo dejarse caer en el bolsillo el arma del crimen. El desgarro es más importante y profundo del que pueden producir unas llaves o las uñas. Te mandaremos un informe completo en cuanto el laboratorio nos dé los resultados de la mancha de sangre. ¿De acuerdo?

3

Souto se quedó satisfecho con aquella información y decidió hablar con Beni inmediatamente. Bajó a los calabozos. La chica ya había sido informada de la muerte de su padre y estaba sentada sobre la cama, llorosa. Souto entró y se sentó a su lado. Le pasó unos segundos la mano por el hombro y le dijo:

—Lo siento, Beni. Lo siento muchísimo.

Ella no contestó.

—Tu padre te quería demasiado —continuó— y se sacrificó por ti. Nos quiso hacer creer que había sido él quien mató a Álex Sueiro, pero tú sabes muy bien que no es cierto. Lo sabes, ¿verdad? Lo sabes, porque fuiste tú.

El cabo se levantó de la cama y se apoyó contra la puerta. Beni no decía nada, ni siquiera lloraba. Miraba al suelo fijamente, inexpresiva, tensa. Pasaron un minuto o dos sin que nada se moviera en la celda. El cabo esperaba una reacción, un gesto, algo que le permitiera avanzar en la búsqueda de la confesión que esperaba obtener espontáneamente. Pero corrían los segundos y nada le permitía esperar que Beni tuviera la intención de decir nada.

—O sea que ya lo sabes —dijo por fin levantando la cabeza y dirigiéndole una mirada llena de amargura.

—Sí, lo sé.

—¿Lo descubriste por el chubasquero?

—Sí. Por el chubasquero y por otras cosas.

—¡Ah! ¿Qué había en el chubasquero?

—Había sangre y un corte en la tela producidos por la navaja, cuando la guardaste en el bolsillo.

—Lavé el chubasquero.

—Pero quedaron restos microscópicos.

—¡Vaya!

—¿Por qué no dejaste que lo hiciera tu padre?

—Era un asunto entre Álex y yo. —Beni dejó pasar unos segundos y le preguntó al cabo—: ¿Qué va a pasar ahora?

El cabo Souto dio unos pasos por la celda y volvió a apoyarse en la puerta.

—Mira, Beni —dijo en un tono casi paternal—, yo sé que tú no eres una asesina. Pero has cometido un crimen. Lo que vaya a pasar a partir de ahora dependerá en gran manera de tu actitud. Escúchame atentamente, porque te voy a dar los mismos consejos que le daría a una hija mía si estuviera en tu situación. Tanto el fiscal como la jueza estarán dispuestos a considerar ciertas circunstancias atenuantes, si cuentas toda la verdad y no tratas de engañarlos. Explica tu resentimiento, tu dolor y tu desesperación por sentirte engañada e insultada. La preocupación por ver que a los señores no les importaba nada qué iba a ser de tu vida y de la de tu hijo. No te muestres soberbia o vengativa, sino humillada y angustiada. Hazme caso. Di que ahora te arrepientes de haber cometido el crimen, pero que en aquel momento no lo pensaste. Incluso podrías decir que tu intención no era matar a Álex, sino hacerle daño.

—Eso no es cierto. En aquel momento quise matarlo.

—Bueno, pero no es necesario que insistas en ello. Puedes decir que no te paraste a pensarlo. Le clavaste la navaja y nada más. No tienes por qué echar piedras sobre tu propio tejado. Para sentirlo está tu conciencia, pero ahora lo que cuenta es conseguir una condena lo más corta posible. Piensa en tu hijo. Si todo lo haces bien, con un poco de suerte puedes estar libre antes de que el niño haga la Primera Comunión. ¿No vale la pena intentarlo? Eres joven y tienes a tu madre para cuidar al crío, no se hundirá el mundo por perder unos pocos años. Lo que necesitas es un buen abogado, yo intentaré buscarte alguno.

—¿Y don Pedro? Es mi padrino.

—Mira, Beni, me temo que don Pedro va a tener serios problemas y va a estar más preocupado de defenderse a sí mismo que defenderte a ti.

Beni no contestó. Su silencio fue interpretado por el cabo Souto como una muestra de desconfianza o de temor a decir algo que no debiera. Por eso él fue muy claro:

—Estoy convencido de que Pedro Sueiro tuvo mucho que ver en la muerte de su sobrino. —Miró a los ojos de la joven, que no parpadeaba—. Él fue quien mantuvo confundido a tu padre durante todo este último año, con promesas que no cumplió y con engaños, que le hicieron perder los estribos. Él sabía muy bien lo que planeabais tú, tu padre y Amaro Toba. Tu padre me lo dijo y lo firmó en su declaración. Pero le tenía miedo al abogado. Ahora se ha acabado el juego. Tu padre ha muerto, a Toba lo condenarán por complicidad y encubrimiento. Pero don Pedro saldrá de rositas, a pesar de estar detrás de todo, si Amaro y tú os calláis y, por miedo, no decís la verdad.

¿Sabes, Beni? Los señores y los ricos también pueden ir a la cárcel. Si no van, es porque tienen buenos abogados y porque personas como tu padre y como tú no os atrevéis a denunciarlos. Ya te he dicho todo lo que tenía que decirte. Ahora te toca a ti. Si quieres que prepare una declaración con lo que acabamos de hablar, me lo dices, la preparo, la lees y, si estás de acuerdo, la firmas. Mañana tienes que pasar a disposición judicial, o sea que piénsalo pronto.

—Ya está pensado.

—¿Y...?

—Firmaré esa declaración.

—¿Te declaras culpable?

—No.

—Declararás que Pedro Sueiro tuvo que ver y estaba al corriente.

—No —contestó categórica.

—¿No? ¿Por qué? —preguntó el cabo.

—Porque tengo mucho que perder y nada que ganar. Don Pedro es mi padrino y, además, es un gran abogado y me sacará de la cárcel.

—Muy bien, como quieras. Tú sabrás lo que haces. ¿Quieres ahora algo que yo pueda hacer por ti?

—Sí, quiero ver a mi madre y al niño. ¿Pueden venir a verme?

—De acuerdo. Ahora digo que la llamen. ¿Nada más?

—No.

El cabo Souto salió del calabozo, pasó delante del de Toba y le dijo que enseguida bajaría a hablar con él. Subió a su despacho y redactó un borrador de la declaración de Beni, para que Taboada lo pasara al ordenador. Estaba dolorido por el panorama que le esperaba a Beni durante los próximos años, pero satisfecho al ver cómo las cosas rodaban en el buen sentido hacia la resolución definitiva del caso. Solo temía la sonrisa irónica de su amigo Santos, cuando se viera obligado a reconocer que tenía razón. ¡Qué bueno es ese cabrón!, se dijo a sí mismo, ¡qué vista tiene! Le fastidiaba que un "pijo madrileño", como solía llamarlo, hubiera dado en el clavo, pero se consoló pensando que había sido por casualidad.

Entró en el calabozo de Amaro Toba y le soltó sin preámbulos:

—Bueno, Toba, no me andaré con rodeos ni con trucos. Beni me acaba de contar todo y Aurelio ya está pasando a limpio su declaración. No es necesario que me cuentes más patrañas. Supongo que en cuanto te bajes del burro y aceptes tu colaboración en el delito al ofrecerte a buscar un asesino inventado, para que tus amigos quedaran libres de sospecha, te condenarán a poca cosa por encubrimiento, complicidad o algo por el estilo. No será mucho. Claro que yo podría ayudarte a que fuera lo menos posible, si colaboras.

—Si colaboro, ¿cómo?

—Muy sencillo. Tienes que declarar que Pedro Sueiro estaba al corriente de todo. Que sabía perfectamente lo que planeabais y que os ofreció su apoyo. Es decir, que era uno más de la banda de criminales en que os habéis convertido, para que mientras Edelmiro está en la sala de autopsias y Beni y tú en un calabozo a punto de pasar a disposición judicial, el señor se esté tomando unos *wiskies* en el pazo, que por fin consiguió gracias a un crimen por el que pagaréis vosotros.

—¡Hostia, cabo! Pero es mi patrón, ¿qué va a ser de mi empleo y...? —Toba se dio cuenta de la tontería que iba a decir y Souto no le dio tiempo a corregirla.

—¡Qué coño dices! ¿Tu empleo? Macho, como no te busques un empleo en la cárcel ya me contarás. Mira, tío, Edelmiro me dijo hace poco que Sueiro estaba al corriente. Si tú lo niegas, no sé si la jueza te va a creer. Como máximo di que, puesto que es tu jefe, no quieres declarar contra él, pero no cuentes una trola porque te van a joder y, además, no esperes a que Pedro Sueiro se vaya a preocupar de ti para nada. Bastante tiene con lo suyo. Piénsalo y dímelo cuanto antes.

—Te lo digo ahora: no voy a declarar contra don Pedro. Él me sacará de aquí muy pronto.

Souto no hizo ningún comentario, porque sabía que Toba tenía razón. Cuando, una hora después, Beni firmó su declaración y Amaro Toba la suya, en la que ambos afirmaban que Sueiro no estaba al corriente de lo que habían tramado entre ellos, el cabo José Souto fue a ver a la jueza y le expuso el resultado de sus últimas actuaciones. Después llamó al capitán Corredoira para informarlo. Por último, llamó a Julio César Santos a Santiago y le dijo:

—César, acabo de cerrar el caso de la muerte de Álex Sueiro. O sea que, como ya no puedes meter la pata más de lo que acostumbras, deja tu habitación del Hostal de los Reyes Católicos ahora mismo y ven a la casa de turismo rural, porque te estamos esperando para cenar. Tu apartamento está preparado. Si tienes los santos cojones de querer pagar la habitación que te ofrece un amigo, pues la pagas y le daremos el importe a una ONG. No nos hagas esperar, cenamos a las diez.

Lolita, la mujer del cabo, le dijo a su marido:

—Voy a llamar a Marimar, para que venga a cenar con nosotros, porque estoy segura de que vosotros dos os vais a enrollar y no quiero aburrirme.

—Buena idea —contestó Souto pensando que su mujer era muy lista.

Julio César Santos llegó poco antes de las diez. En cuanto vio a su amigo Souto, le preguntó:

—¿Ya los has encerrado a todos?

—No, César —contestó el cabo con gesto amargo y displicente—. La chica y Amaro Toba están entre rejas, pero el señor Sueiro de Andrade está en su pazo tan tranquilo. Sus empleados no han querido declarar contra él y, sin su testimonio, no podemos hacer nada.

—Normal, Holmes.

—¿Normal? Quizá, pero no justo.

—Pepe, si fueras el gran visir de un cuento oriental, decretarías la libertad de Beni, esa pobre chica de la que el joven Álex abusó y a la que dejó embarazada, y meterías en la cárcel al abogado Sueiro, que es sin duda un sinvergüenza. Ella mató al chico en un arranque de odio justificado o, cuando menos, comprensible. Sin embargo, Sueiro fue quien urdió la trama y utilizó a sus empleados como peones de una partida perfectamente estudiada y que estaba seguro de ganar. Pero no eres ese juez y lo que ocurrió aquí no es un cuento. Por eso el abogado está en su pazo y los pobres diablos en chirona. Nunca son los débiles quienes dicen lo que es justo o injusto, sino los poderosos.

La voz de Lolita sonó en el pasillo.

—¡Chicos, a cenar!

—Vamos, César, tengo hambre.

Tres Cantos, 15 de diciembre de 2014

Sobre el autor

Carlos Laredo Verdejo (La Coruña, 1939) estudió Filosofía y se licenció en Derecho en la Universidad de Santiago de Compostela. Con una carrera profesional labrada en el mundo de la publicidad y la comunicación en Europa y Latinoamérica, desde su jubilación reparte su tiempo entre su familia (está casado y tiene tres hijos), la música, la pintura y, su verdadera pasión, la escritura.

Su serie sobre el cabo Holmes, publicada íntegramente por sinerrata editores, es su primera incursión en la novela policíaca, pero su curriculum literario es extenso. Ganó el X Premio Peliart de Poesía (1984) y el premio Delta (1997), con la novela *La amante religiosa*, publicada en castellano por Ediciones del Prado y en gallego por Edicións Embora. Fue finalista del Premio Adriano de Novela Histórica (2001) con *El regalo de Centla. Memorias de la intérprete de Hernán Cortés*, publicado por Ediciones Apóstrofe y por RBA Editores en su colección Conquistadores. En 2002 publicó *La huída de La Loba* (Editorial Toxosoutos), en castellano y en gallego (traducido por él mismo). Sus novelas juveniles *Valdelobos* (2009) y *Lena e o lobishome* (2010) han sido publicadas por Tambre (Edelvives). También se ha adentrado en el género de la biografía, con la del compositor *Joaquín Rodrigo* (2011), editada en su colección Biografías por la Institución Alfonso el Magnánimo (Diputación de Valencia) y en versión digital por sinerrata editores (2013).

Nuestros libros

Manuscrito en el tiempo

Lucía Solaz Frasquet

Una joven estudiante de literatura encuentra un manuscrito olvidado, iniciando un viaje en el tiempo por la vida de su misteriosa autora, el mundo mágico que esta imaginó y su propia experiencia personal.

El retorno de los bardos

Lucía Solaz Frasquet

Ante un giro sustancial en su vida y una investigación sobre el manuscrito y su autora cada vez más difícil e infructuosa, Andrea tendrá que pasar por una crisis existencial que le enseñará quién es y lo que de verdad quiere.

Entre sombras

Lucía Solaz Frasquet

La verdadera identidad de Acacia, relacionada con la magia y la brujería, sale a la luz transformando su feliz adolescencia en una búsqueda por saber quién es y luchar contra quienes intentan dominarla.

Devuélveme mi noche rota

José Morand

La vida contada disco a disco, desde la infancia hasta la paternidad, pasando por los miedos, inseguridades y frustraciones que son también las de todos nosotros.

El caso de la mano perdida

Fernando Roye

En una pequeña localidad andaluza durante la posguerra española, un sargento de la Guardia Civil se enfrenta a un misterioso caso utilizando sus peculiares métodos de investigación mientras se enfrenta a las autoridades locales, más interesadas en la próxima visita de Franco.

El alcornoque de los muertos

Fernando Roye

El sargento Carmelo Domínguez tendrá que apaciguar los ánimos de todo el pueblo, asustado por las andanzas de un peligroso maqui, hasta entonces dado por muerto; de los gerifaltes locales, enfurecidos por un inocente pero humillante ataque en forma de muñecos ahorcados, y de su propia familia, sacudida por el lance del mayor de sus hijos.

Matar al heredero. *Un caso del cabo Holmes*

Carlos Laredo

Un recién casado cabo Holmes se enfrenta a un antiguo y difícil caso, aún sin resolver. La desinteresada y controvertida intervención de su amigo, el detective Julio César Santos, dará un vuelco a la investigación, empujándola hacia una sorprendente conclusión.

La línea divisoria

Carlos Laredo

Un supuesto asesinato cometido en el yate de un importante empresario local pondrá en jaque al cabo Holmes y su minuciosidad, en una investigación en la que una vez más contará con la colaboración de su amigo Santos, el original detective madrileño.

El secreto de las abejas. *Un caso del cabo Holmes*

Carlos Laredo

Un atraco millonario en la Caja de Ahorros de Cee viene a romper la rutina de la Guardia Civil y del perspicaz cabo Holmes. Nuestro particular guardia tendrá que luchar además con sus propias debilidades para conseguir, una vez más, resolver este complicado caso.

La decepción del cabo Holmes

Carlos Laredo

El cabo Holmes se topa con un supuesto accidente en un acantilado que se tornará en una investigación complicada y confusa. Prácticamente a ciegas y con la ayuda de su amigo, el detective privado Julio Santos, Holmes tendrá que resolver un caso en el que confluyen contrabandistas, caciques, influencias políticas y hasta su vida personal.

El rompecabezas del cabo Holmes

Carlos Laredo

El cabo José Souto, conocido como Holmes, se enfrenta a una complicada investigación tras un naufragio en el que ha desaparecido un empresario millonario y una modelo muere ahogada. Con la ayuda de un peculiar detective privado, Holmes conseguirá resolver un retorcido caso en el que nada ni nadie es lo que parece.

sinerrata ediciones especiales

Joaquín Rodrigo. Biografía

Carlos Laredo

La apasionante biografía de uno de los compositores más importantes del siglo veinte. Rigurosamente documentada, esta obra está escrita como una novela, que mantiene al lector en vilo de principio a fin.

Colofón

En sinerrata nos sentimos particularmente orgullosos de crecer con los autores y con su trabajo, y la mejor muestra de ello es la saga del cabo Holmes, ese entrañable guardia civil de la Costa de la Muerte gallega que nos cautivó a nosotros y a los lectores desde su primera entrega, *El rompecabezas del cabo Holmes*. Este colofón cierra nada más y nada menos que su quinto caso, ¡cómo pasa el tiempo!, y espero que lo hayáis disfrutado tanto como yo, y comprobado no solo que sus dotes deductivas siguen tan afinadas como siempre, sino que con cada nueva aventura el personaje crece y nos muestra un poco más de su entorno personal.

Esta edición no hubiera sido posible sin el trabajo de los estupendos profesionales que también nos acompañan desde nuestros primeros títulos, y a los que una vez más quiero agradecer su colaboración: Pablo Barrio en la composición digital, actividad que compagina con su magnífica editorial digital, Ganso y Pulpo; Manolo Acedo creando la imagen de la novela en su cubierta; Javi de Ríos como alma y voz en nuestras redes sociales; y Mariana Eguaras a cargo de la edición para impresión bajo demanda. También quiero agradecer a los fieles amigos y lectores que nos acompañan en cada paso y nos motivan a seguir trabajando.

En nuestro nombre, sinerrata editores, hemos querido poner no una definición arrogante (y posiblemente falsa) de nuestras ediciones sino una declaración de intenciones, por lo que si durante la lectura has encontrado algún tipo de errata en el texto te rogamos nos lo comuniques a edicion@sinerrata.com para poder corregirla.

Esperamos tus comentarios en Facebook, Twitter y Google+, puedes seguirnos también en Pinterest y suscribirte a nuestra *newsletter*, para estar al día de todas nuestras novedades y lanzamientos.

Amalia López
Editora

Contenido

Nota del autor 7

Capítulo I 9
Capítulo II 27
Capítulo III 45
Capítulo IV 61
Capítulo V 75
Capítulo VI 89
Capítulo VII 105
Capítulo VIII 123
Capítulo IX 141
Capítulo X 155
Capítulo XI 169
Capítulo XII 187
Capítulo XIII 205
Capítulo XIV 219
Capítulo XV 235
Capítulo XVI 249
Capítulo XVII 269

Sobre el autor 285
Nuestros libros 286
Colofón 289

CPSIA information can be obtained
at www.ICGtesting.com
Printed in the USA
LVOW10s0051310717
543218LV00009B/81/P

9 788415 521334